Giorgio Scerbanenco
Verräter und Verratene

GIORGIO SCERBANENCO

VERRÄTER UND VERRATENE

DUCA LAMBERTI ERMITTELT

Aus dem Italienischen von Christiane Rhein

Mit einem Nachwort von Tobias Gohlis

FOLIO VERLAG
WIEN • BOZEN

ERSTER TEIL

Als das Fernsehen eingeführt wurde, war der Erste, der sich eins anschaffte, mein Bräutigam, der Fleischer. Natürlich wollte ganz Ca' Tarino das mal miterleben, aber er wählte seine Gäste sorgfältig aus. Er lud meine Eltern ein, und ich ging natürlich mit, und so fing das an mit uns. Im Dunkeln lag auf einmal seine Hand auf meinem Knie und glitt dann immer höher, und sobald sich die Gelegenheit bot, fragte er mich, ob ich noch Jungfrau sei. Seine Hand auf meinen Beinen zu haben, mit meiner Mutter gleich daneben, ärgerte mich, und so habe ich gesagt, ja, natürlich, ich hätte die ganze Zeit nur auf ihn gewartet, um ihn ein wenig zu ärgern.

1

Es ist schwer, zwei Menschen gleichzeitig umzubringen, doch sie stoppte das Auto fast auf den Zentimeter genau an der bewussten Stelle, wie sie es mehrmals, auch nachts, geprobt hatte, an dieser Stelle, die an der merkwürdigen gotischen, eiffelturmartigen Eisenbrücke über den Kanal zu erkennen war, und sagte, als das Auto auf dem gewünschten Quadratzentimeter zum Stehen kam wie ein Pfeil, der in der Mitte der Zielscheibe stecken bleibt: „Ich steige einen Moment aus, um eine Zigarette zu rauchen, ich rauche nicht gern im Auto." Sie sagte es zu den beiden auf dem Rücksitz, die sie umbringen musste, und stieg aus, ohne ihre Antwort abzuwarten, und so hörte sie nicht mehr, wie sie, träge von dem reichhaltigen Mahl und auch wegen ihres Alters, freundlich und etwas heiser zustimmten, ja, sie solle ruhig aussteigen, um es sich dann, von ihrer Gegenwart befreit, noch ein bisschen bequemer zu machen, als könnten sie so besser einnicken, alt und fett wie sie waren, beide im weißen Regenmantel, sie mit einem beigegelben Wollschal um den Hals, der fast vom gleichen Farbton war wie ihre Haut, die Haut einer Leberleidenden, und sie noch fetter erscheinen ließ. Ihr Gesicht erinnerte an einen großen Frosch, obwohl sie doch einst, vor Millionen von Jahren, der Krieg, der Zweite Weltkrieg, war noch nicht vorüber, sehr schön gewesen war, wie sie selbst behauptete. Und nun würde sie sie umbringen, sie und ihren Freund. Offiziell hieß sie Adele Terrini, doch in Buccinasco, in Ca' Tarino, wo sie geboren war und man viel über sie wusste, war sie bekannt als Adele die Hure, und nur ihr Vater, der Amerikaner und ein Trottel war, hatte sie Adele meine Hoffnung genannt.

Auch sie selbst war Amerikanerin, aber kein Trottel, und als sie ausstieg, schlug sie die Autotür zu, den Sicherheitsknopf hatte sie heruntergedrückt, auch die Sicherheitsknöpfe der anderen Türen waren bereits unten, und dann zündete sie sich eine Zigarette an und schaute zur anderen Seite des Kanals hinüber, zu der Straße nach Pavia, auf der die Autos zu dieser Zeit in einem trägen Rhythmus auftauchten und wieder verschwanden, selbst das war berechnet. Und dann, als spaziere sie ein wenig ziellos herum, näherte sie sich dem Heck des Autos. Es war ein bescheidener, leichter, viersitziger Fiat, sie wusste zwar nicht den Namen des Modells, aber sie hatte genau bedacht, inwieweit er für ihre Zwecke geeignet sei.

Zwischen ihr und der Straße lag ein Kanal, der Alzaia Naviglio Pavese, ein ziemlich schwieriger Name für sie, die Amerikanerin, ein unverständlicher Name. Ihr Italienischlehrer aus San Francisco, Arizona, das übrigens nichts mit dem anderen San Francisco zu tun hat, hatte sich nicht damit aufgehalten, bestimmte Feinheiten zu erläutern, etwa dass mit *alzaia* der Treidel bezeichnet wird, mit dem Boote oder Lastkähne vom Land aus den Fluss oder Kanal hinaufgezogen werden; aber die Philologie, die Etymologie dieses Wortes war auch nicht das, was sie interessierte, sondern die einzigartige Lage dieses Kanals zwischen den beiden Straßen und die Tatsache, dass das Wasser zu dieser Jahreszeit sehr hoch stand, und dann die Beschaffenheit der beiden Straßen: Die breitere, asphaltierte war eine Nationalstraße, sogar ihren offiziellen Namen hatte sie sich eingeprägt, Strada Nazionale 35 dei Giovi. Die andere, die nicht asphaltiert war und fast rührend ländlich wirkte, war der alte Treidelweg des Kanals. Und dazwischen der Kanal.

Kanäle führen Wasser, wenn sie nicht trocken liegen, und dieser lag nicht trocken, und außerdem verfügte er nicht einmal über befestigte Ufer, eine Brüstung oder Holzpflöcke, nichts; in der nächtlichen Dunkelheit konnte ein Auto in diesen Kanal geraten, ohne durch irgendetwas aufgehalten zu werden. Und so gab sie dem Auto einen kleinen Schubs, diesem Fiat, von dem sie nicht wusste, um welches Modell es sich handelte. Und alles geschah genau so präzise und sanft, binnen weniger Sekunden, wie sie es geplant hatte, sogar die Vorderräder waren leicht nach rechts gerichtet, zum Kanal hin, und natürlich war der Leerlauf eingelegt, sodass es nicht mühsamer war, als einen Karren den Abhang hinunter zu schieben, und das Auto, in dem die beiden Alten saßen, träge von dem Huhn mit den Pilzen, dem Gorgonzola, den überbackenen Äpfeln mit Zabaione, dem Sambuca, alles von der Amerikanerin bezahlt, sodass sie sicher annahmen, sie sei ein Trottel wie ihr Vater – dieser Ausbund an Einfalt und Dummheit –, dieses Auto also, in dem Adele die Hure oder Adele meine Hoffnung und ihr Freund saßen, glitt wunderbar leicht, wunderbar glatt in den Kanal, in das tiefe Wasser des Kanals, und schlug genau im gewünschten Moment auf das Wasser auf, nämlich als auf der anderen Seite des Kanals, auf der großen Straße, der Nationalstraße 35 dei Giovi, gerade kein Wagen vorbeifuhr und es fast vollkommen finster war. Das Einzige, was man ausmachen konnte, waren die weit, noch sehr weit entfernten Scheinwerfer einiger Autos.

Ein Wasserstrahl spritzte auf, selbst ihr Gesicht wurde nass, die Zigarette aber löschte er nicht, und dann noch ein Strahl, fast zischend und diesmal stark wie aus einer Pumpe. Er versetzte ihr einen kalten Schlag gegen die Brust, nie hätte sie gedacht, dass ein im Wasser versinkendes Auto solche Fontänen erzeugen könne. Sie spürte die aufgeweichte Zigarette zwischen den Lippen, nun war sie eindeutig aus, sie klaubte sie sich aus dem Mund und spuckte das Gemisch aus Papier und nassem Tabak auf den Boden. Auch Gesicht und Haare waren von dem übel riechenden Wasser des Kanals – Alzaia Naviglio Pavese – durchnässt, und so stand sie dort, um auf die aufsteigenden Luftblasen zu warten.

Sie wartete in der Finsternis. Die Straße diesseits des Kanals, auf der sie sich befand, lag vollkommen im Dunkeln; auch auf der Straße jenseits des Kanals, der asphaltierten Straße, war es dunkel, doch wurde das weiche Tuch der Nacht dort ab und zu von Lichtkegeln durchbohrt. Das waren die Autos der Mailänder, die allerdings nicht von der Riviera zurückkamen, denn es war ja ein Wochentag, und an einem Mittwoch etwa kann man schließlich nicht nach Santa Margherita fahren, oder?, denn mittwochs muss man ja ins Büro, und auch wenn man keine Verpflichtungen dieser Art hat, muss man zumindest Jagd auf die machen, die ein Büro haben; nein, es waren die Mailänder, die es an diesen sanften Frühlingsabenden nach dem Büro zu einem Gasthaus auf dem Land zog, wobei sich die weniger Abenteuerlustigen schon mit den Lokalen an der Via Chiesa Rossa zufriedengaben oder höchstens bis nach Ronchetto delle Rane vordrangen, während die Kühneren Binasco oder sogar Pavia hinter sich ließen, um die Luxusschenken aufzusuchen, die eigentlich gar keine Schenken waren, und dort in einer ländlich angehauchten Atmosphäre Speisen und Weine zu sich nahmen, die nur mehr entfernt an Landkost erinnerten, und die nun, zu dieser Stunde, nach Hause zurückkehrten, nach Mailand, und langsam durch die wunderschöne Frühlingsnacht fuhren; langsam jedenfalls, solange keine anderen Autos vor oder hinter ihnen auftauchten, denn dann beschleunigten sie unverzüglich und blendeten ihre Scheinwerfer auf, und ebendiese Lichter sah sie, während sie auf die Luftblasen wartete.

Doch es kamen keine Luftblasen, denn da die Fenster, jedenfalls vorn, heruntergekurbelt waren, hatte sich das Auto schlagartig mit Wasser gefüllt, und so trat auch schlagartig vollkommene Stille ein. Nun musste sie nur noch schauen und warten; schauen, dass auf ihrer Straße niemand kam, keine Vespa mit einem Pärchen, das nicht viel Geld besaß und daher an den ländlichen Ufern des Kanals Zuflucht suchte, kein betrunkener Radfahrer, der in sein abgelegenes Haus zurückkehrte, kein Auto, das vollgestopft war mit den jungen Männern der umliegenden Höfe und Vororte, die Ausschau hielten nach Mädchen der benachbarten Höfe und Vororte und somit langwierige, wenn auch nicht eben blutige Fehden zwischen den Höfen in der Gegend von Assago, Rozzano, Binasco und Casarile riskierten; und warten, mindestens fünf Minuten warten, denn wenn die Fenster heruntergekurbelt sind, gelingt es den Eingeschlossenen manchmal, sich aus dem vollgelaufenen Auto zu befreien, und so wartete sie und starrte auf das Wasser, besessen von der eisigen Furcht, einer der beiden, oder auch beide, könnte plötzlich wieder auftauchen, auferstanden von den Toten, schreiend.

Die Scheinwerfer eines Autos, das jenseits des Kanals vorüberkam, leuchteten sie einen Augenblick an wie auf einer Bühne, und wenn die beiden in diesem Moment aus dem Wasser aufgetaucht wären, dachte sie, vom Licht getroffen wie von einem Blitz, hätte sie die Hand ausstrecken können, um sie herauszuziehen, und sagen, sie verstehe gar nicht, was geschehen sei, denn die beiden hatten sicher nicht gemerkt, dass sie das Auto angeschoben hatte. Wenn sie es aber doch bemerkt hatten?

Sie wartete, und erst als sie sicher war, dass fünf Minuten vergangen waren oder vielleicht zweimal fünf Minuten oder dreimal, erst als sie vollkommen sicher war, dass die beiden diesen Planeten nie mehr, absolut nie mehr mit ihren verdorbenen Seelen und ihren verdorbenen Körpern verpesten konnten, löste sie sich vom Ufer des Kanals, ging zu der kleinen Eisenbrücke, öffnete ihr

Handtäschchen, nahm die Papiertaschentücher heraus und wischte sich die schon fast angetrockneten Tropfen Kanalwasser vom Gesicht. In Brusthöhe war ihr leichter Mantel feucht, doch daran war nichts zu ändern, das Wasser quietschte in ihren Schuhen. Kaum war sie an dem Treppchen der Brücke angelangt, setzte sie sich auf eine Stufe, zog die absatzlosen Schuhe von den Füßen, kippte das Wasser aus, ließ die Schuhe ein wenig an der Luft trocknen und zog sie sich dann wieder über die nassen Strümpfe; auch daran war nichts zu ändern. Merkwürdig, sie hätte nicht gedacht, dass sie so nass werden würde.

Sie stieg die Stufen der kleinen Brücke hinauf, die über den Kanal führte, eigentlich war es ein Spielzeug, keine Brücke, nur dass sie kein kleines Mädchen war und sich über diese Brücke nicht wirklich freuen konnte. Sie zitterte, allerdings nicht vor Kälte, ach, wenn sie es doch ungeschehen machen könnte, aber das ging nicht, wenn jemand zwei Menschen umgebracht hat, hat es keinen Sinn, das ungeschehen machen zu wollen, man kann sie ja nicht wieder zum Leben erwecken. Und als sie oben auf dieser schizophrenen Brücke stand, die an Venedig und Jules Verne erinnerte, schluckte sie mehrmals, um die Übelkeit niederzukämpfen, die in ihr aufstieg, sobald sie an die beiden in dem Auto dachte, die unter Wasser um sich schlugen, und dann begann sie mit unsicheren Schritten die Stufen auf der anderen Seite herabzusteigen, sie war schließlich kein Profikiller; in der Theorie allerdings war sie sehr beschlagen, sie wusste über alle Methoden Bescheid, mit denen man jemanden umbringen kann, es gibt da ja unbegrenzte Möglichkeiten, aber sie kannte sie fast alle. Eine glühende Stricknadel etwa, die in die Gegend der Leber gestochen wird und diese langsam durchbohrt – dazu ist nur ein Minimum an Anatomiekenntnissen erforderlich –, führt den Tod unter zuckenden Schmerzen und mit bestialischer Langsamkeit herbei, so einen Tod war zum Beispiel Tony Paganica gestorben, amerikanischer Staatsbürger aus den italienischen Abruzzen, dessen Namen Paganica kein Amerikaner aussprechen konnte, sodass sie ihn kurz Tony Paany nannten. Der Gedanke, dass dieser Mann eben durch so eine Stricknadel in der Leber verendet war, milderte ihren Brechreiz, machte sie starr, und so ging sie die beiden letzten Stufen der Brücke hinunter und nahm den zweiten Teil ihrer Unternehmung in Angriff.

Sie befand sich nun auf der asphaltierten Straße. Immer mal wieder kam ein Auto vorbei, wenn auch in größeren Abständen, denn es war inzwischen ziemlich spät. Dicht rasten sie an ihr vorbei und tauchten sie in grelles Licht, hielten aber trotz ihrer erhobenen Hand nicht an, unglaublich, sich nachts mitten auf der Landstraße herumzutreiben, wohin sind wir bloß gekommen; es schien, als blendeten sie zur Warnung auf, statt anzuhalten. Ein Auto aber hielt schließlich doch, es waren gute alte Langobarden der guten alten Lombardei, ein Ehepaar mit Kind, die vielleicht das Abenteuer reizte, sie mitzunehmen, oder sie waren von Barmherzigkeit und Nächstenliebe erfüllt; armes Ding, um diese Zeit auf der Straße, wer weiß, was ihr geschehen ist, lass sie einsteigen Piero, schau mal, sie ist ja ganz nass, ihr Mantel, hoffen wir das Beste.

Piero hielt an, und sie stieg ein, stieg in das Auto und konzentrierte all die Jahre, in denen sie Italienisch gelernt hatte, auf ihre Lippen, damit auch ja nicht durchschien, dass sie aus San Francisco, Arizona, kam. „*Grazie, siete molto gentili*, sehr freundlich von Ihnen, fahren Sie nach Mailand?“, während da unten, im Wasser des Kanals, an dem das Auto entlangfuhr, die beiden Alten lagen, und sie war es gewesen.

„Ja, natürlich, Signorina, wohin denn sonst?“, erwiderte die Frau von Signor Piero und wandte sich ihr zu. Sie saß hinten neben dem Jungen und lachte; sie war gutherzig, gesprächig, sozial, ja in gewisser Hinsicht sogar fürsorglich.

„Papa, sie ist Amerikanerin“, bemerkte der Junge, während das Auto seine Fahrt verlangsamte, da sie sich dem Zollhäuschen* näherten. „Ich habe schon einmal eine Frau so sprechen hören, sie

---

* In Mailand gab es damals einen Stadtzoll, den *dazio*, auf transportierte Waren, der an Zollhäuschen am Stadtrand erhoben wurde.

hat *gencili* gesagt und nicht *gentili.* Nicht wahr, Sie sind Amerikanerin?"

Dieses neun- oder achtjährige oder vielleicht noch jüngere Kind hatte sich direkt an sie gewandt. Es war gefährlich, dass es jemanden gab, der sich klar darüber war, eine Amerikanerin mitgenommen zu haben, die genau dort eingestiegen war, wo das Auto auf dem Grund des Kanals lag, vielleicht war es Schicksal, vielleicht auch nicht, eigentlich sollte sie verschwinden, sich in Luft auflösen, statt unauslöschliche Spuren zu hinterlassen. Doch dieser Acht- oder Neunjährige, wie auch immer, hatte es genau auf den Punkt gebracht, sie hat *gencili* gesagt und nicht *gentili,* nun gab es kein Entrinnen mehr, die ganze sorgfältig erdachte Konstruktion konnte wegen der Pedanterie und dem guten Gehör dieses Jungen in sich zusammenbrechen.

„Ja, ich bin Amerikanerin", bestätigte sie, einen Erwachsenen kann man hinters Licht führen, Kinder nicht.

„Sie sprechen aber sehr gut Italienisch, ich hätte nie gemerkt, dass Sie Ausländerin sind", staunte die aufgeschlossene Langobardin.

„Ich habe einen sechsmonatigen Schallplattenkursus gemacht", erwiderte sie. Eine Grundregel jedes Kriminalistiklehrgangs ist, die Neugier des Gesprächspartners auf ein unverfängliches Thema zu lenken, um zu vermeiden, dass er sich auf andere, gefährliche Aspekte konzentriert.

Signor Piero – eben noch ganz argwöhnisch und gereizt wegen dieser Fremden in seinem Auto, ihr Mantel war ja ganz nass, wer weiß aus welchem Grund, er würde ihm das Auto beschmutzen, bei all dem Pack, das sich so herumtrieb, konnte nur jemand so Naives wie seine Frau dieses Mädchen einsteigen lassen – war plötzlich Feuer und Flamme. „Nein wirklich, in nur sechs Monaten, hast du das gehört, Ester? Dann stimmt es also, was alles über die Vorzüge dieser Lernmethode verbreitet wird."

„Natürlich stimmt es", bestätigte sie. Und beschloss, wärmstens für diese Schallplattenmethode zu werben. „Vor sechs Monaten konnte ich nichts als *O sole mio* sagen."

„Hör mal, Ester, wir sollten uns für Robertino wirklich mal nach diesen Platten erkundigen, bei Malsughi bekäme ich sicher Rabatt“, verkündete Signor Piero. Sie hatten das Zollhäuschen inzwischen hinter sich gelassen und fuhren nun die Conca Pallata entlang, wo sich der Südliche Lambro in zwei Arme teilt, die hinter dem Naviglio Pavese wieder zusammenfließen. Während er so redete, warf sie einen Blick auf die Uhr; es war noch nicht ganz fünf vor elf, ihren Zeitplan hatte sie also perfekt eingehalten. Ein paar Minuten unterhielten sich die anderen noch über den Vorteil von Schallplatten beim Erwerb von Fremdsprachen, während sie durch lange, fast verlassene, in violettes Neonlicht getauchte Alleen fuhren, bis sie unversehens bat: „Hier würde ich gern aussteigen, auf diesem Platz.“

„Wie Sie wünschen“, entgegnete Signor Piero, er hätte wirklich in einem Theater auftreten können, so gut war sein Bedauern gespielt, sie hier schon absetzen zu müssen, er hätte sich doch glücklich geschätzt, sie noch viel, viel länger mitzunehmen, wohin auch immer sie wollte.

„Molte grazie“, sagte sie, und kaum war das Auto zum Stehen gekommen, hatte sie auch schon die Tür geöffnet und war ausgestiegen, damit sie ihr Gesicht nicht so genau sahen, *„grazie, grazie“*, sie winkte noch einmal und tauchte dann schnell in den Schatten eines großen Baums, um sich vor dem bleichen Licht der Straßenlaterne zu schützen, unter der der Langobarde angehalten hatte.

Es war eine gefährliche Fahrt gewesen, doch auch daran war nichts zu ändern. Ganz allein stand sie nun auf diesem riesigen Platz an der äußersten Mailänder Peripherie, in dem sanften, wenn auch kühlen Aprilwind. Sie hatte Angst, aber Angst haben hilft nichts, und so unterdrückte sie sie. Auf dem Platz gab es einen Taxistand, das wusste sie, sie hatte sich den Ort genau eingeprägt, und so ging sie nun in die entsprechende Richtung und sah schon von Weitem das Freizeichen der beiden Taxis, die verschlafen unter den großen Bäumen standen.

„Hotel Palace.“

Der Taxifahrer nickte zufrieden, das ist mal eine ordentliche Fahrt, die ganze Stadt durchqueren und dann in der Nähe des Bahnhofs herauskommen, wo sich zu jeder Stunde Kundschaft findet, und es musste auch ein ordentliches Mädchen sein, wenn sie im Palace wohnte. Im Auto war es dunkel, doch sie nutzte das Licht einer vorbeihuschenden Straßenlampe, um erneut einen Blick auf ihre Uhr zu werfen: sieben nach elf, sieben Minuten früher als geplant.

„Würden Sie bitte kurz an dieser Bar halten?"

Sie waren nun in der Via Torino. Es war ruhig, diese tote Zeit, bevor die Leute aus dem Kino quellen, kaum Passanten, keine Autos, doch auch zu dieser Stunde durfte man in der Via Torino nicht am Straßenrand halten. Der Taxifahrer schien sich hier allerdings wie zu Hause zu fühlen, er fuhr auf den Bürgersteig, als handle es sich um die Auffahrt zu seiner Privatvilla, und hielt genau vor der Bar.

„Einen Gin." In dieser merkwürdigen Bar musste nicht ein Innenarchitekt, sondern wohl eher ein Miniaturkünstler am Werk gewesen sein, alles hatte er in einem schmalen Gang untergebracht, von der Jukebox über das Telefon bis zum Flipper-Automaten. Auch einen Gin zu bestellen war ein Fehler gewesen, eine junge Frau, die um diese Zeit allein eine Bar betritt und einen so exotischen Drink bestellt! Die vier Männer, die sich außer dem Barkeeper im Lokal befanden, betrachteten sie jetzt noch eingehender, sie mussten einfach ihren angelsächsischen Typ bemerken, die noch feuchten Schuhe und Strümpfe, sie hinterließ Spuren über Spuren, doch glücklicherweise wimmelte die Stadt von Fremden, die zur Messe gekommen waren, und abends hatten die meisten von ihnen getrunken und benahmen sich exzentrisch. Im Taxi zündete sie sich eine Zigarette an, auch das verlieh ihr Kraft, wie der Gin. Sie war fertig, sie hatte es geschafft. Nicht länger als drei Minuten blieb sie in ihrem Hotelzimmer im Palace, zwei reichten aus, um Schuhe und Strümpfe zu wechseln und den Regenmantel überzuziehen, eine weitere, um die bereits gepackten Koffer zu schließen.

Die Rechnung lag schon bereit, und auch das Geld war schon abgezählt. Eine Minute benötigte sie noch, um Trinkgelder zu verteilen und auf das bestellte Taxi zu warten. In weiteren zwei Minuten brachte das Taxi sie zum Bahnhof.

Auch diesen babylonischen Tempel kannte sie schon, sie war bestens vorbereitet. „Zum Settebello“, wies sie den Gepäckträger an, der die beiden Koffer und den Lederbeutel auf seinen Karren lud. Während sie dem Gepäckträger folgte, wurde sie von einem Süditaliener angesprochen, der ihr seine männliche Begleitung anbot und sie mit einem unglaublichen Pferdegebiss anlächelte, die Oberlippe von einem Schnurrbart gesäumt, der ihm wohl unwiderstehlich erschien. Doch auf dem Bahnsteig, an dem der Settebello bereits wartete, flanierten zwei Carabinieri auf und ab, deren Anblick der kleine Eroberer wohl überhaupt nicht schätzte, sodass er sie in Ruhe ließ.

Die Fahrkarte hatte sie schon gelöst und auch einen Sitzplatz reserviert. Vier Minuten nachdem sie eingestiegen war, verließ der Settebello den Bahnhof, morgens um acht würde sie in Rom-Fiumicino ins Flugzeug nach New York steigen. Der Zeitplan war exakt ausgearbeitet und fest in ihrem Gedächtnis verankert: Um drei Uhr nachmittags Ortszeit würde sie in Phoenix landen und sich unter die anderen hundertfünfundneunzig Millionen Amerikaner mischen, endgültig, unwiederbringlich weit entfernt vom Alzaia Naviglio Pavese.

2

Die Haustürklingel schrillte. Es klang sehr höflich. Und doch gibt es Situationen, in denen Klingeln einfach stört, egal, wie es sich anhört, in denen es besser ist, wenn überhaupt niemand kommt, weil alle Menschen einem verhasst sind. Der Mann, dem er schließlich die Tür öffnen musste – schließlich hatte er ja so höflich geklingelt –, war noch widerwärtiger, als er befürchtet hatte.

„Doktor Duca Lamberti?“

Sogar seine Art zu sprechen war unangenehm, dieses perfekte Italienisch, diese vollkommene Höflichkeit, diese überdeutliche Aussprache, der Mann hätte gut und gern eine Sprachausbildung anbieten können. Duca hasste alles, was so vollkommen war.

„Ja.“ Er blieb in der Tür stehen, ohne den Mann hereinzubitten. Auch seine Art, sich zu kleiden, war ihm verhasst. Natürlich, es war bereits Frühling, aber dieser Mann lief jetzt schon in einer Strickjacke herum, und zwar ohne Blazer darüber. Die Jacke war hellgrau, die Bündchen aus dunkelgrauem Wildleder. Damit aber niemand auf die Idee kam, er habe vielleicht nicht genug Geld, um sich ein Jackett zu kaufen, hielt der Mann ein Paar elegante, hellgraue Lederhandschuhe in der Hand, wie sie im Allgemeinen zum Autofahren benutzt werden; allerdings nicht diese geschmacklose Sorte ohne Handrücken, sondern ganz normale Handschuhe, Handrücken und Finger inklusive. Auf der Innenseite waren ein paar schmale, geflochtene Längsstreifen eingearbeitet, das sah man sofort, denn er hielt die Handschuhe demonstrativ vor sich hin, damit man gleich merkte, dass er ein Auto besaß, das zu diesen Handschuhen passte.

„Darf ich eintreten?“ Seine Stimme floss über vor Höflichkeit, vor falscher Höflichkeit und falscher Spontaneität.

Der Mann gefiel ihm nicht, und er gab es ihm zu verstehen, ließ ihn aber trotzdem herein, denn unergründlich sind die Wege des Schicksals. Er öffnete die Tür zu dem Raum, in dem sich seine Praxis befand – dieses längst gestorbene oder nie geborene oder eigentlich, um genau zu sein, abgetriebene Projekt –, und ließ ihn an sich vorbeigehen.

„Worum geht es?" Er bat ihn nicht einmal, Platz zu nehmen, wandte ihm den Rücken zu und setzte sich aufs Fensterbrett. Wer ein offenes Fenster zum Piazzale Leonardo da Vinci hat, durch das er auf die Bäume im frischen Frühlingsgrün schauen kann, hat eigentlich alles, was das Herz begehrt.

„Darf ich mich setzen?" Trotz der kalten Reaktion seines Gegenübers ließ der Mann, der nicht älter als dreißig sein konnte, sich keineswegs von seiner abstoßenden Umgänglichkeit und Herzlichkeit abbringen.

Er antwortete nicht. Um elf Uhr vormittags gleicht der Piazzale Leonardo da Vinci einem verschlafenen Platz der Peripherie, über den sogar Kinderwagen mit unschuldigen Geschöpfen darin geschoben werden und der nur hin und wieder von einer seltsam leeren Straßenbahn überquert wird. Zu dieser Stunde, in dieser Jahreszeit, an einem so milden Apriltag konnte man Mailand tatsächlich noch lieben.

„Vielleicht hätte ich Sie lieber vorher anrufen sollen", sagte der Unbekannte, ohne Ducas Unfreundlichkeit zu beachten. „Aber über bestimmte Dinge lässt sich am Telefon nicht gut reden." Er lächelte weiterhin unbeirrt und versuchte sogar, eine komplizenhafte Stimmung aufkommen zu lassen.

„Worum geht es?", fragte Duca erneut von seinem Fensterbrett aus und blickte einer ehrbaren Hausfrau nach, die ihren prall gefüllten zweirädrigen Einkaufswagen hinter sich herzog.

„Entschuldigung, ich habe mich noch gar nicht vorgestellt. Mein Name ist Silvano Solvere. Sie kennen mich nicht, aber Sie sind mit einem guten Freund von mir bekannt, der mich übrigens hierhergeschickt hat."

„Und wer wäre dieser Freund?“ Eigentlich verspürte er nicht die geringste Neugier, das zu erfahren. Das Einzige, was ihn vielleicht ein wenig interessierte, war, welche Sorte von stinkendem Gebräu sich wohl in dem Fläschchen befand, das dieser Herr sich offenbar zu entkorken anschickte, denn er wirkte tatsächlich wie ein Händler, der stinkende Flüssigkeiten aller Arten vertrieb. Das ging nicht nur aus seinem Gesicht hervor, sondern auch aus seiner Eleganz, seinen vorbildlichen Manieren und der peinlichen Sauberkeit, die sich aber offensichtlich nur auf seinen Körper bezog. Was das wohl für eine Schweinerei war, die er ihm vorzuschlagen hatte?

„Advokat Sompani. Sie erinnern sich doch, oder?“ Er zwinkerte ihm zwar nicht zu, denn dazu gab er sich viel zu vornehm, aber etwas in seiner Stimme zwinkerte, falls so etwas möglich ist. Er schien eifrig bemüht, eine verschwörerische Vertraulichkeit zwischen ihnen beiden entstehen zu lassen. Wie plump verschlagene Menschen doch sind!

„Ja, ich erinnere mich.“ Und ob er sich erinnerte. Die schlimmste Strafe waren nicht die drei Jahre Gefängnis an sich gewesen, sondern die Haft zusammen mit Turiddu Sompani. Die anderen Zellengenossen waren ja noch erträglich gewesen, das waren einfach nur Dreckfinken, Diebe, angehende Mörder, Turiddu Sompani aber war von einem besonderen Kaliber, er war regelrecht widerlich, so fett und schwabbelig, wie er aussah, und auch weil er ein Rechtsanwalt war, und Rechtsanwälte, die im Gefängnis landen, haben einerseits etwas Lächerliches, andererseits aber auch etwas Beängstigendes. Zwei Jahre hatte Sompani absitzen müssen, obwohl er eigentlich zwanzig verdient hatte, denn er hatte sein Auto einem Freund überlassen, der keinen Führerschein besaß und noch dazu betrunken war, und dieser Mann war mit dem Auto und seiner Freundin im Lambro versunken, in der Nähe der Conca Fallata, während er, Turiddu, am Ufer gestanden und um Hilfe gerufen hatte – eine seltsame, undurchsichtige Geschichte, aus der ihm jedoch nicht einmal der hartnäckige Staatsanwalt einen Strick hatte drehen können, auch wenn alle im Saal, die Richter, die

Geschworenen und das Publikum, gespürt hatten, dass Turiddu Sonipanis Freund nicht zufällig im Lambro gelandet war.

„Der Advokat hat mir gesagt, dass Sie mir vielleicht einen Gefallen erweisen könnten“, fuhr der glatte Silvano fort und tat dabei etwas verlegen, doch das war reine Schauspielerei, denn eigentlich machte er den Eindruck, als schäme er sich vor nichts und niemandem und würde es sogar fertigbringen, zur Zeit des Aperitifs das Denkmal auf dem Largo Cairoli zu besteigen und sich nackt zu Garibaldi aufs Pferd zu setzen.

„Von welchem Gefallen sprechen Sie?“, fragte er geduldig – entweder man ist geduldig, oder man ist ein Mörder –, rutschte vom Fensterbrett herunter und setzte sich auf einen Hocker vor den Händler; und dabei war ihm, als könne er all die Fläschchen mit den stinkenden Flüssigkeiten sehen, von denen eines jetzt gleich entkorkt werden würde. Ein Arzt wie er, dem die Zulassung entzogen worden ist, übt auf bestimmte Leute eine große Faszination aus. Tatsächlich hätte es ihm nach seiner Entlassung aus dem Gefängnis an Arbeit nicht gemangelt. Zunächst hatten sich alle Mädchen der Gegend an ihn gewandt, die glaubten oder wussten, dass sie schwanger waren. Sie waren zu ihm gekommen, hatten geweint und manchmal sogar mit Selbstmord gedroht, doch vergeblich. So viele waren es gewesen, dass er schließlich das Schild mit der Aufschrift „Dr. Duca Lamberti“ unten am Hauseingang abgeschraubt hatte; nur zwei Löcher waren übrig geblieben. Viel geholfen hatte das allerdings nicht. Als Nächstes waren die Drogensüchtigen gekommen, ein weiteres potenzielles Arbeitsfeld. Ihrer Ansicht nach ist ein Arzt, dem die Berufserlaubnis entzogen worden ist, eher mal bereit, bestimmte Rezepte auszustellen; den Rezeptblock hat er ja noch, und mit seiner Karriere ist es ohnehin vorbei. Damit konnte man doch ein gutes Geschäft machen, und sogar ganz ohne Risiko, suggerierten ihm die Drogensüchtigen mit den blassen Fingernägeln und den blauen Flecken auf den Handrücken, und das Leben ekelte ihn an. Im Schlepptau der Drogensüchtigen kamen die Prostituierten mit ihren Infektionen. „Zu normalen Ärzten gehe ich nicht, die zeigen mich doch nur an, und dann werde ich unter irgendeinem Vorwand wieder eingelocht.“ Er aber war eben kein normaler, sondern ein ganz besonderer Arzt, der drei Jahre wegen Euthanasie gesessen hatte; da musste er die Syphilis doch wohl zu behandeln wissen, im Gefängnis San Vittore hatte er sich sicherlich darauf spezialisiert, oder?

Endlich zog sein Besucher das Fläschchen hervor, auf das Duca die ganze Zeit gewartet hatte, und öffnete es: „Es handelt sich um eine ziemlich delikate Angelegenheit. Advokat Sompani hat mir gesagt, dass Sie ein Mann von äußerst strengen Prinzipien sind und vermutlich Ihre Bedenken haben werden, aber dies ist wirklich ein ganz besonderer Fall, ein sehr menschliches Problem. Es geht um eine junge Frau, die gern heiraten möchte und …“ Aus dem Fläschchen quoll ein ekelerregender Gestank hervor, der sich mit der vollkommenen Stimme dieses vollkommenen Überbringers von Giftgasen im Raum verbreitete. Der Mann war wegen einer Hymenalplastik gekommen. Der besondere Fall, das sehr menschliche Problem betraf ein Mädchen, das heiraten wollte, und dessen Bräutigam überzeugt war, sie sei noch vollkommen intakt. Das Mädchen, und das war ja tatsächlich sehr menschlich, hatte nicht den Mut gehabt, ihrem Bräutigam zu beichten, dass sie ihre Intaktheit in einer – weit zurückliegenden und längst vergangenen – Episode blinder Leidenschaft verloren hatte, war sich aber sicher, dass ihr Verlobter imstande sei, sie umzubringen, wenn die Wahrheit ans Licht kommen sollte. Mit einer Hymenalplastik nun könnte man das Problem elegant und ohne großes Drama lösen; der Bräutigam wäre glücklich über die Integrität seiner Braut, diese wiederum wäre glücklich über die Heirat, und er, der Arzt, Duca Lamberti, Ausführer der Hymenalplastik, würde mit einem einfachen Eingriff eine runde Million verdienen, dreihunderttausend sofort und siebenhunderttausend nach gelungener Operation. Natürlich in bar.

„Verlassen Sie sofort dieses Haus, und zwar binnen zehn Sekunden, denn in der elften schlage ich Ihnen den Schädel ein!“ Duca stand langsam, aber entschieden auf und griff mit einer dramatischen Geste nach dem Hocker, auf dem er saß. Auch er hatte inzwischen gelernt, Theater zu spielen, er wollte keineswegs, dass der andere ging.

„Moment, lassen Sie mich noch ein paar Worte sagen“, fuhr sein Gegenüber ohne den geringsten Anflug von Angst fort. „Vielleicht wären Sie ja daran interessiert, Ihre Approbation zurückzubekommen, ich kenne da jemanden …“

3

Er ging zu Fuß zum Kommissariat. Carrua aß gerade. Auf seinem Schreibtisch stand ein Teller mit nichts als einem trockenen Brötchen und ein paar schwarzen Oliven. Und ein Glas Weißwein. Duca redete, während Carrua seine Oliven aß, indem er das Fruchtfleisch sorgfältig mit den Zähnen vom Kern löste, und zum Schluss legte er ihm die dreißig Zehntausendlirescheine auf den Tisch, die der Händler mit den stinkenden Fläschchen ihm gegeben hatte. In der dunkelsten Ecke des Büros – dort im Kommissariat wurde deutlich, was ihm sein Vater einmal erklärt hatte: „Je heller draußen die Sonne scheint, desto dunkler ist es drinnen" – saß Mascaranti und hatte alles mitgeschrieben, er war einfach nicht daran zu hindern.

„Er hat gesagt, er wolle dafür sorgen, dass du deine Approbation wiederbekommst?", fragte Carrua, wobei er fleißig an einer Olive arbeitete.

„Ja, er hat mir sogar erklärt, wie er vorzugehen gedenkt, und es war offensichtlich, dass er sich da auskennt."

„Glaubst du, er könnte es schaffen?"

„Ich glaube schon, wenn er wollte. Außerdem hat er Beziehungen zu einem mächtigen Politiker, der dir und mir nicht unbekannt ist und der seinen Einfluss bestimmt geltend machen könnte." Er nannte den Namen des Mannes.

„Glaubst du, dass er dir die Zulassung verschaffen möchte?"

„Ich glaube, dass er das absolut nicht will." Die Begegnung mit diesem Mann war eine widerwärtige, schmutzige Angelegenheit gewesen, aber jetzt befand er sich bereits mittendrin, und da konnte er nicht hoffen, mit Leuten aus der High Society zu tun zu haben.

„Mascaranti, du musst den Leuten an der Bar wirklich mal sagen, sie sollen mir nicht immer diese alten Oliven schicken."

„Das habe ich bereits getan."

„Sollten sich schämen, jetzt verkaufen sie ihr vergammeltes Zeug sogar schon an die Polizei", bemerkte Carrua, der nun, wo die Oliven aufgegessen waren, an dem Brötchen zu knabbern begann und dabei den Stapel Zehntausendlirescheine vor sich auf dem Tisch betrachtete. „Bist du sicher, dass du dich auf diese Geschichte einlassen willst?"

„Ich brauche Geld", antwortete Duca.

„Und du meinst, als Polizist Geld verdienen zu können? Du hast ja komische Ideen." Er nippte an dem Weißwein. „Mascaranti, hol mir bitte mal die Akte Sompani." Er trank noch einen Schluck Wein, während Mascaranti den Raum verließ. „Weißt du, etwas ist merkwürdig an dem Mann, der dir diese vorhochzeitliche Flickarbeit angeboten hat, und zwar, dass er dir gesagt hat, Turiddu Sompani habe ihn geschickt. Turiddu Sompani ist nämlich vor ein paar Tagen ertrunken, und zwar zusammen mit einer Freundin, sie wurden in ihrem Fiat 1300 aus dem Naviglio Pavese gefischt. Ich kann mir allerdings nicht vorstellen, dass dein Mann mit dem außergewöhnlichen Anliegen nicht wusste, dass Turiddu tot ist, und ich verstehe nicht, warum er mit der Empfehlung eines Verstorbenen zu dir gekommen ist, vor allem, weil du ja schließlich auch wissen konntest, dass Turiddu nicht mehr lebt."

„Ich wusste es auch." Duca beugte sich vor und nahm sich die letzte, zerdrückte Olive, die Carrua auf dem Teller hatte liegen lassen. Er war hungrig. In diesen Tagen wohnte er allein und hatte niemanden, der ihm mal eine Mahlzeit zubereitete, und essen gehen war teuer. Die Olive schmeckte gar nicht so schlecht. „Und ich weiß noch etwas anderes, und dazu brauchen wir nicht einmal in Sompanis Akte zu schauen: Vor dreieinhalb Jahren hat Turiddu sein Auto einem Freund und dessen Mädchen überlassen, der Freund hatte keinen Führerschein und war betrunken, und so sind die beiden im Lambro gelandet, bei der Conca Fallata. Ich hasse solche Wiederholungen: Erst ertrinken Sompanis Freund und sein Mädchen elendiglich – so sagt man doch, oder? – in einem Auto an der Conca Fallata, und ein paar Jahre später passiert das Gleiche auch Sompani und einer Freundin, diesmal am Naviglio Pavese. Hasst du sie nicht auch?" Er meinte die Wiederholungen.

Carrua nahm noch einen Schluck Wein. „Ich glaube, allmählich beginne ich, dich zu verstehen." Er setzte das Glas ab. „Ärzte sind Polizisten des Körpers. Fast immer ist die Krankheit ein Verbrecher, den es aufzuspüren gilt, indem man alle vorhandenen Spuren verfolgt. Ich glaube, du warst ein guter Arzt, weil du im Grunde ein Polizist bist wie dein Vater." Er trank den letzten Schluck. „Ja, auch mich hat diese Wiederholung gestört, aber wenn wir recht haben mit der Vermutung, dass es sich nicht um einen Zufall handelt, ist das eine lange, komplizierte Geschichte – und nicht ungefährlich."

Duca stand auf. „Na gut, wenn du mir die Arbeit nicht geben willst, so lass es eben bleiben. Dann gehe ich jetzt."

Endlich kam der wahre Carrua zum Vorschein. Bisher hatte er mit einer beunruhigend normalen Stimme gesprochen, aber jetzt begann er zu brüllen: „Nein, ich will dich hier nicht sehen. Du bist mir viel zu reizbar, und auch diese Arbeit machst du mit geradezu unnatürlicher Anspannung, mit Hass. Du willst die Verbrecher nicht etwa verhaften und der Justiz übergeben, um die Gesellschaft vor ihnen zu schützen, nein, du willst sie fertigmachen! Du hast eine Schwester, und deine Schwester hat eine kleine Tochter, und eigentlich müsstest du dich um die beiden kümmern. Stattdessen kommst du her und legst deine Hand leichtfertig auf diese Mine, als wolltest du sagen, da bin ich, ich mach das schon, ich entschärfe das Ding gern, und wenn ich dabei in die Luft fliege." Er griff nach den Zehntausendlirescheinen und fuchtelte ihm damit wütend vor der Nase herum. „Glaubst du etwa, ich hätte nicht kapiert, warum du das Geld von diesem Kerl angenommen hast? Um mitspielen zu können. Und wenn ich dich dann in irgendeinem Graben wiederfinde, mit durchschnittener Kehle, was sage ich dann deiner Schwester, bitte schön? Du weißt ganz genau, dass der Staat ihr nicht mal zehn Lire zahlt, wenn du stirbst, weil du im besten Fall als Informant behandelt wirst, das ist die höchste Qualifikation, die ich dir zugestehen kann, und nach Informanten kräht kein Hahn, wenn sie krepieren. Wieso fährst du nicht lieber als Pharmareferent durch die Lande und verdienst dein Geld auf anständige Weise?"

Duca hatte keine Lust, sich das anzuhören. Eigentlich mochte er Carrua, wenn er brüllte, aber der Frühling machte ihn reizbar, in jeder Hinsicht. „Vielleicht hast du recht, und ich bin zu nervös, um Polizist zu sein. Nicht jeder ist mit einer so beispielhaften Gelassenheit gesegnet wie du." Er ging zur Tür.

„Nein, Duca, komm zurück!" Carruas Stimme, die auf einmal ganz leise klang, rührte ihn. Er ging zum Schreibtisch zurück.

„Setz dich."

Er setzte sich.

„Es tut mir leid, dass ich so gebrüllt habe."

Er schwieg.

„Wie bist du denn mit diesem werten Herrn verblieben? Ich hab vergessen, wie er heißt."

Mascaranti war gerade mit der Akte Turiddu Sompani in das Büro getreten und hatte den Rest ihres Wortwechsels mit angehört. „Er heißt Silvano Solvere. Ich habe bereits im Archiv nachgeschaut, aber nichts gefunden. Man könnte natürlich mal mithilfe der Fingerabdrücke suchen, denn der Name klingt ja schon etwas seltsam. Dafür habe ich die Akte der Frau gefunden, die mit Sompani zusammen war, eine merkwürdige Akte, *Beamtenbeleidigung, Beleidigung, Beleidigung, Beleidigung* und dann *Trunkenheit und Randale, Trunkenheit, Trunkenheit, mit Einweisung in die Psychiatrie* natürlich, und dann kommt *Stürmen einer Parteizentrale zusammen mit anderen Streikenden.* Wissen Sie noch, als die sogar Feuer gelegt haben?" Er holte Luft. „Und dann noch Prostitution und Landstreicherei."

„Und wie heißt dieses Unschuldslamm?"

„Adele Terrini."

„Gut. Aber kommen wir noch mal auf meine letzte Frage zurück: Wie bist du mit diesem Silvano Solvere verblieben, bei dem ich immer an Soda Solvay denken muss?" Was für eine alberne Assoziation, dachte Carrua selbstkritisch, das musste wohl daran liegen, dass er ständig in diesem Büro hockte.

„Er holt mich ab und bringt mich zu der jungen Frau." Ganz einfach.

„Das heißt, du musst mit ihm dorthin gehen?" Ja, das verstand sich wohl von selbst. „Und wenn du dann bei dem Fräulein bist, musst du sie operieren? Ist das eine riskante Operation? Dauert sie lange?"

Duca erklärte ihm den Eingriff in einer sehr sachlichen Sprache. Er und Carrua verabscheuten vulgäre Ausdrücke, wenn sie nicht nötig waren. „Ohne Approbation darf ich natürlich nicht mal ein Pflaster aufkleben, aber mit polizeilicher Erlaubnis könnte ich die Operation schon durchführen."

„Und wenn es zu einer Infektion kommt und das Mädchen stirbt, was machen wir dann?", fragte Carrua.

„Du weißt genau, dass es keine Antwort auf diese Frage gibt", entgegnete Duca gereizt. „Entweder du willst Verbindung zu diesen Leuten aufnehmen und bist bereit, ein entsprechendes Risiko einzugehen, um dadurch etwas Entscheidendes aufzudecken, oder du lässt die Akten von Turiddu und seiner Freundin hübsch im Schrank liegen, tust so, als hättest du den Namen Silvano Solvere noch nie gehört, und ich gehe wieder nach Hause."

„Ich habe eigentlich an dich gedacht", sagte Carrua leise. „Wenn das Mädchen stirbt oder wenn es ihr sehr schlecht geht und etwas davon an die Öffentlichkeit dringt, dann bist du am Ende, selbst wenn du es im Auftrag der Polizei gemacht hast."

„Wieso, bin ich nicht sowieso schon am Ende?"

Carrua starrte auf den Sonnenflecken in der Nähe des Fensters. Er klang richtig traurig, als er feststellte: „Also hast du dich schon entschieden."

„Ich dachte, ich hätte das bereits klargestellt." Selbst so intelligente Menschen wie Carrua sind manchmal schwer von Begriff.

„Na gut." Carrua liebte und hasste diesen Mann gleichzeitig, wie er auch den Vater von Duca Lamberti wegen seiner Verbissenheit und Unbeugsamkeit gehasst und gleichzeitig bewundert hatte. Obwohl Duca kein Geld besaß, seine berufliche Laufbahn ein jähes Ende genommen hatte und er für seine Schwester und deren kleine Tochter sorgen musste, dachte er nicht etwa an seine eigenen Probleme und versuchte, so gut wie möglich über die Runden zu kommen, sondern ließ sich auf die aussichtsloseste Arbeit ein, die es gibt: die Arbeit des Polizeibeamten, und zwar des italienischen Polizeibeamten. Als englischer oder amerikanischer Polizist hätte er es vielleicht noch etwas besser gehabt, aber ein italienischer Polizist steckt immer nur ein und bekommt alles Mögliche ab: die fliegenden Steine streikender Demonstranten, die Kugeln und Messerstiche der Verbrecher, die bösen Worte seiner Mitbürger, das Brüllen seiner Vorgesetzten. Und das alles für eine Handvoll Lire. „Na gut. Aber du hältst dich dabei an meine Anweisungen. Mascaranti kommt mit."

Ja, das war eine ausgezeichnete Idee.

„Er folgt dir in einem Auto mit Funkgerät."

Von diesem Vorschlag war Duca hingegen ganz und gar nicht begeistert. „Ein Auto mit Funkgerät ist viel zu auffällig", warf er ein. „Es ist doch klar, dass sie mich nicht aus den Augen lassen, seit sie mir das Geld gegeben haben. Deshalb bin ich ja auch zu Fuß gekommen. Wenn sie merken, dass das Auto über ein Funkgerät verfügt, ist sofort alles aus."

„Das überlass nur Mascaranti, er muss eben dafür sorgen, dass er nicht entdeckt wird. Aber das ist noch nicht alles. Ich werde dir außerdem unsere Spezialeinheit, die S an die Fersen heften." Er begann zu brüllen. „Und sag ja nicht, dass dir das zu viele Leute sind. Wenn du ein bisschen Ahnung von dieser Arbeit hast, sollte dir nämlich längst klar sein, was dir passieren könnte."

Nein, er protestierte nicht, er wusste, dass Carrua recht hatte.

„Außerdem wird Mascaranti dir einen Revolver geben." Sein Ton war bestimmt, auch wenn er nicht viel Hoffnung hatte, dass Duca auf seinen Vorschlag eingehen würde. „Mit einer provisorischen Spezialerlaubnis natürlich, denn einen Waffenschein kann ich dir nicht verschaffen."

„Nein, bitte, keinen Revolver, ich laufe nicht gern bewaffnet herum."

„Aber diese Leute laufen bewaffnet herum."

Doch Duca weigerte sich kategorisch und sagte ein wenig eitel: „Ich brauche keine Waffe, ich bin auch ohne gefährlich genug." Eigentlich wollte er noch etwas anderes hinzufügen, nämlich dass er sehr schnell, viel zu schnell abdrücken würde, aber das sagte er nicht, Carrua wusste es sowieso.

„Na gut, dann lassen wir das." Carrua gab nach. „Das heißt, dass Mascaranti auf dich aufpassen muss. Und noch etwas: Diese Leute könnten dich anrufen, deshalb werden wir dein Telefon überwachen und alle Gespräche aufzeichnen."

Er hatte nichts dagegen.

„Ach ja, noch etwas: Ich muss den Polizeichef informieren, dass ich auf diesem Gebiet ermittle." Er stand auf. „Ich hoffe, eins ist klar: Wenn dir etwas passiert, verliere ich augenblicklich meine Stelle und werde nach Sardinien zurückgeschickt, und dann muss ich mich mit Brot und Oliven begnügen."

„Was anderes isst du hier doch auch nicht."

„Lass deine Witze", erwiderte Carrua, „und versuch zu verstehen, dass ich absolut keine Lust habe, meine Stelle zu verlieren, und dass dir deshalb nichts passieren darf. Im Grunde ist mir egal, ob bei unseren Ermittlungen etwas herauskommt oder nicht, denn ob dieses Unkraut verschwindet oder nicht, liegt bestimmt nicht an uns. Hauptsache, du bleibst unversehrt und wir kommen nicht allesamt in die Zeitung."

Duca stand auf. Er war jetzt nicht mehr so angespannt wie vorher. „Mascaranti, gehen wir!"

„Ja, Doktor Lamberti", antwortete Mascaranti.

Auch Carrua stand auf. „Er mag es nicht, wenn man ihn mit ‚Doktor' anspricht", klärte er Mascaranti auf. Er selbst war jetzt wesentlich angespannter als vorher. Er nahm den Stapel Zehntausendlirescheine und schob ihn zu Duca hinüber. „Und die hier behältst du. Gib sie ruhig aus, als gehörten sie dir. Diese Leute könnten dich durchsuchen, und dann müssen sie ihre Scheine bei dir finden."

Ja, natürlich. Unten im Hof saß eine Taube, eine einzige. Sie hockte vollkommen unbeweglich auf der Erde, als sei sie eine Skulptur aus Stein. Das Auto mit dem Funkgerät, das Mascaranti gerade geholt hatte, fuhr mit nicht einmal einem Meter Abstand an der Taube vorbei, aber sie rührte sich nicht von der Stelle.

4

Die Haustürklingel schrillte, und zwar sehr, sehr höflich. Mascaranti verschwand in die Küche, zog die Tür hinter sich zu, nahm den Revolver aus dem Gürtel und steckte ihn in seine Jackentasche. Duca ging zur Haustür und öffnete. Natürlich verhielten sie sich nicht jedes Mal so, wenn es klingelte, aber da seine Schwester sich mit ihrer Tochter in der Brianza aufhielt und deshalb niemand klingelte – es hatte wirklich seit vier Tagen nicht mehr geklingelt, und erst recht nicht so höflich, allzu höflich –, wussten sie, dass der Moment gekommen war, auf den sie warteten. Kaum hatte er die Tür geöffnet, als Ducas Blick auch schon auf das Köfferchen fiel – es war tatsächlich ein richtiger kleiner Koffer, nicht eine große Tasche – und dann auf die schönen, langen Beine der Frau; sehr junge Beine, und auch ihr Gesicht war sehr jung und der ganze Körper, der in einer leuchtend roten Redingote steckte.

„Doktor Lamberti?" Ihre Stimme klang weniger jung und sehr viel weniger höflich als das Klingeln eben. Sie sprach zwar Italienisch, ihre Aussprache und ihr Tonfall aber waren stark eingefärbt von dem derben Dialekt der äußersten Mailänder Peripherie, der typisch ist für Corsico oder Cologno Monzese, wo sich das zwar nicht gerade raffinierte, aber doch gutmütige Mailändisch mit anderen, artfremden Dialekten vom Land mischt.

Er nickte. Ja, das war er, Doktor Lamberti, Duca Lamberti. Er ließ sie eintreten, denn er hatte bereits begriffen, was sie wollte.

„Mich schickt Silvano", sagte sie im Flur. Sie war fast ungeschminkt, abgesehen von dem Lippenstift und den Augenbrauen, die über den nackten, weißen Stellen nachgezeichnet waren, an denen sich einst die echten, nun aber gänzlich ausgezupften Augenbrauen befunden hatten – eine Mode, die er abstoßend und lächerlich fand. Er deutete auf sein Sprechzimmer.

Der Koffer musste ziemlich schwer sein, was er aus den Metallbeschlägen schloss und auch aus der Art, wie sie ihn trug. „Sie können erst mal dort in dem Sessel Platz nehmen." Diese gerissenen Füchse: Sie hatten das Mädchen selbst geschickt, statt ihn, wie angekündigt, holen zu kommen. Na ja, man konnte wohl nicht erwarten, dass sie auch mal die Wahrheit sagten.

Bevor sie sich setzte, stellte sie den Koffer in eine Ecke und zog sich die Redingote aus, unter der sie einen roten Unterrock und hauchdünne, schwarze Perlonstrümpfe trug. Dann griff sie nach ihrer Handtasche, und endlich setzte sie sich hin, kramte in dem Täschchen nach ihren Zigaretten und zündete sich eine an. Es waren Parisienne. „Möchten Sie eine?" Sie hielt ihm die Schachtel hin.

„Danke." Er nahm eine Zigarette. Er mochte Parisienne, und außerdem hieß es vielleicht, dass die Dame manchmal in die Schweiz fuhr, oder nach Frankreich.

„Ist noch jemand anderes in der Wohnung?", erkundigte sie sich.

„Ja, ein Freund von mir." Mit diesen Leuten musste man klar und offen sein, schließlich konnte er Mascaranti nicht im Schrank verstecken wie in einer Komödie, sie waren ja nicht im Theater. „Wieso?"

„Werden Sie doch nicht gleich böse, ich hab ja nur gefragt." Sie lehnte sich bequem in den Sessel zurück, ohne dabei jedoch irgendwie unanständig zu wirken. „Es ist schon richtig warm, selbst bei offenem Fenster, nicht?"

Er ging an das bescheidene, ja extrem einfache Glasschränkchen und nahm die Instrumente, die er benötigen würde, heraus, um sie zu sterilisieren. Er trug kein Jackett, seine Hemdsärmel waren hochgekrempelt, aber die Wärme, die sie offenbar verspürte, konnte er nicht empfinden. Wärme ist eben ein sehr subjektives Gefühl. „Ja, es wird allmählich warm."

„Und trotzdem ist mir manchmal kalt, sogar im Juli."

„Ich bin gleich wieder da." Mit einer Glasschüssel voller Instrumente ging er in die Küche, holte, ohne Mascaranti anzusehen, einen Topf aus dem Küchenschrank, füllte ihn mit Wasser, legte die Instrumente hinein und zündete eine Flamme auf dem Gasherd an. Es war das erste Mal seit langer Zeit, dass er sich wieder der heiligen Arbeit des Arztes zuwandte. Seine letzte Handlung in der Medizin hatte darin bestanden, eine alte, krebskranke Frau umzubringen, was zwar euphemistisch als Euthanasie bezeichnet wird, aber ins Gefängnis kommt man dafür trotzdem. Auch diesmal hatte er ein gutes Werk vor, denn er wollte einer blühenden jungen Frau ihre Jungfräulichkeit zurückgeben, die sie in einem unachtsamen Moment verloren hatte.

„Wie geht's?", fragte Mascaranti.

Erst als er die Gasflamme angezündet hatte, blickte er auf und antwortete: „Gut." Dann senkte er die Stimme: „Haben Sie unten Bescheid gesagt?" Er trat zum Fenster, das auf den Hof hinausging, prallte aber fast augenblicklich wieder zurück, denn der Frühling setzt vor allem in großen Städten und ihren Hinterhöfen einen Geruch von Steinen, Müll und Küchendünsten frei, der nicht besonders einladend ist, vor allem nachts.

Ja, Mascaranti hatte Bescheid gegeben. Er hatte das Funkgerät in der Tasche, und er war richtig glücklich darüber. Das war doch ein Leben, eine Arbeit, wie man sie sich wünschte: Oberwachtmeister Morini anfunken zu können, der mit seiner Mannschaft in der Via Pascoli Stellung bezogen hatte, indem man einfach den *Rugantino* aus der Tasche zog, wie sie diese Dinger nannten.*

„Wenn das Wasser kocht, rufen Sie mich, aber ohne hereinzukommen", wies er Mascaranti an und kehrte in sein Sprechzimmer zurück, zu der Dame, die auf die Wiederherstellung ihrer Jungfräulichkeit wartete. Sie rauchte immer noch, hatte sich bereits eine neue Zigarette angesteckt.

---

* Anspielung auf den Namen einer römischen Zeitung politischer Satire, in der seit Jahrhunderten anonyme Proteste gegen die Herrschenden veröffentlicht wurden.

„Was für eine Hitze – ich wäre fast eingeschlafen!"

„Würden Sie sich bitte einen Moment auf die Liege legen?"

„Sofort. Kann ich weiterrauchen?"

Er nickte, und ohne sich umzudrehen, schaute er ihr zu, wie sie die Strumpfhalter und den Slip auszog. „Das können Sie mir geben." Er legte die Sachen auf das Tischchen, nahm ein Paar Gummihandschuhe und ein Fläschchen Citrosil aus dem Glasschrank und goss sich den Alkohol über die behandschuhten Hände.

„Dauert es lange?", fragte sie. „Silvano hat mir gesagt, dass es keine lange Sache ist."

„Der Arzt bin ich", antwortete er. Er zog die Lampe näher heran, um besser sehen zu können.

„Sie werden immer gleich böse. Ich mag Männer, die immer gleich böse werden."

Sympathisch, trotz dieser blödsinnigen, etwas primitiven Sprache aus der Mailänder Peripherie. Er begann, sie zu untersuchen. Das Licht war schlecht, seine Praxis eignete sich wirklich nicht besonders als OP. Er besaß keine ordentliche Ausrüstung und trug nicht einmal einen Kittel. So ein Kittel macht natürlich schon einen guten Eindruck, aber er hatte ihn nicht finden können. Wo seine Schwester Lorenza ihn bloß hingelegt hatte? Aber das half jetzt nichts: Er hatte diesen Weg eingeschlagen und würde sich von nichts und niemandem aufhalten lassen.

„Hatten Sie schon einmal irgendeine Geschlechtskrankheit oder eine Infektion in diesem Bereich?"

Gelassen warf sie ihren Zigarettenstummel auf den Boden, starrte heiter an die Decke und nannte eine Krankheit. „Euch Ärzten kann man ja doch nichts vormachen."

Er zog die Lampe auf dem Tischchen noch ein wenig näher heran, aber viel mehr Licht gab sie dadurch auch nicht. „Waren Sie schon mal schwanger?"

„Ja, dreimal."

„Haben Sie die Schwangerschaften ausgetragen?"

„Nein."

„Haben Sie abgetrieben?“ Natürlich, dachte er.

„Ja“, antwortete sie traurig und ein wenig bitter. „Fehlgeburten haben nur Frauen, die sich Kinder wünschen. Aber bei Frauen, die keine wollen, braucht es schon Dynamit.“

Er richtete sich auf und zog die Handschuhe aus. „Der Eingriff wird nur wenige Minuten dauern, aber hinterher müssen Sie mindestens drei Stunden liegen bleiben.“

„Dann kann ich schlafen“, antwortete sie. „Darf ich rauchen?“

„Ja.“

„Ich rauche gern im Liegen. Würden Sie mir die Zigaretten aus meiner Handtasche holen?“

Natürlich. Vor ihren Augen öffnete er die kleine, truhenförmige Tasche aus schwarzem Atlas und nahm die gelbe Schachtel Parisienne und das Feuerzeug heraus.

„Nehmen Sie sich auch eine!“

„Danke.“ Er gab ihr Feuer und zündete sich dann selbst eine Zigarette an. Auch er hatte gelernt, Theater zu spielen, natürlich, andernfalls geht man unter, er hätte ohne Probleme ans Piccolo Teatro gehen können, Strehler hätte ihm vielleicht noch diese oder jene Raffinesse beigebracht, aber im Grunde hatte er die Schauspielerei im Blut, und so spielte er weiter. „Wann heiraten Sie denn?“, erkundigte er sich sanft. Wenn das Mädchen ihn vor der Operation noch verführen wollte, so würde es ihr gelingen, das gehörte zur Vorstellung.

„Ach, hören Sie bloß auf ... morgen früh!“ Sie rauchte im Liegen mit angewinkelten Beinen, da die Liege etwas zu kurz für sie war, und blies den Rauch zur Decke. Ihre schwarzen Haare, die nicht sehr lang, dafür aber umso dichter waren, bildeten einen schwarzen Heiligenschein auf dem weißen Kopfkissen. Ihr Gesicht hatte zwar etwas Grobes, es war kantig und leicht ordinär, doch jeder Ausdruck, jede einzelne Bewegung strahlte eine intensive Sinnlichkeit aus.

„Sie heiraten morgen früh?“ Es klang nicht ungläubig, eher resigniert.

„Ja, leider." Sie stieß eine weitere Rauchwolke zur Zimmerdecke empor. „Haben Sie vielleicht etwas zu trinken? Ich meine etwas Starkes, zum Vergessen."

„Vielleicht." Er ging in die Küche. Er musste noch eine oder zwei Flaschen Whisky haben, aus der Zeit von Michelangelos David.* Tatsächlich fand er im Küchenschrank eine volle und eine halbvolle Flasche. Er nahm die angebrochene und ein Glas und blickte zu Mascaranti, der auf den Topf mit den Instrumenten konzentriert war.

„Das Wasser hat gerade angefangen zu kochen", bemerkte Mascaranti.

„Lassen Sie es zehn Minuten kochen und rufen Sie mich dann." Er ging in das Sprechzimmer zurück. Die junge Frau rauchte immer noch, und obwohl die Fenster geöffnet waren, konnte der dicke Qualm, den diese Kettenraucherin produzierte, nicht schnell genug durch die geschlossenen Fensterläden abziehen. „Whisky. Reicht Ihnen das?"

„Wird schon in Ordnung sein." Sie richtete sich ein wenig auf, stützte sich auf den Ellbogen und trank. „Wenn Sie wüssten, wie scheußlich das ist! Aber ein Mann kann sich das gar nicht vorstellen." Sie gab ihm das Glas zurück.

„Was?"

„Wie es ist, einen Mann zu heiraten, der einem nicht liegt."

Das stimmte, ein Mann konnte das nicht wissen.

„Aber es gibt noch etwas viel Schlimmeres."

„Und das wäre?"

„Einen Mann zu verlassen, den man liebt." Mit einer Geste bat sie um eine weitere Zigarette. Duca reichte sie ihr und gab ihr Feuer. „Wenn wir miteinander schlafen, Silvano und ich, müssen wir jetzt immer daran denken, dass es die letzten Male sind. Wir leiden sehr darunter."

---

* Siehe „Das Mädchen aus Mailand".

Großartig, jetzt bekam diese faule Geschichte sogar noch einen romantischen Akzent, wenn man das denn romantisch nennen wollte. Er goss ihr noch einmal zu trinken ein. Normalerweise sind Frauen die schwachen Maschen eines Netzes. Und tatsächlich bemerkte sie: „Geben Sie mir lieber nicht so viel zu trinken, sonst fang ich noch an zu erzählen, und dann reichen die drei Stunden bestimmt nicht aus."

„Wenn Sie nicht wollen, dann lassen Sie es ruhig stehen." Er spielte seine Rolle wirklich hervorragend, er tat so, als wolle er das Glas wegstellen.

„Nein, ach bitte, wer weiß, was Sie alles trinken würden, wenn Sie morgen einen Fleischer heiraten müssten." Sie ließ sich das Glas wieder geben, nahm kurz hintereinander zwei große Schlucke, wie zuvor, und behielt es hinterher nachdenklich in der Hand.

Es konnte nützlich sein zu wissen, dass sie morgen einen Fleischer heiratete. Mascaranti würde höchstens eine halbe Stunde brauchen, um unter allen morgigen Eheschließungen diejenigen herauszufinden, bei denen der Bräutigam ein Fleischer war, viele solcher Bräutigame konnte es ja nicht geben, vielleicht sogar nur einen einzigen.

„Hören Sie, ich knipse jetzt mal einen Moment das Licht aus und öffne die Fensterläden, um ein wenig durchzulüften", bemerkte er.

„Tut mir leid, dass ich die Luft hier mit meinen Zigaretten verpeste."

„Ist schon gut", entgegnete er freundlich in der Dunkelheit und machte die Fensterläden auf, um die milde Mailänder Nacht hereinzulassen, „das liegt an dieser Wohnung, die lässt sich einfach schlecht lüften."

„Wo das Fenster nun schon offen ist, geben Sie mir doch bitte noch eine Zigarette, eine brennende", sagte sie, wobei sie das Wort „brennende" betonte.

„Rauchen Sie nicht ein bisschen zu viel?" Sie hatte die andere Zigarette noch in der Hand, er konnte die Glut in der Dunkelheit sehen. Mit diesem Gesindel musste man vorsichtig sein. Der Besucher mit dem merkwürdigen Namen Silvano Solvere hatte ihm als Vorhut dieses verbrauchte Mädchen geschickt, das ihm offenbar jede Menge Märchen erzählte und mit ihrem extravaganten Verhalten schließlich irgendetwas bezwecken musste. Er durfte keinen Fehler machen, er durfte absolut keinen Fehler mehr machen in seinem Leben.

„Danke", sagte sie, als er ihr die brennende Zigarette reichte, „mir wird ganz warm mit so einem gut aussehenden Stängel wie Ihnen hier im Dunkeln."

Bei dem Wort „Stängel" stieg eine leichte Übelkeit in ihm auf, und gleichzeitig musste er fast darüber lachen, wie dreist manche Leute auf die Naivität anderer vertrauen. „Mir nicht", entgegnete er.

„Na gut, aber werden Sie nicht gleich wieder böse, sonst wird mir noch viel wärmer. Ich habe Ihnen doch gesagt, dass Männer, die sofort böse werden wie Hähne, mir den Kopf verdrehen."

Er wurde unsicher: Die Art, wie sie das eben gesagt hatte, ließ ihn daran zweifeln, dass dies eine Falle war, dass sie ihn auf die Probe stellen und einfach wissen wollten, was für ein Typ er war.

„Es kocht jetzt seit zehn Minuten", ertönte Mascarantis Stimme im Flur.

Er schloss die Fensterläden also wieder und schaltete das Licht an. Sie war vollkommen nackt.

„Das war nun wirklich nicht nötig", sagte er streng, „ziehen Sie sich wieder an."

„Werd nur böse, werd böse, ich mag das."

„Hören Sie sofort auf, sonst werfe ich Sie raus."

„Ja, ja, wirf mich raus! Wirf mich auf den Boden!"

Ihm mussten aber auch immer die merkwürdigsten Typen unterkommen, die Fundstücke, die absolut einzigartigen Exemplare dieser Gesellschaft. Diesmal war es also eine unersättliche Nymphomanin. Er ging zur Liege, packte ihren Haarschopf, hob ihren Kopf an und versetzte ihr einen kurzen Schlag – keinen harten, jedenfalls nicht sehr – auf die Stirn, genau zwischen Augen und

Nasenwurzel. Ohrfeigen hätten nichts genützt, im Gegenteil, Ohrfeigen hätten sie nur noch mehr erregt. Auf seinen Schlag hin seufzte sie kurz auf und sank auf das Kissen zurück. Ohnmächtig war sie nicht geworden, aber der Schwindel hatte die Schleusen der Libido wieder geschlossen und hinderten sie momentan daran zu protestieren.

„Ziehen Sie sich Ihre Sachen an, ich bin gleich wieder da." Er hob den Büstenhalter und den Unterrock auf, die sie auf all die Zigarettenstummel am Boden geworfen hatte, und ging in die Küche.

Als er mit den sterilisierten Instrumenten zurückkam, saß sie schon wieder angezogen auf der Liege. „Was haben Sie bloß mit mir gemacht? Mir ist ganz schwindlig, ich fühle mich wie in Rom, wenn ich zu viel Lamm esse und zu viel Wein trinke, da ist mir auch immer so komisch."

„Das geht gleich vorüber. Bleiben Sie ruhig hier auf der Liege sitzen." Er stellte die Schüssel auf das Tischchen, nachdem er die Strumpfhalter und den Slip zur Seite geschoben hatte, und öffnete seine Ledertasche, die auf dem Stuhl hinter dem Tischchen stand, eine sehr elegante Arzttasche, natürlich ein Geschenk seines Vaters, mit allen Instrumenten, die ein Arzt benötigt, und Platz für die wichtigsten Medikamente. Er zog zwei Röhrchen und eine kleine Schachtel hervor, die er speziell für diesen vorehelichen Eingriff gekauft hatte.

„Ich möchte noch eine Zigarette und etwas zu trinken", quengelte sie. „Mir ist jetzt nicht mehr schwindlig, es geht mir wieder gut. Aber diesen Schlag müssen Sie mir unbedingt beibringen." Sie wirkte wie eine ehrgeizige Turnerin, die eine besonders schwierige Übung lernen will.

5

Das Päckchen Parisienne war leer, aber sie hatte noch zwei weitere in ihrer Handtasche. Er reichte ihr eine neue Schachtel und das Feuerzeug und gab ihr auch das Whiskyglas. Doch statt sich auf den Eingriff vorzubereiten, zog er sich einen Stuhl heran und setzte sich neben sie. „Ich möchte gern wissen, ob es wirklich notwendig ist, dass Sie diese Plastik machen lassen."

Sie wirkte fast so verblüfft wie in dem Moment, als er ihr den Schlag auf die Stirn verpasst hatte. „Machen Sie sie einfach, und damit basta." Sie hatte sich sofort wieder gefangen, aber ihr Gesicht, das schon vorher etwas abweisend gewesen war, hatte nun jede sinnliche Wärme verloren und wirkte nur noch feindselig.

Na gut, Feinde waren ihm sowieso lieber. „In Ordnung. Legen Sie sich hin."

„Wird es wehtun?"

Er zog sich die Handschuhe an und ließ erneut das Citrosil darüber laufen. „Nein."

„Tut mir leid, dass ich eben so unhöflich war."

Er ging nicht auf die Entschuldigung ein, brach die Ampulle auf, zog das Anästhetikum auf die Spritze und rieb die Haut sorgfältig mit Alkohol ab, um sie zu desinfizieren.

„Wenn Sie wüssten, woran ich schon den ganzen Abend denke", sagte sie.

Er antwortete nicht, sondern stach die Nadel in das junge Fleisch, es war eine äußerst empfindliche Stelle, und sie stöhnte auf. „Das war schon alles, was Sie an Schmerz empfinden werden", versicherte er. Auch deshalb war er ungeeignet für den Arztberuf, er war einfach zu mitfühlend, er wollte seine Patienten unbedingt heilen, er wollte, dass sie genasen, er wollte ihnen um jeden Preis helfen, selbst in einem Fall wie diesem, wo alles nur eine undurchschaubare, gefährliche Posse war. Und außerdem fürchtete er sich vor ihrem Schmerz. So jemand sollte eigentlich nicht Arzt werden, sondern sich lieber auf eine Parkbank setzen und Zeitung lesen.

„Den ganzen Abend schon, auch bevor ich hierherkam, muss ich daran denken, dass ich am liebsten mit Silvano abhauen würde. Auch er würde das gern. Ich will diesen Typ eigentlich gar nicht heiraten, und ich will mich auch nicht für ihn zusammenflicken lassen, das ist doch alles Quatsch. Aber für ihn zählt das eben unglaublich viel, und wenn er merkt, dass ich nicht mehr Jungfrau bin, schnappt er sich eins seiner Fleischermesser und dann ade, schöne Welt. Das hat er mir schon immer angedroht. Ich möchte so einen nicht heiraten, ich wäre viel lieber mit Silvano zusammen, aber das geht eben nicht." Sie stieß einen üblen Fluch aus. „Im Leben kann man nie machen, was man will." Sie fluchte noch einmal und sprach jetzt fast Dialekt. „Und deshalb muss ich morgen wohl dies lange, weiße Kleid anziehen – wie finden Sie das? Gut, was? Ich im weißen Kleid – ist das nicht der Witz der Woche?" Sie lag dort auf der Liege und schüttelte sich vor Lachen. Er öffnete die Tube mit dem Lokalanästhetikum. „Halten Sie jetzt bitte einen Moment ganz still."

„Ich möchte trinken."

Gut, sollte sie ruhig trinken, der Rausch und die Betäubungsmittel würden sie einschlafen lassen. Er gab ihr das Glas, wartete, bis sie genug hatte, gab ihr eine Zigarette und beugte sich dann wieder über sie, um die örtliche Betäubung zu Ende zu führen.

„Und wissen Sie, was mich außerdem verrückt macht? Dieses Dorf. Es geht ja vielleicht noch an, einen Mann aufzugeben, den man gut findet. Und es geht auch noch, einen zu heiraten, über den man eigentlich nur lachen kann. Aber dann muss ich auch noch in seinem Dorf wohnen, aus dem ich doch früher schon abgehauen bin, fast noch als Kind, weil ich es da einfach nicht mehr aushielt. Außerdem ist es ja noch nicht einmal ein richtiges Dorf, sondern nur ein Häuflein verstreuter Höfe, das noch nicht mal eine eigene

Postadresse hat. ‚Ca' Tarino bei Romano Banco, Kreis Buccinasco' nennen sie es, und wenn man mit der Adresse fertig ist, ist der Kugelschreiber leer. Sind Sie schon mal in der Gegend gewesen?"

Mit einer Zange nahm er die Instrumente, die er brauchte, aus der Schüssel. „Wenn ich Ihnen wehtue, sagen Sie Bescheid." Er berührte sie leicht, um festzustellen, ob sie etwas spürte, aber sie reagierte nicht, das Anästhetikum hatte offensichtlich schon gewirkt. „Nein, wo ist das?" Er konnte jetzt anfangen, und er tat es.

„Was? Sie kennen Ca' Tarino nicht? Sie wissen nichts von Buccinasco? Sie haben noch nie etwas von Romano Banco gehört?" Sie lag ganz still, nur ihre Stimme war immer noch ein bisschen ordinärer und stärker mundartlich eingefärbt als vorher, aber gleichzeitig auch bitter, von einer aufrichtigen Bitterkeit. „Das ist bei Corsico. Man muss nach Corsico fahren, und zwar von der Porta Ticinese aus. Man fährt die ganze Ripa di Porta Ticinese herunter – wissen Sie, heute Abend fahre ich da auch runter, in einem Rutsch –, und dann nimmt man die Via Lodovico il Moro und fährt eine Weile an dem stinkenden Wasser des Naviglio Grande entlang. Dann biegt man in die Via Garibaldi ein, und schließlich, ganz am Ende, gelangt man nach Romano Banco, wo mein Verlobter eine Fleischerei hat. Und außerdem hat er noch eine in Ca' Tarino. Und wo ich schon dabei bin, kann ich Ihnen jetzt eigentlich auch gleich alles sagen, denn er hat noch zwei hier in Mailand und bringt das Fleisch her, ohne Zoll zu zahlen. Sie haben ihn noch nie erwischt, und er hat Millionen damit verdient, Hunderte von Millionen, ich glaube, er könnte die Mailänder Dompassage kaufen, wenn er wollte."

„Tut das weh?", fragte er. Er konnte nicht viel sehen bei diesem schwachen Licht, aber eine bessere Lampe hatte er ja nicht.

„Nein, ich spüre gar nichts. Ich würde allerdings gern noch etwas trinken, darf ich mich kurz hinsetzen?"

„Nein, Sie dürfen sich jetzt gar nicht aufrichten und im Moment auch nichts trinken. Noch ein paar Minuten, dann sind wir fertig."

Sie fuchtelte mit dem Arm über ihrem Kopf herum, der in diesem Heiligenschein aus schwarzem Haar auf dem harten Kissen lag, und wirkte dabei hoffnungslos und etwas primitiv. „Was können mir schon ein paar Minuten oder Stunden hier anhaben, wo ich ab morgen doch gezwungen bin, mein Leben in diesem Kaff zu verbringen, als First Lady von Ca' Tarino, genau wie Jacqueline, nur dass die im Weißen Haus saß, in den Vereinigten Staaten. Darf ich wenigstens rauchen?"

„Nein, Sie müssen jetzt vollkommen stillhalten."

„Na gut, dann rauche ich eben nicht. Ein Glück, dass Silvano mich heute Abend zurückbringt, bis nach Corsico. Wäre diese lächerliche Geschichte nicht, würde ich noch einmal mit ihm schlafen." Trotz des Anästhetikums, das sie entspannte und zum Sprechen brachte, waren ihre erotischen Impulse immer noch stark.

„Wenn Sie wüssten, wie Ca' Tarino im Winter ist – Nebel, Nebel, Nebel, man fühlt sich immer nass bis auf die Knochen. Im Frühling ist es sogar noch schlimmer, da ist alles voller Schlamm. Wenn ich daran denke, wie ich als kleines Mädchen mit den anderen Kindern gespielt habe, fällt mir eigentlich nur jede Menge Schlamm ein. Als ich dann größer war, zog ich, wenn ich nach Romano Banco wollte, immer die hohen Gummistiefel der Männer an, die ins Gerinne gehen. Eigentlich sind alle Jahreszeiten gleich schrecklich: Wenn richtig gutes Wetter ist, regnet es. Nie kann man nach draußen, und wohin sollte man auch gehen? Als das Fernsehen eingeführt wurde, war der Erste, der sich eins anschaffte, mein Bräutigam, der Fleischer. Natürlich wollte ganz Ca' Tarino das mal miterleben, aber er wählte seine Gäste sorgfältig aus. Er lud meine Eltern ein und ich ging natürlich mit, und so fing das an mit uns. Im Dunkeln lag auf einmal seine Hand auf meinem Knie und glitt dann immer höher, und sobald sich die Gelegenheit bot, fragte er mich, ob ich noch Jungfrau sei. Seine Hand auf meinen Beinen zu haben, mit meiner Mutter gleich daneben, ärgerte mich, und so habe ich gesagt, ja, natürlich, ich hätte die ganze Zeit nur auf ihn gewartet, um ihn ein wenig zu ärgern. Da hat er gesagt, wenn ich wirklich noch Jungfrau sei, wolle er mich heiraten, und wenn ich seine Verlobte werden wollte, würde er mich erst mal nach Mailand schicken, in eine seiner Fleischereien, als Kassiererin. Viel zu überlegen gab es da nicht: Er war der König von Ca' Tarino, Romano Banco, Buccinasco und Corsico, und ich ein armes Bauernmädchen, das auf einem Lager aus Stroh schlief und von den Wanzen ganz zerstochene Arme hatte. Hätte ich da so ein Angebot ausschlagen können?"

Sie fluchte noch einmal. Er war inzwischen fertig, aber da sie gerade so interessante Dinge erzählte, tat er so, als müsse er weitermachen. „Halten Sie bitte still."

„Damit war mein Schicksal besiegelt. Er hat mich nach Mailand gebracht und an die Kasse gesetzt und allen gesagt, ich sei seine Verlobte. Abends kam er mich mit dem Auto abholen und brachte mich zum Schlafen nach Hause, denn er kann es nicht leiden, wenn die Leute anfangen zu tuscheln. Im Auto wollte er alles Mögliche von mir, und am Ende musste ich nachgeben. Nur meine Jungfräulichkeit wollte er sich bis zum Schluss aufbewahren, wie die Kirsche auf der Torte. Aber die Leute durften nichts wissen, und damit sie nicht tuschelten, hat er mich immer vor zehn nach Ca' Tarino zurückgebracht und bei meinen Eltern abgeliefert. Er hat mir immer blind vertraut, und deswegen tut er mir eigentlich ein bisschen leid, nicht nur wegen der Hörner, die ich ihm aufgesetzt habe, sondern auch wegen dem Geld. Ich konnte den Anblick von all dem Geld, das durch die Fleischerei floss, einfach nicht ertragen, denn vor meiner Verlobung waren selbst hundert Lire eine Riesensumme für mich. Ich lernte sofort, wie es ging, und habe Tag für Tag mehrere Tausend Lire beiseitegebracht. Man ahnt ja gar nicht, was für Unmengen an Geld in so einer Fleischerei eingenommen werden! Wissen Sie, dass sie gleich hier um die Ecke liegt, in der Via Plinio? Vorhin bin ich zu Fuß hierhergekommen. Heute Abend bringt er mich allerdings nicht nach Hause, am Vorabend der Hochzeit geht ihn seine Braut nichts an, da feiert er mit seinen Freunden den traditionellen Junggesellenabschied. Ich habe ihm gesagt, er brauche sich keine Sorgen zu machen, ich würde mit Silvano nach Hause fahren. Die beiden sind befreundet, er hat uns überhaupt erst bekannt gemacht. Ich hatte schon einige Ausrutscher hinter mir, denn wenn man so den ganzen Tag in der Fleischerei hinter der Kasse sitzt, sieht man jede Menge Männer, die einkaufen kommen, mehr, als man denkt; und außerdem gab es da ein paar richtig süße Jungs unter den Angestellten, und da kann ich einfach nicht widerstehen. Wenn sie nicht lockerlassen, verlier ich die Kontrolle. Er ist allerdings ziemlich eifersüchtig, und wenn seine Angestellten zu hübsch sind, dann entlässt er sie – aber immer erst, wenn ich bereits ein Ei gelegt habe.“ Sie lachte.

„Halten Sie ganz still, sonst tut es weh.“ Sie war jetzt ziemlich betrunken.

„Eines Abends ist er mit Silvano in die Fleischerei gekommen, um mich abzuholen. Er sagte, Silvano sei ein Freund von ihm, und dann waren wir zusammen bei Bice in der Via Manzoni essen. In dem Lokal wirkte er entsetzlich ungehobelt, eben wie ein Fleischer, besonders im Gegensatz zu Silvano, der immer wie ein feiner Herr auftritt und mir sofort den Kopf verdreht hat. Ja, ja, den Kopf hat er mir verdreht.“

Na, ob das wohl an Silvano lag? Auch andere verdrehten ihr ja offensichtlich ziemlich schnell den Kopf.

„Wir haben alles gegessen und getrunken, was Bice zu bieten hatte, und am Ende ist sie sogar selber angekommen, um uns einen Likör anzubieten. Sie hat sich eine Weile zu uns gesetzt und war sehr zuvorkommend, und meinen Bräutigam hat sie mit ‚gnädiger Herr‘ angeredet. Aber er war schon ziemlich angetrunken und hat ihr gesagt, er sei Fleischer. Dann hat er an ihrem Fleisch herumkritisiert und gemeint, sein Fleisch sei viel besser als ihres, das sie sich extra aus der Toskana kommen ließ. Bice war so freundlich, das Thema fallenzulassen. Sie ist aufgestanden und hat ihm gesagt, wie nett er sei, aber trotzdem hat er eine unmögliche Figur abgegeben.“

Jetzt tamponierte er die Wunde mit Watte und stand auf. „So, fertig. Jetzt gebe ich Ihnen noch eine Tablette.“

„Ich möchte trinken", bat sie, „und rauchen."

„Gut, aber bewegen Sie sich bitte nicht, sondern bleiben Sie so liegen, mit ausgestreckten, geschlossenen Beinen." Er nahm die Tablette und goss eine ordentliche Menge Whisky in das Glas. „Ich hebe jetzt Ihren Kopf an, aber Ihr Becken muss unbedingt unten bleiben." Er schob ihr die Hand in den Nacken und zog sie ein wenig hoch. Sie lächelte vertrauensvoll, ohne Begehren im Blick. „Strecken Sie die Zunge heraus." Er legte ihr die Tablette auf die Zunge und hielt ihr das Glas an die Lippen. „Vorsichtig, Sie dürfen jetzt nicht husten!" Wenn sie hustete, würde die Naht aufplatzen, die er doch gerade erst kunstvoll angefertigt hatte, damit sie ihre Rolle überzeugend spielen konnte.

Sie trank langsam, aber viel. „Das ist doch kein Schlafmittel, oder?"

„Nein, ein Schmerzmittel. Demnächst lässt nämlich die Wirkung der Anästhesie nach. Aber hiermit werden Sie keine Schmerzen spüren."

„Ich möchte rauchen."

„Gut." Er hatte ihre Bitte schon erwartet und sich bereits eine Zigarette zwischen die Lippen gesteckt, die er ihr nun anzündete. „Wenn Sie einen Hustenreiz verspüren, schlucken Sie etwas Speichel hinunter, um ihn zu unterdrücken. Sollten Sie das Husten absolut nicht vermeiden können, tun Sie es mit offenem Mund."

Gierig griff sie nach der Zigarette, die er ihr gerade angezündet hatte, und begann zu rauchen. Sie nahm gleich zwei, drei Züge hintereinander und inhalierte tief. „Ich wollte dann nach Hause fahren, aber er weigerte sich."

Er wartete darauf, dass sie weitersprechen würde, aber sie zog erst noch zweimal an der Zigarette. Jetzt zündete er sich auch selbst eine Zigarette an, eine Parisienne. Die Stummel lagen alle auf dem Boden verstreut und störten ihn entsetzlich, aber sein Verdruss verflog sofort, als sie wieder zu sprechen begann.

„Er hatte sich Bice gegenüber wirklich unmöglich verhalten, deswegen wollte ich mit ihm nicht mehr unter Leute, er war viel zu betrunken, und außerdem war der Unterschied zu Silvano einfach zu groß. Wenn ich mit Silvano zusammen bin, kommt es mir immer so vor, als hätte ich einen Prinzen an meiner Seite. Er aber war betrunken, und wie alle Betrunkenen wollte er noch irgendwo hingehen, um weiterzutrinken. Unser Auto stand in der Via Monte Napoleone, aber er wollte partout ins Motta auf der Piazza della Scala, und da hat er sich noch mal so unmöglich benommen. Um den Kellner auf den Arm zu nehmen, hat er ein dickes Bündel Zehntausendlirescheine hervorgezogen, es muss fast eine Million gewesen sein, und dann hat er zu dem Kellner gesagt: Der Rest ist Trinkgeld – ja, das hättest du wohl gern, was? Endlich ist es Silvano gelungen, ihn mitzunehmen, und zwar ganz freundlich und zuvorkommend. Wie genau ich mich an diesen ersten Abend mit ihm erinnere! Er muss adlige Vorfahren haben, auch wenn er es nicht offen sagt. Das Auto stand in der Via Monte Napoleone, direkt vor dem Juwelier, und da hat er angefangen, tr tr tr tr tr tr tr tr tr tr zu machen, als würde er mit einem Maschinengewehr herumballern, aber so laut, dass eine Frau, die gerade auf der anderen Straßenseite vorbeiging, ganz laut iiiiiiiiiiih geschrien hat und wegrennen wollte, und erst, als er angefangen hat zu lachen, ist sie stehen geblieben. Meine Güte, war das peinlich! Silvano hat ihn dann ins Auto gesetzt, und wir konnten endlich losfahren, aber in Corsico wollte er noch einmal aussteigen und trinken, und Silvano meinte, ich solle ihn ruhig trinken lassen oder ihn sogar noch dazu ermuntern, das sei die einzige Möglichkeit, ihn ruhigzustellen. Und so haben wir ihn also trinken lassen, bis er im Sitzen eingeschlafen ist. Anschließend haben wir ihn nach Ca' Tarino gebracht. Silvano hat ihn nach oben geschleppt, während er immer weitergeschnarcht hat. Ich habe draußen gewartet, und als Silvano wieder heruntergekommen ist, haben wir das Auto etwas abseits geparkt und uns dann geliebt. Es war schöner als das erste Mal, als ich mit einem Mann geschlafen habe – eigentlich war es mit ihm überhaupt erst richtig das erste Mal. Ich werde es nie vergessen."

Er legte ihr die Hand auf die Stirn. „Ich schalte jetzt das Licht aus und öffne die Fensterläden, es ist sehr warm."

„O ja, das mag ich gern. Es ist so schön hier, durch das offene Fenster sieht man das Grün der Bäume und dahinter das Licht der Straßenlaternen. Geben Sie mir noch ein bisschen Whisky?"

„Ja, ich hole ihn." Im Dunkeln verließ er das Zimmer und ging auf das schwache Licht der Küche zu. Sie hatte bereits eine halbe Flasche ausgetrunken und hätte eigentlich längst schlafen müssen, aber anscheinend war sie den Alkohol gewöhnt. In der Küche saß Mascaranti, der Graphomane, der, da er nichts zu stenografieren oder zu schreiben hatte, dabei war, Kreuzworträtsel zu lösen. Duca öffnete den Küchenschrank und nahm die zweite Flasche Whisky heraus. „Fragen Sie Morini mal, ob sich auf der Straße irgendjemand herumtreibt, der uns beschattet."

Mascaranti nahm den Rugantino aus der Tasche, zog die Antenne heraus und drehte an dem Lautstärkeregler, sodass man das hohe Pfeifen kaum noch hörte. „Hallo, hallo, hallo", sagte er scherzend zu Morini. „Hallo und Ende! Bitte kommen!"

„Komm du nur runter, dann wirst du was erleben!", entgegnete Morini trocken.

„Nachricht erhalten. Hast du etwas bemerkt? Doktor Lamberti sagt, dass sich da jemand herumtreiben könnte, der sie erwartet oder überwacht. Bitte kommen."

„Hier ist niemand."

„Danke. Ende." Er wandte sich an Duca: „Er sagt, da ist niemand."

Duca öffnete die Whiskyflasche, ging in das schummrige Sprechzimmer zurück und suchte im Dunkeln nach dem Glas.

„Sehen Sie mal, wie schön, die Straßenlampen hinter den Blättern der Bäume."

Ja, das hatte sie schon einmal gesagt, sie schwärmte offensichtlich für Poesie, nicht nur für Männer. Er goss eine ordentliche Menge Whisky ins Glas. Schade, dass sie aufgehört hatte zu erzählen. Aber er konnte sie natürlich nicht auffordern weiterzusprechen, sonst wurde sie vielleicht misstrauisch. „Trinken Sie, aber langsam. Warten Sie, ich helfe Ihnen.“ Er schob seinen Arm nochmals unter ihren Nacken und setzte ihr mit der anderen Hand das Glas an die≈Lippen. Jetzt, wo sich seine Augen an die Dunkelheit gewöhnt hatten, konnte er eine ganze Menge erkennen, und so sah er die von Trunkenheit wässrigen Augen und wie gierig sie trank, denn Anästhetika machen durstig.

„Eine Zigarette! Wenn Sie wüssten, wie gern ich im Liegen rauche.“

Er zündete ihr noch eine Zigarette an. Schade, dass sie aufgehört hatte, von sich, Silvano und dem Fleischer zu erzählen.

Die Glut leuchtete im dunklen Zimmer. „Also, dank dieser Flickarbeit bin ich morgen Nacht Jungfrau?“

„Ja“, antwortete er.

„Wie komisch!“

„Aber lachen Sie bitte nicht!“

„Nein, ich lache ja gar nicht. Aber ihr Männer seid wirklich Schafsköpfe!“

Ach, was würde er darum geben, dass sie wieder zu reden begann! Ja, Schafsköpfe, was auch sonst?

„Wir Frauen sind vielleicht unanständig, aber ihr seid Schafsköpfe.“

Ja, das gefiel ihm, so ein radikales Urteil: Auf der einen Seite die unanständigen Frauen, auf der anderen die schafsköpfigen Männer, so ist die Welt, bitte schön. Aber sprich nur weiter, ich bitte dich, fang wieder an, erzähl mir von deinem Fleischer und deinem Prinzen Silvano.

„Also, entschuldigen Sie“, sagte sie in die Dunkelheit hinein und rauchte dabei im Liegen, wie sie es so gern mochte, „da muss man doch ein Schafskopf sein: Ich kann mit hundert Männern zusammen gewesen und trotzdem Jungfrau sein. Wenn Sie außerdem bedenken, was mein Verlobter im Auto alles von mir wollte, als Vorschuss sozusagen – Sie würden es nicht glauben –, wie kann man da von Jungfräulichkeit reden?“

Erzähl doch noch ein bisschen von deinem Verlobten, nicht von deiner Jungfräulichkeit, bat er im Stillen dort auf seinem Schemel am Fenster. Bitte, bitte, erzähl!

„Ihr seid wirklich zum Lachen." Sie hatte jetzt eine belegte Stimme. „Sobald ich ein paar lange Hosen sehe, überfällt mich die Lust, aber trotzdem seid ihr zum Lachen."

Duca sah, wie die Glut zu Boden fiel, und starrte auf den kleinen, glühenden Punkt, während er wartete, dass sie weitersprach. Doch allmählich breitete sich eine tiefe Stille aus, und in der Stille war nur noch ihr regelmäßiges Atmen zu hören. Er stand auf, ging zu der Liege hinüber und sah, dass sie schlief. Wütend drückte er den noch brennenden Zigarettenstummel aus. Dann ließ er sie allein und verschwand in die Küche. Der Wecker mit dem rosa Zifferblatt und dem Huhn, das bei jeder Sekunde mit dem Schwanz wackelte, zeigte, dass es bereits nach zehn Uhr war.

6

Gegen halb eins, nachdem er Mascaranti geholfen hatte, fast alle Kreuzworträtsel zu lösen, hörte er es im Sprechzimmer rascheln und ging hin, um nachzusehen.

Sie saß auf der Liege. „Wie spät ist es?", fragte sie.

„Zwanzig Minuten vor eins."

„Wie gut ich geschlafen habe! Es kommt mir so vor, als hätte ich eine ganze Nacht hinter mir."

Umso besser. Er schloss die Fensterläden und schaltete das Licht an. Ihr roter Unterrock leuchtete auf.

„Kann ich jetzt gehen?"

„Stehen Sie vorsichtig auf, und versuchen Sie, ein paar Schritte zu machen." Er war schließlich kein Experte für diese Art von Eingriffen, er konnte ja auch einen Fehler begangen haben.

Vorsichtig erhob sie sich und schritt in dem winzigen Raum auf und ab. Ohne Strumpfhalter rutschten ihr die schwarzen Strümpfe langsam die Beine hinunter, die – allerdings nur auf den ersten Blick – mager wirkten. Schelmisch wiegte sie sich in den Hüften, lächelte ihm zu und schüttelte den Kopf, damit die glatten schwarzen Haare ihr wieder locker auf die Schultern fielen. „Ist es gut so?"

„Tut es weh?"

„Es brennt, aber nur ein bisschen."

„Stört es?"

„Fast gar nicht."

Gut gemacht, Doktor Lamberti! Sie sind wirklich ein ausgezeichneter Hymenalchirurg! Ein Glück, nach so vielen Jahren Studium, nach so vielen Jahren, in denen Ihr Vater nur Brot und Mortadella gegessen hat – na ja, da Sie aus der Emilia-Romagna stammen, müssten Sie eigentlich eine Vorliebe für Mortadella haben –, nach den unzähligen Büchern, die Sie gelesen haben, Äskulap nicht zu vergessen, sind Sie schließlich doch noch etwas geworden: Sie haben eine glänzende Zukunft als Restaurator vor sich! Er fuhr sich mit einer Hand übers Gesicht, als sei er müde. „Heben Sie vorsichtig ein Bein, so weit Sie können."

„Das ist ja wie im Gymnastikunterricht", bemerkte sie und führte schnell und zackig aus, was er von ihr verlangte. Sie wirkte wie eine Katze, die es gewohnt ist, von Dach zu Dach zu klettern.

„Tut es weh?"

„Nein."

„Heben Sie bitte das andere Bein."

Der schwarze Strumpf rutschte ihr bis zum Knöchel, als sie das andere Bein schamlos in die Luft spreizte und dabei frech ihren Unterrock hob, wobei sie ihn herausfordernd ansah.

„Verspüren Sie Schmerzen?"

„Es ist nur ein wenig unangenehm."

Er griff nach ihrer Tasche und fischte sich eine Parisienne aus dem Päckchen.

„Um wie viel Uhr heiraten Sie denn?"

„Um elf, da können alle kommen, ganz Romano Banco, ganz Buccinasco und ganz Ca' Tarino. Sogar aus Corsico kommen Gäste." Während sie sprach, zog sie sich ihren Slip und den Strumpfhalter an. „Das Kirchlein von Romano Banco ist wirklich hübsch, kommen Sie es sich doch einmal anschauen! Wissen Sie, dass er die Motorradstreife der Polizei benachrichtigt hat, weil die Straßen zwischen dem Naviglio und Romano Banco heillos verstopft sein werden? Sie haben ja keine Ahnung, was eine Hochzeit wie die von meinem Bräutigam in so einer Gegend bedeutet." Es klang, als spräche sie von einem exotischen Stamm vom Mato Grosso. „Sogar der Bürgermeister kommt. Und heute Nacht wird ein ganzer Lastwagen Blumen aus San Remo geliefert, ist Ihnen klar, was das heißt? Ich sagte wirklich San Remo, er hat mich selbst dort anrufen lassen, damit die Blumen rechtzeitig da sind, nämlich morgens um vier, dann haben der Priester und die Leute vom Oratorium genug

Zeit, um die Kirche zu schmücken. Eigentlich fände ich das alles ganz schön, wenn ich nicht dauernd an Silvano denken müsste."

Auch sie nahm sich jetzt eine Zigarette aus der Handtasche, zündete sie an, griff nach der roten Redingote, die einsam über einem Stuhl hing, zog sie an, wobei sie die Zigarette und den Lippenstift in der Hand behielt, schaute dann in ihren großen Handspiegel und zog sich die Lippen nach.

„Kann ich mal telefonieren?", fragte sie und schürzte die Lippen.

„Das Telefon steht im Flur." Er öffnete ihr die Tür, schaltete das Licht an und deutete auf das Telefon.

Sie wählte seelenruhig vor seinen Augen, ohne den geringsten Versuch, die Nummer zu verheimlichen – nur Idioten sind krankhafte Geheimniskrämer und geben sich ständig mit Chiffren, Codes und geheimen Zeichen ab. Mit blitzenden Augen, als habe sie tatsächlich die ganze Nacht geschlafen, stand sie am Telefon und lächelte ihn hellwach an.

„Pasticceria Ricci?" Sie zwinkerte ihm zu. „Ich möchte gern mit Signor Silvano Solvere sprechen." Mit dem kleinen Finger rieb sie sich den rechten Augenwinkel. „Wissen Sie, das ist die Konditorei, bei der die Hochzeitstorte bestellt ist. Sie muss höher sein als ich, kostet zweihunderttausend Lire und wird direkt nach Romano Banco geliefert. Silvano trinkt dort jetzt ein Gläschen und wartet auf mich, es ist unser Treffpunkt."

Unvermittelt brach sie ihr Geplauder ab und wurde ernst. „Ja, ich bin fertig und nehme mir jetzt ein Taxi." Sie legte auf, Silvano war wohl kein leidenschaftlicher Telefonierer.

„Darf ich mir ein Funktaxi bestellen?", fragte sie und blieb beim Telefon stehen. „Allerdings erinnere ich mich nicht mehr an die Nummer. Haben Sie ein Telefonbuch?"

„Sechsundachtzig, einundsechzig, einundfünfzig", antwortete er. Er sah ihr zu, wie sie die Nummer wählte.

„Imola 4, in zwei Minuten", verkündete sie und legte den Hörer auf die Gabel. Jede ihrer Gesten wirkte schamlos und vulgär. „Ich gehe jetzt nach unten. Vielen Dank für alles." Sie verhielt sich wie ein höflicher Gast, der sich nach einer Tasse Tee verabschiedet.

„Der Koffer", erinnerte er sie. Da stand noch der Koffer, diese Truhe oder Kiste, wie auch immer, die ihm gleich aufgefallen war, als er ihr die Tür geöffnet hatte.

Keck stand sie an der Wohnungstür. Sie gehörte anscheinend zu dem Typ Mensch, der nach Mitternacht erst richtig munter wird. Der Flur war so klein, dass er die wunderschönen goldenen Glitzer in ihren veilchenblauen Augen erkennen konnte. Sie sah schön aus in ihrer roten Redingote und den schwarzen Strümpfen, man dachte sofort an einen Hollywoodfilm oder an eine schwülstig inszenierte Reportage über die Welt des Lasters: Kurz nach Mitternacht verlässt das Model seine Wohnung, um sich in das Freudenhaus zu begeben, in das sie bestellt wurde. Doch der Eindruck täuschte, denn in Wirklichkeit verließ die Ärmste seine Praxis, um zu heiraten, eine zusammengeflickte Jungfrau, aber immerhin mit Aussicht auf eine Ehe. Da sie nicht auf seinen Hinweis reagierte, wiederholte er: „Der Koffer", und deutete auf sein Sprechzimmer, wo sie den Koffer oder die Kiste, wie auch immer, hatte stehen lassen.

„Der bleibt erst mal hier", entgegnete sie.

Wahrscheinlich schrieb Mascaranti mit und stenografierte alle ihre Bemerkungen. Es nützte zwar nicht viel, aber es beschäftigte ihn zumindest.

„Ja?", fragte er.

„Silvano kommt ihn dann abholen", fuhr sie fort, „morgen, nach der Zeremonie, denn er ist unser Trauzeuge."

Aha, Silvano holte den Koffer also ab. Dann gehörte er wohl ihm. Aber wieso ließ er ihn vorläufig hier in seiner Praxis? Sollte er darauf vertrauen, dass nichts als schmutzige Wäsche darin war? Oder enthielt er vielleicht etwas Kompromittierendes? Diese Sorte von Leuten überließ nichts dem Zufall, selbst die geringste Geste hatte ihren Grund. Sogar wenn sie auf den Boden schaute und nicht in die Luft, hatte das seinen Grund, dachte er. Nur hatten sie dieser Frau anscheinend allzu sehr vertraut. Oder sollte es etwa eine Falle für ihn sein?

„Nochmals vielen Dank, Doktor Lamberti. Es ist wohl nicht sehr wahrscheinlich, dass wir uns noch einmal wiedersehen." Sie streckte ihm die Hand entgegen. „Ach ja, Silvano hat mir gesagt, dass er Sie, wenn er vorbeikommt, auch gleich für Ihre Mühe entschädigen wird."

Er öffnete die Wohnungstür, ließ sie an sich vorbeigehen und begleitete sie die Treppe hinunter, um ihr die Haustür aufzuschließen. Die Entschädigung für seine Mühe waren weitere siebenhunderttausend Lire. Zwei oder drei solcher Kundinnen pro Monat und er war aus dem Schneider. Und seine Schwester und die kleine Sara ebenfalls.

„Nochmals vielen Dank, Doktor Lamberti – und drücken Sie mir die Daumen!" Und dann ging sie, in ihrer roten Redingote.

7

Oberwachtmeister Morini sah das Mädchen mit der roten Redingote aus der Haustür kommen, während er, den Rugantino ans Ohr gedrückt, hörte, wie Mascaranti wiederholte: „Sie muss gleich kommen. Sie hat ein rotes Mäntelchen an und wartet auf ein Taxi, Imola 4. Sag Bescheid, wenn du sie hast."

Das Taxi war noch nicht da, kam jedoch gerade an, natürlich ein Fiat 600 mit diesem Heck, das an einen Käfer erinnert. Mit ihren schönen, jungen, langen Beinen und wunderbar harmonischen Bewegungen stieg sie ein, und Morini, der auf dem Beifahrersitz des vornehmen, schwarzen, aber doch ganz normalen Alfa saß, der nicht im Mindesten nach Polizei aussah, bemerkte zu dem Beamten hinter dem Steuer: „Die fesche Biene dort muss es sein."

Auf der Rückbank saßen zwei weitere Beamte, die auch in Zivil waren, aber so schüchtern und überanstrengt wirkten, dass man nie auf den Gedanken gekommen wäre, es seien Polizeibeamte.

„Ich hab sie, Signor Mascaranti, stets zu Diensten", zischte Morini spöttisch in seinen Rugantino.

Der Fiat mit dem Mädchen in der roten Redingote verließ die Piazza Leonardo da Vinci und bog in die Via Pascoli ein. Um diese Uhrzeit war es praktisch unmöglich, ein Auto unbemerkt zu verfolgen, denn die Straßen waren so gut wie leer, nur gelegentlich kam eine laut knatternde Vespa oder ein dröhnender Lkw vorbei. Es war wohl das Beste, dem Fiat einfach hinterherzufahren, ohne sich darum zu scheren, ob sie entdeckt wurden oder nicht, denn im Grunde war es vollkommen egal, ob sie merkte, dass sie beschattet wurde: Was zählte, war, dass sie es wurde.

Am Ende der Via Pascoli, die tief in die samtige Nacht und das dunkle Grün der riesigen, alten, von Frühlingslaub schweren

Platanen getaucht war, bog das käferförmige Auto in die Via Plinio ein und fuhr zackig an Dutzenden von geschlossenen Läden vorbei, schoss dann über den Corso Buenos Aires, bog in die Via Vitruvio ab und flitzte, ohne die Fahrt auch nur andeutungsweise zu verlangsamen, auf die Piazza Duca d'Aosta. Sie wird doch nicht etwa zum Bahnhof fahren und in einen Zug steigen? Denn dann wird die Verfolgung mühsam. Doch nein, das Taxi raste jetzt auf die Via Vittor Pisani zu, in der alle Geschäfte zu waren, sodass man die Nacht überdeutlich wahrnahm. Nur vereinzelte Lichter schimmerten am Ende der Straße, dort, Richtung Piazza della Repubblica, und deuteten einen Hauch von Leben an.

„Er hat den Blinker gesetzt, gleich hält er vor der *pasticceria*, fahr mal einen kleinen Schlenker", wies Morini den Fahrer an.

Das Mädchen in dem roten Mäntelchen, wie Mascaranti es genannt hatte – er konnte schließlich nicht wissen, dass man so ein Kleidungsstück Redingote nennt –, stieg aus dem Taxi und ging schnurstracks in die *pasticceria* hinein.

„Schnell, Giovanni, da gibt es einen Hinterausgang, der auf die Via Ferdinando di Savoia führt. Die junge Dame sieht ganz so aus, als wolle sie fliehen", knurrte Morini.

Einer der beiden schüchternen Männer, die müde auf dem Rücksitz saßen, sprang geschmeidig aus dem Alfa und trat direkt hinter ihr in die *pasticceria*. Er wirkte etwas abwesend, wie ein Homosexueller oder ein Drogensüchtiger, der gerade erst aufgestanden ist und nun eine lange, lasterhafte Nacht vor sich hat.

Kaum war sie eingetreten, als auch schon ein Mann in hellgrauem Anzug auf sie zukam. Sein Hemd war von einem zartrosa angehauchten Weiß, die Krawatte von einem ins Rosa spielenden, etwas lachsfarbenen Grau, er selbst war groß und wirkte beinahe aristokratisch. Freundlich, fast zärtlich nahm er sie am Arm und geleitete sie nach draußen. Geschäftig huschten hier mehrere Kellner umher, um an der langen Reihe von Tischchen unter der Kolonnade flink die Tischdecken einzusammeln, die von vorgewitterlichen Windstößen wild hin und her geschlagen wurden. An der

Ampel stand, obwohl sie Grün zeigte, ein dunkler Simca mit zwei Prostituierten, die ältere saß am Steuer, die jüngere lächelte vom Beifahrersitz durch das Fenster – allerdings sehr diskret – die wenigen Männer an, die allein aus dem Ricci kamen. Hätten die beiden Damen gewusst, dass ein Polizeiauto hinter ihnen stand, hätten sie wohl nicht eine Sekunde gezögert, mit quietschenden Reifen bei Rot über die Kreuzung zu fahren, aber Oberwachtmeister Morini gehörte schließlich zur Spezialeinheit S und nicht zur Sittenpolizei, auch wenn er früher dort Dienst getan und bei so vielen Razzien mitgewirkt hatte, dass er allen Dirnen von Rogoredo bis Rho, von Crescenzago bis Muggiano und von der Piazza del Duomo bis zur Piazza Oberdan verhasst war. Dort über der Piazza della Repubblica hing jetzt ein schwarzer, unheilschwangerer und von Blitzen durchzuckter Himmel, gleich würde das Rollen des Donners folgen, vor dem Oberwachtmeister Morini seiner kleinen, zweijährigen Tochter immer die Angst zu nehmen suchte, indem er ihr erzählte, das seien die großen Himmelsrösser, die zu ihrer Mama galoppierten und dabei diesen schrecklichen Lärm verursachten.

„Pass auf, sie steigen in die Giulietta da", eine olivgrüne Giulietta, die farblich hervorragend zu ihrer roten Redingote und seinem hellen, taubengrauen Anzug passte. „Wenn sie wirklich auf die Tube drücken, hängen sie uns ab, fürchte ich." Eine Giulietta hängte andere Autos grundsätzlich ab, sogar, wenn sie einen so alten und müden Eindruck machte wie diese hier.

Die Giulietta raste jedoch keineswegs los, sondern wirkte eher wie ein Pferd im Halbtrab, angespannt und gleichzeitig gebremst, vielleicht weil der Mann hinter dem Steuer und die Frau in der roten Redingote in ein wichtiges Gespräch vertieft waren, während sie die Piazza della Repubblica überquerten und dann zu den Bastionen der Porta Venezia hinauffuhren. Weiter ging es durch den Viale Maino, den Viale Bianca Maria und über die Piazza Cinque Giornate. Morini wurde allmählich nervös. Trotz der Geschicklichkeit seines Fahrers war es eigentlich undenkbar, dass die beiden in dem Auto vor ihnen nicht bemerkt hatten, dass sie von einem Alfa verfolgt wurden, außer, dachte er, sie hielten Händchen, hatten ihre Köpfe zusammengesteckt und überließen sich, was das Fahren anging, dem Schicksal. Doch wahrscheinlich gab es eine viel weniger mystische Erklärung, dachte er dann: Vermutlich war ihnen längst klar, dass sie verfolgt wurden, und sie taten nur so, als hätten sie nichts bemerkt, um auf einmal ganz unvermittelt loszurasen, genau an der richtigen Stelle, und im Handumdrehen zu verschwinden.

Deshalb sagte Morini zum Fahrer: „Lass ihnen nicht zu viel Vorsprung, sonst hauen sie bei der erstbesten Kurve ab. Es ist mir egal, wenn sie merken, dass wir hinter ihnen her sind."

Und weiter ging der nächtliche Ritt. Nach der Piazza delle Cinque Giornate verließ die Giulietta die Bastionen, weiß der Himmel, warum, bog in den Viale Monte Nero ein und fuhr dann den Viale Sabotino herunter, der zu dieser nächtlichen Stunde fast menschenleer war und mit den gelb blinkenden Ampeln und der letzten offenen Kneipe mit der leicht flackernden Leuchtschrift *Crota Piemunteisa*, bei der allerdings das r, das u und das a fehlten, wie eine Theaterkulisse wirkte. Jetzt kamen sie durch den Viale Bligny und den Viale Col di Lana, und so durchquerten sie nach und nach das gesamte halbantike Mailand mit den zum Teil noch erhaltenen, zum Teil für die Touristen restaurierten Überresten der Bastionen, auf denen sich einst tapfere Kämpfer geschlagen haben sollen. Doch gerade jetzt konnte Oberwachtmeister Morini sich keineswegs für die Architektur der Bastionen erwärmen, und kaum hatte die Giulietta kurz vor ihm die Piazza 24 Maggio überquert und war anschließend in die Ripa Ticinese eingebogen, um dann die alte Straße rechts vom Kanal zu nehmen, funkte er das Büro der Spezialeinheit S im Kommissariat an.

„Ich weiß, es ist spät, aber trotzdem gibt es keinen Grund zu schlafen: Hier Morini, nur zur Information, falls du noch nicht wach bist und falls es dich interessiert. Schlaf jetzt möglichst nicht sofort wieder ein, sondern schreib dir auf, dass ich mich auf der Ripa Ticinese befinde und einer Giulietta mit dem Kennzeichen

MI 836752 folge. Gib meine Position bitte allen Streifen in der Nähe weiter. Ich werde dich auf dem Laufenden halten." Er beendete die Verbindung und starrte wieder auf die roten Rücklichter der Giulietta, die vor ihm die kleine, enge Straße rechts vom Alzaia Naviglio Grande entlangfuhr, oder besser: entlangkroch.

Morini war schon älter, er war zu einer Zeit nach Mailand gekommen, als die meisten *navigli* noch nicht zugeschüttet waren und in der Via Senato noch die Maler standen, um das dunkle, dickflüssige Wasser des Naviglio auf ihre Leinwände zu bannen. Er war damals noch ein Junge gewesen, so klein und mager, dass sie ihm den Spitznamen „Der kleine Bucklige" gegeben hatten, und er hatte seinen Ärger darüber hinuntergeschluckt, denn in Mailand kann man sich zwar sein Brot verdienen, muss dafür aber all seinen Ärger herunterschlucken. So hatte er sich zunächst als Laufbursche in einer *osteria* in der Via Spiga verdingt und den ganzen Tag über die großen, bauchigen *fiaschi* geschleppt. Nach vielen anderen Arbeiten war er schließlich bei der Polizei gelandet. Das war seine Welt, und er machte Karriere, denn er war ein Anhänger von Ordnung und Klarheit – entweder man ist ein Gauner oder man ist keiner –, und so hatte er allmählich ganz Mailand kennengelernt, alle Straßen, alle Bezirke und all die verschiedenen Typen, die dort lebten. Und so kannte er auch Haus für Haus, Wiese für Wiese die beiden Straßen links und rechts vom Naviglio Grande.

„Jetzt geht's aber los", sagte er zum Fahrer, geblendet von einem gleißenden Blitz und ganz benommen von dem Krachen des Donners. Das Gewitter schien genau über ihnen losgebrochen zu sein. Von einem gewaltigen Wolkenbruch eingehüllt, schaltete der Fahrer die Scheibenwischer ein, folgte der Giulietta jedoch weiterhin ohne Fernlicht.

„Hier Morini." Wieder sprach er in sein Funkgerät. „Ich bin jetzt auf der Strada Alzaia Naviglio Grande Richtung Corsico und Vigevano. Ich folge weiterhin der Giulietta 836752 und will nur wissen, wo sich die nächste Streife befindet."

„In der Via Famagosta. Sie haben gesagt, sie fahren euch nach."

„Sag ihnen, sie können ruhig bleiben, wo sie sind. Wenn ich sie brauche, melde ich mich schon!“, brüllte er in sein Gerät in dem Versuch, das Krachen des Donners zu übertönen.

Die Giulietta fuhr immer weiter. Sie hatte inzwischen das Fernlicht eingeschaltet und war unter dem peitschenden Regen noch langsamer geworden, fuhr jetzt nicht einmal mehr dreißig Stundenkilometer, und das war klug, denn auf dieser engen Straße neben dem Kanal, der durch keinerlei Brüstung abgesichert war, wäre es bei diesem Wetter wirklich unverantwortlich gewesen, schneller zu fahren.

„Das ist wohl der Hurrikan Johanna“, grinste einer der beiden Männer auf dem Rücksitz, und Morini lachte leise und etwas säuerlich. Wo wollten die beiden vor ihnen bloß hin, auf dieser kleinen Straße und bei diesem Wetter? Sie waren nun fast in Ronchetto sul Naviglio, und noch immer wütete der Sturm mit Regen, Wind, Donner und Blitz. Auf der anderen Seite des Kanals fuhr eine Straßenbahn vorüber, eine einzige, einsame Straßenbahn, unwirklich und leer und von den Blitzen erleuchtet. Im selben Moment sagte der Fahrer: „Da kommt ein Auto entgegen.“

Oberwachtmeister Morini befahl ihm: „Bleib stehen.“ Es war, als kenne er die Maße des Sträßchens auswendig. Da war also dieser Kanal und auf jeder Seite verlief eine Straße, beides keine besonders guten Straßen, zugegeben, aber die linke, auf der die Straßenbahn fuhr, war zumindest ein bisschen breiter, und außerdem war das Ufer des Kanals dort durch ein kleines Geländer geschützt, das vielleicht nicht viel aushielt, aber immerhin. Auf dem Sträßchen, auf dem sie sich befanden, konnten hingegen gerade einmal – und vielleicht auch nur theoretisch – zwei Autos aneinander vorbeifahren, das eine in die eine, das andere in die andere Richtung, und der Kanal war vollkommen ungesichert, sodass es durchaus hin und wieder vorkam, dass ein Betrunkener hineinfiel. Tja, das waren die Nachteile des venezianischen Stils.

In einem Hagel aus Blitzen hielt der Alfa an. Und es blieb ihm auch gar keine andere Wahl, denn die Giulietta hatte so stark gebremst, dass sie fast zum Stehen gekommen war.

„Vorsicht!“, rief Morini, das Gesicht plötzlich hell angeleuchtet vom Fernlicht des entgegenkommenden Autos. Es waren seine letzten Worte, bevor ein frenetisches Knattern losbrach, das durch das Rauschen des Regens noch explosiver klang. Die grüne Giulietta vor ihnen blieb jedoch nicht stehen, sondern schien heftig hin und her geschüttelt zu werden. Unbarmherzig von den Scheinwerfern des anderen Autos angestrahlt, schien sie wie betrunken zu schwanken.

„Die feuern ja ein ganzes Magazin auf sie ab!“, rief Morini. Er konnte jeden einzelnen Schuss der Maschinenpistole sehen, der die Giulietta traf und dann wegspritzte wie ein Wasserstrahl in der von den Scheinwerfern beleuchteten Regenflut.

„Lichter aus und raus aus dem Auto!“, schrie Morini, aber viel konnten sie nicht mehr machen. Die Giulietta, die sich unter dem Kugelhagel wie verrückt aufzubäumen schien, heulte auf und machte einen Riesensatz, um dem Lichtkegel zu entkommen, doch es gab nur zwei Möglichkeiten auszuweichen, rechts befand sich eine Hausmauer und links der Kanal, und so stieß das Auto erst gegen die Mauer, wurde zurückgeworfen, drehte sich zum Kanal hin und versank im Wasser. Die Scheinwerfer des anderen Autos, aus dem so heftig geschossen worden war, richteten sich jetzt drohend auf sie, auf den Alfa, doch der war bereits leer. Seine Insassen waren im strömenden Regen hinter dem Auto in Deckung gegangen, da das andere Auto plötzlich auf sie zukam. Morini schoss, doch es nützte nichts, das andere Auto fuhr einen knappen Zentimeter an dem Alfa vorbei, gab aufheulend Gas, wobei es selbst den Donner zu übertönen schien, und verschwand, sodass ihnen nichts anderes übrigblieb, als ihm in dem tobenden Sturm aufs Geratewohl ein paar Schüsse aus ihren Revolvern hinterherzuschicken.

Tropfnass und deshalb weit entfernt von jedem Versuch, sich vor dem Regen zu schützen, rannte Morini zu der Stelle, an der die Giulietta im Kanal verschwunden war. „Hol das Auto ran und schalte die Scheinwerfer ein“, befahl er dem Fahrer.

Aber es hatte keinen Zweck mehr. Minutenlang beleuchteten die Scheinwerfer das vom Regen aufgewühlte Wasser des Naviglio Grande dort in der Nähe von Ronchetto sul Naviglio, doch nichts geschah: Das Mädchen mit der roten Redingote und den langen, jungen Beinen und ihr eleganter Begleiter in dem hellgrauen Anzug waren schon auf der Reise in ein anderes Universum, in eine andere, unbekannte Dimension.

8

Da Wind aufgekommen war, ging Duca Lamberti durch die Wohnung, um die Fenster zu schließen, kam jedoch bald wieder in das Sprechzimmer zurück, wo er sich mit Mascaranti erneut dem Koffer zuwandte, den die junge Frau dagelassen hatte. Eigentlich war es gar kein richtiger Koffer, sondern eher eine Kiste oder eine kleine Truhe, er war jedenfalls nicht aus Leder, und die eisernen Beschläge machten einen sehr soliden Eindruck – fast zu solide für so einen kleinen Koffer.

„Ich würde ihn gern öffnen", sagte Duca.

„Das wird nicht leicht sein", erwiderte Mascaranti.

Duca stand auf und kramte ein wenig in der Glasschale mit dem chirurgischen Besteck, das er für den Eingriff zusammengesucht hatte. Er nahm zwei Instrumente heraus und stocherte ein wenig in dem Schloss des Koffers herum. „Ich dachte eigentlich, es sei schwieriger", stellte er fest, erhob sich und suchte sich aus der Schale noch ein drittes Instrument heraus. „Hiermit müsste es eigentlich klappen." Er führte es in das Schloss ein und drückte vorsichtig.

„Schade um das schöne Besteck", stellte Mascaranti mit Bedauern in der Stimme fest.

Doch Duca bedauerte gar nichts, während er mit dem schmalen Instrument, das aussah wie eine Ahle, vorsichtig in dem Schloss stocherte. Nein, er bedauerte nichts, denn er war bereits zu dem Schluss gekommen, dass die Welt der chirurgischen Bestecke, der mal gefärbten, mal farblosen Desinfektionsmittel und des babylonischen Durcheinanders von Medikamenten, unter denen es galt, das richtige herauszufinden – dass diese Welt nicht die seine war. Nicht mehr. Er hasste sie nicht, im Gegenteil, aber er hatte sie bereits hinter sich gelassen, auf Nimmerwiedersehen, und so konnte er das chirurgische Besteck eigentlich auch wunderbar dazu benutzen, ein Schloss aufzubrechen oder eine Büchse Ölsardinen zu öffnen.

Er drückte noch einmal kräftig, begleitet von dem Krachen des Donners und dem an- und abschwellenden Rauschen des Regens, der jetzt gegen die Fensterläden prasselte, und hob dann den Deckel. Sie blickten auf eine Schicht Sägespäne, die erstaunlich dunkel wirkten.

„Wie haben Sie denn das geschafft?“, fragte Mascaranti bewundernd.

Er antwortete nicht, sondern schöpfte nur die Späne aus der Kiste und warf sie auf den Boden. Darunter befand sich eine Schicht jodfarbenes Ölpapier. Er schlug das Papier auseinander, das gefaltet war wie bei einer großen Pralinenschachtel, und stieß auf eine weitere Schicht Sägespäne. Jetzt hielt er inne und zündete sich eine Zigarette an. Er war schon wieder dabei, einen Fehler zu begehen. Eigentlich konnte er sich keinen einzigen mehr leisten, und trotzdem machte er immer so weiter. Warum ließ er nicht die Finger von diesen Geschichten und widmete sich lieber der Pharmavertretung? Warum fuhr er nicht nach Inverigo, um seine Schwester Livia und seine kleine Nichte zu besuchen?

„Was meinen Sie, was da drin ist?“, fragte er Mascaranti.

„Irgendetwas sehr Zerbrechliches, bei all diesen Sägespänen.“

Natürlich, zum Beispiel Kristallschalen für Champagner Rosé! Er sagte aber nichts, sondern holte nur die Sägespäne heraus und warf sie auf den Boden. Ein dunkler Lappen kam zum Vorschein. Er hatte es geahnt. Man konnte ihn für einen Scheuerlappen halten, aber als er ihn befühlte, merkte er, dass er ganz in Öl getränkt war.

„Das gibt es doch nicht“, stieß Mascaranti hervor, der allmählich zu begreifen begann.

„Doch“, antwortete er trocken und zog den Lappen weg wie eine Stripteasetänzerin, die die letzten Hüllen fallen lässt.

Mascaranti erhob sich von seinem Stuhl, kniete sich auf die Erde und starrte in die Kiste, wobei er sich hütete, etwas zu berühren. „Das sieht aus wie eine zerlegte Maschinenpistole.“

„Das ist eine Maschinenpistole."

Mascaranti sah so aus, als könne er es noch immer nicht glauben. „Aber eine Browning ist es nicht, die ist größer."

„Nein, das stimmt, eine Browning ist es nicht, eine Browning wiegt fast neun Kilo, und diese hier wiegt sicher nicht einmal sieben." Er nahm ein Teil aus der Kiste, es war der Lauf, und dann ein zweites, den Hauptteil mit dem Stutzen für das Magazin. Die beiden Teile passten exakt ineinander, wie bei einem Baukasten für Kinder. Das dritte Teil war das Gehäuse mit dem Abzug und der Rückschlagautomatik, auch das rastete problemlos ein, denn alles war reichlich geschmiert. Unter einer weiteren Schicht Sägespäne fand er schließlich die Magazine. Er schob eins vertikal in den Einführschacht. „Jedes Magazin enthält dreißig Schuss, zehn mehr als bei einer Browning und zwei mehr als bei einer Bren." Der Boden des Köfferchens war ganz mit Magazinen bedeckt, die Geschosse waren Kaliber 7.8, also größer als bei anderen Maschinenpistolen. Er legte die Patrone zurück und schaute aufmerksam in den Lauf. Er meinte, acht Züge erkennen zu können, die Schussgeschwindigkeit musste also mindestens achthundert Meter pro Sekunde betragen. „Ein Juwel von Škoda", bemerkte er. „Die erzählen zwar aller Welt, sie würden nur noch Autos produzieren, aber anscheinend haben sie doch eine ihrer ehemaligen Kriegsabteilungen behalten. Hier steht es, ganz klein, ČSSR, was hieß das noch gleich? Ja, genau, Československá Socialistická Republika. Das hier ist die beste Maschinenpistole der Welt: Man kann sie problemlos unter seinem Mantel verstecken, und gleichzeitig hat sie die Wirkung einer kleinen Kanone. Man hält sie wie eine Fahrradpumpe, sehen Sie? Und dann zieht man mit der rechten Hand den Abzug und kann hundert Schuss und mehr pro Minute abgeben. Eine Bren hingegen wiegt zehneinhalb Kilo und schafft nicht mehr als achtzig Schuss pro Minute. Wenn man den Abzug loslässt, ist die Waffe sofort blockiert. Luftkühlung, sehen Sie?"

„Nicht schießen, Dr. Lamberti."

Ach, wie gern hätte er geschossen, sehr gern, an geeigneten Zielen fehlt es ja nie. Stattdessen nahm er die Maschinenpistole vorsichtig wieder auseinander und legte die Teile fast genauso in den Koffer zurück, wie er sie vorgefunden hatte, wobei er sich allerdings keineswegs bemühte, alles so aussehen zu lassen, als habe er nichts berührt. Darum ging es ihm gar nicht. Er blickte auf seine öligen Hände und ging ins Bad. „Mascaranti, schauen Sie doch mal, ob Sie den Kaffee und die *caffettiera* finden, und machen Sie uns einen Espresso." Mascaranti liebte Kaffee und verstand es ausgezeichnet, ihn zuzubereiten. Duca brauchte lange, um sich die Hände zu waschen, und obwohl er viel Scheuerpulver verwendete, blieb ein dunkler Schatten auf seinen Fingern zurück. Unter dem Krachen des Donners kam er in die Küche zurück und setzte sich in die Ecke, in der er vorhin mit Mascaranti Kreuzworträtsel gelöst hatte, während das Mädchen schlief. Jetzt saß Mascaranti dort und mahlte die Kaffeebohnen in einer alten, ja fast prähistorischen Mühle.

„Wer hat Ihnen denn diesen Kaffee verkauft?", fragte Mascaranti, während er die Kurbel der Mühle drehte. „Man sollte den Laden schließen lassen."

„Ich habe ihn vom Drogisten Ihres Vorgesetzten, von Carrua." Das war ein weiterer Nachteil seiner gegenwärtigen Position als Ex-Arzt und Arbeitsloser: Die Geschäfte, bei denen Carrua seine Lebensmittel bezog, waren dieselben, die auch ihn belieferten, vom Kaufmann über den Fleischer bis zum Drogisten. Wenn sich Lorenza in Mailand aufhielt, konnte sie einfach dort anrufen und bestellen, was sie brauchte. Wie das wohl am ehesten einzuordnen war? Als Leihgabe? Als Freundschaftsbeweis? Als wohltätige Handlung? Na ja, er und Lorenza kümmerten sich nicht groß um die richtige Einordnung, sie bestellten einfach und damit basta.

„Signor Carrua versteht zwar etwas von seiner Arbeit als Polizist, aber sonst hat er keine Ahnung", stellte Mascaranti apodiktisch fest.

Der Donner rollte jetzt nur noch gedämpft in der Ferne, der Sturm war weitergezogen und hatte eine Stille hinterlassen, in der das Quietschen der Kaffeemühle deutlich zu hören war. Es klang heimelig, gemütlich, man musste unwillkürlich an die Küchen von früher denken, mit ihrem brennenden Kamin. Duca lehnte sich auf seinem Stuhl zurück und starrte auf die *napoletana*, die Kaffeemaschine, die auf der blassen, unbeweglichen Gasflamme des Küchenherdes stand, einem wahrlich kümmerlichen Ersatz für die rot glühend tanzenden Flammen eines Kamins.

„Nehmen wir mal an, das Mädchen hat zumindest zum Teil die Wahrheit gesagt", ließ er in der immer tieferen Stille verlauten, denn das Gewitter war nun fast vorüber, und fixierte weiter seinen imaginären Kamin.

Mascaranti stand auf. Er hatte die Kaffeemühle noch immer in der Hand. „Ich bin ja vollkommen durcheinander. Ich habe die *caffettiera* ohne Kaffee aufgesetzt!" Kopfschüttelnd drehte er das Gas aus und wartete, dass die *napoletana* ein wenig abkühlte.

„Nehmen wir mal an, das Mädchen hat zumindest zum Teil die Wahrheit gesagt", wiederholte Duca.

„Ja", antwortete Mascaranti.

„Sie hat gesagt, dass sich eine der beiden Mailänder Fleischereien ihres Verlobten hier in der Nähe befindet, in der Via Plinio. Nehmen wir mal an, das stimmt – schließlich ist sie heute Abend zu Fuß hergekommen."

Mascaranti schraubte die *caffettiera* auf, füllte den gemahlenen Kaffee in den Filter, schraubte sie wieder zu, zündete die Gasflamme an und stellte sie erneut auf den Herd. „Kann schon sein", bemerkte er.

„Nehmen wir einmal an, das stimmt. Sie ist mit dem Koffer hier angekommen. Dann muss sie ihn in der Fleischerei also bereits gehabt haben. Nach der Arbeit hat sie das Geschäft also mit dem Koffer verlassen und sich auf den Weg hierher gemacht."

„Kann schon sein", wiederholte Mascaranti. „Aber es wäre auch möglich, dass sie den Koffer in der Fleischerei noch nicht hatte, sondern ihn auf dem Weg irgendwo abgeholt hat."

Nein, dachte er, hier musste man die scharfe Klinge von Ockham ansetzen und sparsam mit seinen Hypothesen umgehen. Die richtige Hypothese war die, die am wenigsten Aufwand erforderte. „Das glaube ich nicht. Erstens hätte dieser ‚andere' Ort, wo sie den Koffer hätte stehen lassen können, auf dem Weg zwischen der Fleischerei und meiner Praxis liegen müssen. Und zweitens hätte es ein Ort ihres Vertrauens sein müssen, denn so einen Koffer lässt man nicht einfach in irgendeiner Bar oder in der Wohnung von entfernten Bekannten stehen. Und es ist unwahrscheinlich, dass sich so ein Ort ausgerechnet auf dem Weg zwischen der Fleischerei und meiner Wohnung befindet."

Mascaranti nickte, während er die *caffettiera* überwachte. Dann wandte er ein: „Wenn sie den Koffer bei sich in der Fleischerei stehen hatte, dann muss ihr Freund, der Fleischer, aber auf dem Laufenden sein, denn es ist nicht sehr wahrscheinlich, dass sie im Besitz eines solchen Koffers ist, ohne dass er etwas davon weiß."

„Genau das denke ich auch", stimmte Duca zu. „Sicher ist es nicht, aber ziemlich wahrscheinlich. Eine Frau bringt es zwar zur Not fertig, das Foto ihres Liebhabers in der Brieftasche ihres Mannes zu verstecken, aber wenn es irgend geht, wird sie es vermeiden. Nehmen wir also an, dass sie den Koffer bereits in der Fleischerei hatte und dass ihr Bräutigam davon wusste." Er öffnete das Fenster und atmete die nach Beton und Abfall riechende Luft ein, die vom Hof heraufzog und jetzt zumindest etwas feucht war, dann setzte er sich wieder. „Nehmen wir außerdem einmal an, dass ihr Bräutigam, der Fleischer, weiß, was sich in diesem Koffer befindet." Er starrte auf die Gasflamme, kniff die Augen ein wenig zusammen, dachte an die Funken, die einst, vor langer, langer Zeit, in den Rauchfang des Kamins hinaufzufliegen pflegten, und stellte sich vor, solche Funken stiegen jetzt von der Gasflamme auf. „Vielleicht könnten wir dann sogar davon ausgehen, dass er selbst dem Mädchen den Koffer gegeben hat, also dass er wollte, dass seine Verlobte die Maschinenpistole hierher bringt. Kein Mensch würde darauf kommen, dass sich in dem Köfferchen eines Mädchens eine Maschinenpistole befindet. Sie lässt den Koffer hier stehen, in der Wohnung eines ehrlichen, wenn auch nicht ganz unbescholtenen

Arztes, und wenn es ihnen dann passt, kommt jemand vorbei und holt ihn wieder ab."

Mascaranti nickte weiter, hielt aber dann inne, um die Tassen und den Zucker zu holen.

Duca fragte: „Mascaranti, Sie haben doch mit angehört, was das Mädchen vorhin da drüben erzählt hat."

„Ja, zugehört habe ich, aber geschaut hab ich nicht", erwiderte er mit einem zweideutigen Lächeln.

„Sie hat gesagt, ihr Verlobter habe sehr viel Geld verdient, Hunderte von Millionen, und zwar dadurch, dass er seine Mailänder Fleischereien beliefere, ohne Zoll zu bezahlen." Wie schade, dass die Gasflamme nun nicht mehr brannte. Geduldig fuhr er fort: „Ich glaube eigentlich kaum, dass man durch Umgehung des Zolls Hunderte von Millionen verdienen kann, meinen Sie nicht?"

„Hm."

Er goss den Espresso in die beiden kleinen Tassen.

„Wenn man hingegen eine Neuheit wie die aus dem Koffer in Italien einführt – kann man dann Ihrer Meinung nach Millionen scheffeln?"

Mascaranti nickte und reichte ihm ein Tässchen Kaffee und die Zuckerdose.

„Glauben Sie, dass das Kriegswaffen sind?" Er nahm sich Zucker, rührte um und wartete auf Mascarantis Antwort.

Auch Mascaranti nahm sich Zucker und rührte um, und während er so neben ihm saß und rührte, überlegte er in aller Ruhe. Das Einzige, was man in der Stille der Nacht hören konnte, war das Rauschen des Regens und das Ticken des Weckers, und bei jedem Tick wackelte das Huhn mit dem Schwanz und zeigte so die Sekunden an. „Nein", antwortete er schließlich. Er kostete den Kaffee und schüttelte den Kopf, um anzudeuten, dass er ihm nicht schmeckte. „Ich meine, auch mit einem Nudelholz kann man in den Krieg ziehen, aber eine wirklich systematische Offensive kann man mit solchen Maschinenpistolen nicht starten, höchstens kleinere Kommandoeinsätze."

„Oder so was Ähnliches, Raubüberfälle zum Beispiel", sagte Duca. Er kostete den Kaffee. „Ist doch ganz gut. Nachts sollte er gar nicht stärker sein." Er stand auf und ging durch die Wohnung, um die Fenster zu öffnen. Als er in Lorenzas Zimmer kam, fiel sein Blick auf den Behälter mit dem Desinfektionsmittel, in dem Saras Sauger lagen. Abend für Abend bemerkte er, dass der Deckel daneben lag, und Abend für Abend vergaß er ihn aufzusetzen, und dabei war Lorenza jetzt schon seit zehn Tagen weg. Wirklich eine Schande! Er nahm den Deckel, setzte ihn auf den Behälter und kramte in der Tasche seines Jacketts, das im Flur hing, nach den Zigaretten, einfache Nazionali, noch nicht einmal die besseren, die für den Export bestimmt waren. Er kam in die Küche zurück, wo Mascaranti gerade sorgfältig die Tassen abwusch.

„Oder es ist ein Muster", überlegte er, setzte sich und sah Mascaranti von hinten zu. „Für jemanden, der eine ganze Ladung kaufen will. Mit dem trifft er sich, macht den Koffer auf, zeigt sein Musterstück vor und erläutert, dass es sich um das neueste Modell handelt und dass das Ding durchaus erschwinglich ist."

Mascaranti trocknete sich die Hände an dem Geschirrtuch neben dem Waschbecken ab. „Dann wäre er ein Mittelsmann bei illegalen Waffengeschäften", stellte er fest.

„Vielleicht", stimmte Duca zu, schüttelte jedoch gleichzeitig den Kopf, „vielleicht, aber das ist nicht der Punkt."

Das Telefon klingelte. Er stand auf und ging in den Flur. Es war Oberwachtmeister Morini. Er hörte ihm zu, doch lange dauerte das Gespräch nicht, denn Morini war ein schweigsamer Mensch, und so war der schreckliche Tod der beiden jungen Leute, die, von Scheinwerfern geblendet, unter Maschinengewehrbeschuss genommen und schließlich im Kanal gelandet waren, in Morinis Erzählung nicht mehr als eine telegrafisch kurze Notiz, was die Geschichte noch schockierender machte. Nach dem Ende des Telefonats blieb Duca unbeweglich am Telefon stehen und starrte an die Wand, und dann schauderte er. Es war ein Schauder des Ekels.

9

Nach dem Gewitter wurde der Himmel über Mailand – denn Mailand hat einen Himmel! – blauer als der Himmel über dem Plateau Rosa. Von den Terrassen der oberen Stockwerke konnte man jenseits der Häuser deutlich die schneebedeckten Gipfel der Berge erkennen. Der Tankwart an der Zapfsäule auf der Piazza della Repubblica, bei dem Mascaranti gehalten hatte, trug einen blauen Overall und zeigte sich sehr hilfsbereit, las aber offensichtlich nicht Zeitung und wusste deshalb auch von nichts, schließlich sterben in Mailand jede Nacht – und tagsüber natürlich auch – mehrere Menschen, und zwar aus den verschiedensten Gründen, die einen an Bronchopneumonie, die anderen im Maschinengewehrfeuer an der Ripa Ticinese, alle konnte er ja nicht betrauern, und alle waren ja schließlich auch nicht zu betrauern. Der Tankwart war noch nie seiner Einnahmen beraubt worden, seine Welt schien eine ganz normale, lebbare, ja fast glückliche Welt zu sein. Duca Lamberti beobachtete den Zähler der Zapfsäule in der strahlenden Morgensonne, umgeben von dem frischen Frühlingsgrün der geometrisch angelegten Rasenflächen auf dem Platz. In diesem selben Moment befand sich das Mädchen mit der roten Redingote im Leichenschauhaus, allerdings ohne Redingote, und in einer anderen Kühlzelle lag ihr unseliger Begleiter; doch diese Vorstellung ergab in einer normalen, lebbaren Welt wie der des Tankwarts keinen Sinn.

„Ich schau mal kurz in der Pasticceria Ricci vorbei“, sagte Duca zu Mascaranti, überquerte die Via Ferdinando di Savoia ganz brav an der Fußgängerampel, tauchte in den Bogengang unter dem Hochhaus ein und betrat das Lokal.

Nach und nach verblasste das Bild des Mädchens in der Kühlzelle und wurde immer deutlicher überlagert von den Vitrinen dieses altehrwürdigen Tempels feinster Zuckerbäckerkunst, feinster Teestunden, feinster Abende mit feinstem Eis, wo halb Mailand – oder war es sogar die ganze Stadt? – hinpilgerte, wann immer es möglich war, um den Ritus des Aperitifs zu zelebrieren oder ein Tablett mit Kuchenstücken zu erstehen, die die Männer sonntags ihren Frauen und Kindern nach Hause brachten; und auch die Flaschen mit französischem, griechischem, deutschem und spanischem Wein traten immer schärfer hervor, wie sie dort in dem Glasschrank standen, flüssige Juwelen, die an Landwein gewöhnte Gaumen jedoch kaum zu würdigen wussten.

„Polizei." Er zeigte Mascarantis Ausweis.

Der freundliche, robuste Mann schaute ihn durch seine Brille etwas unsicher an und führte ihn dann zuvorkommend in den hinteren Teil des Lokals, wobei er seinen Arm einladend ausstreckte und eine Verbeugung andeutete.

„Sie sind der Besitzer?", fragte Duca in einem Anfall von Pedanterie, denn schließlich kam auch er selbst hin und wieder in die *pasticceria* und kannte ihn genau.

„Ja, das bin ich."

„Ich benötige eine Auskunft. Können Sie mir sagen, ob hier eine Hochzeitstorte bestellt worden ist?"

„Bei uns werden viele Hochzeitstorten bestellt." Er blickte ihn weiter durch seine Brille an, ohne Furcht oder Neugier, sondern einfach nur vornehm, ein Blick von Gentleman zu Gentleman.

„Es geht um eine Hochzeitstorte, die in einen kleinen Ort in der Mailänder Umgebung geliefert werden sollte."

„Da muss ich mal unsere Bestellungen durchgehen", sagte der Gentleman höflich, auch wenn sein Gesicht jetzt einen etwas unwilligen Ausdruck angenommen hatte. „Sie wissen nicht, wer sie bestellt hat?"

„Nein. Die Torte sollte nach Romano Banco geliefert werden, Kreis Buccinasco, in der Nähe von Corsico." Schließlich konnte die Bestellung von einem x-beliebigen Beauftragten aufgegeben worden sein.

Ducas topografische Angaben waren eindeutig zu lang gewesen, der Besitzer der *pasticceria* musterte ihn kühl durch seine Brille, ohne etwas zu sagen. Duca musste wohl deutlicher werden.

„Mir wurde gesagt, es sei eine Torte für zweihunderttausend Lire gewesen."

Durch die Brille funkelten ihn zwei ungläubige Augen an. „Für die Queen werden vielleicht solche Torten hergestellt."

Duca lächelte. „Vielleicht war das ja etwas übertrieben." Der untadelige Besitzer war ihm sympathisch. „Sagen wir, hunderttausend."

„Wie ich Ihnen bereits sagte, müssen wir da unsere Bestellungen durchsehen."

Und so schauten sie nach und fanden sie tatsächlich, die Bestellung der Torte. Es war eine Torte für gerade einmal fünfunddreißigtausend Lire, denn das Mädchen, das jetzt in der Kühlzelle des Leichenschauhauses lag, pflegte zu Lebzeiten auf kindliche, ja fantastische Weise zu übertreiben, aus fünfunddreißigtausend Lire waren zweihunderttausend geworden! Vor drei Tagen war diese Hochzeitstorte von nicht einmal zehn Kilo mit dem Lieferwagen der *pasticceria* nach Romano Banco gebracht worden, Kreis Buccinasco, Via di Gigli, Trattoria di Gigli, und sie war, wie aus der Bestellung hervorging, im Voraus bezahlt worden, und zwar mit dem Scheck Nummer 11 80 39 8 der Banca d'America e d'Italia. Der Auftraggeber musste ein Mailänder sein, zumindest hatte er einen sehr mailändischen Namen, Ulrico Brambilla, und dieser Ulrico Brambilla hätte der Bräutigam sein sollen, wenn die Hochzeit stattgefunden hätte, der Inhaber der Fleischereien in Mailand, Romano Banco und Ca' Tarino.

Duca ging zum Auto zurück und setzte sich neben Mascaranti, der noch immer hinter dem Steuer wartete. „Die Torte ist tatsächlich bestellt und auch geliefert worden." Nur zu gern hätte er gewusst, was mit dieser Torte geschehen war, die zwar nicht zweihunderttausend Lire gekostet hatte, sondern nur bescheidene fünfunddreißigtausend, aber die dennoch eine stattliche Torte gewesen sein musste: Zehn Kilo, das war bei hundert Gästen eine Hundertgrammscheibe pro Person. Nur hatte die Hochzeit ja gar nicht stattgefunden.

„Fahren wir nach Romano Banco“, sagte er zu Mascaranti, „und zwar über Inverigo.“ Es war ein etwas plumper Scherz, aber Mascaranti begriff sofort: Um nach Romano Banco zu kommen, fährt man keineswegs über Inverigo, denn das liegt genau in der entgegengesetzten Richtung, doch Duca war seit zehn Tagen nicht mehr bei seiner Schwester gewesen, seit zehn Tagen nicht mehr bei der kleinen Sara, seit zehn Tagen nicht mehr bei Livia mit all ihren „M“- und „W“-förmigen Narben im Gesicht.

Sie fuhren durch die Vormittagssonne, als wollten sie direkt in sie eintauchen, den Berg hinab, bis zur Villa Auseri. „Ist es hier?“, fragte Mascaranti.

Ja, hier war es. Hinter der Pforte sah er bereits Lorenza mit ihrer kleinen Tochter an der Hand. Es ging ihnen gut, sie sahen wunderschön aus, Wangen und Po des Kindes waren fest und rund, und Lorenzas Pferdeschwanz passte ausgezeichnet in die hellgrüne Brianzer Hügellandschaft.

„Livia ist oben in ihrem Zimmer geblieben“, sagte Lorenza.

Verständlich, wenn man ein Gesicht hat, das durch siebenundsiebzig Einschnitte verstümmelt ist, die Augenwinkel, die Mundwinkel, der Ansatz der Nasenflügel, alles geschickt eingeschnitten. Da bleibt man wohl lieber auf seinem Zimmer, trotz sorgfältigster chirurgischer Flickarbeit. Mit Sara auf dem Arm ging er durch den Garten der noblen Brianzer Villa. Er kam ins Wohnzimmer.

„Wo bringst du mich hin, *zio*?“

Zio – stimmt, er war schließlich ihr Onkel. „Wir besuchen Signorina Livia.“ Er ging die Treppe hinauf. Er wusste, dass Livia ihn vom Fenster aus hatte kommen sehen und ihn erwartete.

„Ich möchte mit Signorina Livia spielen“, sagte Sara, „aber sie mag nicht.“

„Signorina Livia ist ein wenig erschöpft“, antwortete er. Die zweite Tür auf der rechten Seite des Flurs öffnete sich, und Livia sagte: „Ganz schön plötzlich.“

„Nur für ein paar Minuten", antwortete er und musterte sie genau, wobei er das Kind auf dem Arm behielt. Siebenundsiebzig Narben verschwinden nicht in zehn Tagen, und auch nicht in zehn Monaten oder zehn Jahren.

Sie sagte: „Sieht nicht gut aus, was?" Sie meinte ihr Gesicht.

„Nein", antwortete er mit freundlicher Brutalität. Signorina Livia Ussaro liebte die Wahrheit, selbst wenn sie scharf war wie ein frisch geschliffenes Messer; sie liebte sie mehr als jedes erdenkliche Paradies. Tatsächlich lächelte sie ihn an, als habe er ihr gesagt, wie schön sie sei.

„Lassen Sie mir das Kind da und gehen Sie zu Ihrer Schwester", forderte sie ihn lächelnd auf. Die Gesichtschirurgen hatten wirklich gute Arbeit geleistet, lächeln konnte sie schon wieder. Man hätte meinen können, sie habe nur die Pocken gehabt, eine schwere Form von Pocken.

„Gut", antwortete er. Er stellte das kleine Mädchen auf den Boden und sagte: „Geh mit Signorina Livia spielen." Dann trat er einen Schritt auf Livia zu. „Ich habe zurzeit eine Arbeit, hoffe aber, dass ich bald damit fertig werde, dann können wir vielleicht ans Meer fahren. Der Arzt hat gesagt, das Meer würde Ihnen guttun." Ach, nicht einmal der Herr aller Ozeane der Welt, der Gott der Meere, der Schöpfer aller Wasser konnte diese siebenundsiebzig Narben wieder in Ordnung bringen, niemals – das wusste er.

„Es geht mir gut hier, machen Sie sich keine Gedanken." Sie nahm das Kind bei der Hand, ging in ihr Zimmer und schloss die Tür.

Er konnte nichts machen. Er konnte den Unmenschen, der Livia Ussaros Gesicht mit dieser monströsen Stickerei aus Narben verstümmelt hatte, nicht zerreißen oder zermalmen, denn das Gesetz erlaubt so etwas nicht. Es erlaubt keine persönliche Rache. Er ging die sanft geschwungene Treppe der freundlichen Villa hinunter und legte seinen Arm um Lorenzas Schultern.

„Warum bleibst du nicht hier bei uns? Was ist denn das für eine Arbeit?"

Er schaute sie zärtlich an, damit sie nichts von dem Hass merkte, der in ihm brannte. „Nichts wirklich Wichtiges“, begann er zu flunkern. „Vielleicht bekomme ich meine Zulassung zurück, deshalb muss ich ein paar Leute treffen, weißt du, und ihnen erklären, wie die Dinge gelaufen sind.“ Es war Lorenzas innigster Wunsch, dass er wieder als Arzt arbeitete, er selbst wünschte es sich deutlich weniger. Umspielt von einem Sonnenstrahl, der sich glänzend und hell in das kleine Tal des Lago Segrino vortastete, stieg er ins Auto und streichelte durch das Autofenster noch einmal flüchtig Lorenzas Wange. „So, jetzt aber los, es ist schon spät“, sagte er dann zu Mascaranti.

10

Mittags um zwölf ist keine gute Zeit, um Mailand mit dem Auto zu durchqueren, eigentlich gibt es überhaupt keine gute Zeit dafür, im Gegenteil, wer kann, vermeidet es, mit dem Auto durch Mailand zu fahren. Im Viale Fulvio Testi begann Mascaranti, die Ampeln zu zählen, und als sie bei der Porta Ticinese ankamen, war er bei zweiunddreißig. Wie auf einem sich langsam drehenden Karussell fuhren sie in einer vier- oder sechsreihigen Autokolonne im Halbkreis um den Piazzale 24 Maggio herum und bewunderten dann die Darsena, den Mailänder Hafen, von dem mal jemand behauptet hat, es sei der fünftgrößte Hafen Europas, wenn man nach dem Gewicht der Waren ging. Kein Wunder, hier wurden hauptsächlich Sand und Steine umgeschlagen, und so mochte das tatsächlich stimmen, dachte Duca. Dann sagte er zu Mascaranti: „Lassen Sie uns das rechte Ufer nehmen." Er meinte das rechte Ufer des Alzaia Naviglio Grande, die Straße, die auch die beiden Verliebten, Silvano und das Mädchen, die inzwischen verschieden waren, vor drei Tagen genommen hatten, als das Gewitter wütete, während jetzt die Sonne schien und ein sanfter Wind von den Bergen herüberwehte. Die Stelle, an der es geschehen war, erkannten sie sofort: Der Asphalt zeigte deutliche Spuren der Raupenketten des Kranwagens, der das Auto aus dem Kanal gefischt hatte, und als Mascaranti aus dem Auto stieg, sah er an der Hausmauer auch gleich die Schrammen der abgeprallten Geschosse. Duca starrte nachdenklich auf das Wasser des Kanals. Warum nur hatten Silvano und das Mädchen diese kleine Straße gewählt? Hätten sie das linke Ufer genommen, wo die Straße breiter war, hätten sie dem tödlichen Maschinengewehrfeuer vielleicht entkommen können. Und woher wussten die, die sie beschossen hatten, dass die Giulietta am rechten Ufer entlangfahren würde? Außerdem mussten sie auch ungefähr über die Zeit informiert gewesen sein. Und wahrscheinlich wussten sie noch einiges mehr.

Er stieg wieder ins Auto, und sie fuhren weiter nach Romano Banco. Sie ließen sich Zeit, denn er wollte nicht vor halb zwei dort ankommen, um den Fleischer Ulrico Brambilla nicht beim Mittagessen zu stören. Kurz vor Corsico überquerten sie die Brücke, nahmen die Straße am anderen Ufer und passierten den Ortskern. Am Ende der Via Dante entdeckten sie ein Straßenschild mit der Aufschrift „Romano Banco" und einem Pfeil nach links. Sie bogen in eine breite, asphaltierte Straße ein, die mal durch Wiesen führte und dann wieder durch kleine Grüppchen von Häusern, Hütten und sogar einigen Gebäuden, die wohl den Anspruch erhoben, Hochhäuser zu sein, bis sie an ein neues Schild kamen, das den Ortseingang von Romano Banco anzeigte und sie darauf hinwies, dass Hupen verboten war. „Die Kirche, fahren Sie zur Kirche."

Mascaranti folgte den breiten Straßen des Ortes, der ziemlich weit verstreut war, bis sie zu dem kleinen Kirchturm kamen.

Ja, dachte Duca, vielleicht hatte der Fleischer wirklich einen Lastwagen Nelken in San Remo bestellt. In der Nähe der Kirche mit dem Kirchturm in Billigbauweise, die vollkommen nichtssagend und in ihrer Trostlosigkeit fast rührend wirkte, roch es tatsächlich nach Nelken, die alten Häuschen um die Kirche herum schienen den süßlichen Duft noch immer zu verströmen. Ohne auszusteigen, fuhren sie auf die Hauptstraße zurück. Nachdem sie sich bei zwei oder drei Leuten auf der Straße erkundigt hatten, fanden sie das Haus von Signor Ulrico Brambilla. Es war ein kleines Häuschen mit nur einem Stockwerk und ein paar Zentimetern Garten davor oder, besser gesagt, mit einem schmalen Streifen, auf dem ein paar grüne Halme wuchsen.

„Signor Brambilla, bitte."

Die schwarz gekleidete, magere, noch nicht alte Frau, in deren gelblichem Gesicht mit den dunkel geränderten, in Falten eingebetteten Augen durchaus noch eine gewisse Weiblichkeit lag, antwortete mit unruhiger Stimme: „Der ist nicht da, er ist weggefahren."

Aha, er war also bereits weggefahren.

„Wohin ist er denn gefahren? Ich bin ein Freund von Silvano." Eigentlich war ihm gar nicht wohl bei dem Gedanken an bestimmte Freundschaften, aber in gewisser Hinsicht waren sie doch Freunde, oder? Sie hatten Geschäfte miteinander gemacht, es war um Geld gegangen und um eine ärztliche Behandlung, na ja, das war ja wohl ein Euphemismus, und schließlich war es um Maschinenpistolen gegangen – da konnte man wirklich schon fast von Freundschaft reden.

Der Name Silvano wirkte auf die Frau genauso, wie er gehofft hatte. Sie sah auf einmal ganz grün aus, schaute erst ihn an und dann Mascaranti und trat schließlich beiseite, um sie einzulassen. Sie sahen sofort, dass das Haus ein ganz normales, für solche kleinen Ortschaften übliches Haus war, nämlich einfach ein Haus. Trotz all seiner Millionen hatte Ulrico Brambilla das Haus einfach so gelassen, wie es gewesen sein musste, als er es erworben hatte, er, der sich alles kaufen konnte, der halb Ca' Tarino gekauft hatte, und Wohnungen, und Land.

„Ich weiß nicht, wo er hingefahren ist", antwortete sie und sah dabei so aus, als habe sie Angst. Ja, der Name Silvano Solvere schien ihr Angst zu machen.

Sie waren direkt in das Wohn- und Esszimmer getreten, in dem jedoch vermutlich nie jemand aß, denn sicherlich nahmen sie ihre Mahlzeiten in der Küche ein. In der Mitte stand ein rechteckiger Tisch mit einem Stuhl an jeder Seite, auf dem Tisch lag ein garantiert handgesticktes Mitteldeckchen, und dann gab es noch eine Anrichte, eine Pendeluhr, einen Fußboden aus roten, glänzend gebohnerten Fliesen und schließlich ein kleines, hartes Sofa, eine Art langer Stuhl für drei Personen, auf den sie sich unaufgefordert setzten, während die Frau in dem schwarzen, ländlichen Kleid, das fast wie eine Tracht wirkte, sie aufmerksam musterte, den Knoten tief im Nacken.

„Ich muss mit Ulrico sprechen", sagte er in den angenehmen, schläfrigen Halbschatten des Zimmers hinein. Dieser Ulrico musste ein schlauer Mann mit einem klaren Kopf sein, denn er hatte darauf verzichtet, sich einen Architekten kommen zu lassen, der ihm eine prächtige Villa baute und außerdem die Einrichtung entwarf. Er hatte ihn ja noch nie gesehen, aber bei dem etwas hochgestochenen Namen Ulrico musste er fast lachen. „Es ist sehr ernst."

Dieser Satz ließ die Frau noch etwas grünlicher erscheinen. Sie mochte die fünfzig noch nicht erreicht haben und musste als Mädchen hübsch und knackig gewesen sein, wie man hier in der Gegend sagen würde. Doch plötzlich stieg eine Art Wut in ihr auf, die die grünliche Farbe in ihrem Gesicht zurückdrängte, und sie sagte vehement: „Ja wohl nicht ernster als das, was gerade geschehen ist. Die Hochzeit ist bereits ausgerichtet, da ertrinkt die Braut in einem Wassergraben. Das war vielleicht ein Schlag, ich dachte schon, er selbst werde auch noch auf dem Friedhof enden, und deshalb ist er weggefahren, auch ich habe ihm zugeredet, es zu tun."

„Und wer sind Sie?", fragte Duca geradeheraus und etwas unverschämt.

„Ich bin seine Angestellte", erwiderte sie, „ich arbeite in seinen Fleischereien hier und in Ca' Tarino." Und dann fügte sie spitz hinzu: „Als Kassiererin." Das gab ihr mehr Gewicht.

Sehr bemerkenswert! In einem Schulbuch für Arithmetik würde stehen, ein bemerkenswertes Produkt. Ulrico hatte eine junge, liebestolle Angestellte für die Mailänder Fleischereien und eine reife für die Fleischereien des Umlandes.

„Und außerdem führe ich ihm den Haushalt", fügte sie stolz hinzu, zufrieden, auf diese Weise durchblicken zu lassen, was sie durchblicken lassen wollte.

Den Haushalt führte sie ihm wirklich tadellos, dachte Duca. Die Fliesen des roten Fußbodens glänzten nicht unangenehm und übertrieben, sondern waren matt gebohnert und strömten eine warme, etwas altmodische Intimität aus; kein Körnchen Staub, kein unangenehmer Geruch, nichts, was nicht an seinem Platz stünde. Wenn sie auch Ulrico selbst so tadellos führte, konnte dieser sich wahrhaftig glücklich schätzen.

„Ich muss mit Ulrico sprechen", wiederholte er monoton, weder drohend noch drängend. „Es ist sehr wichtig."

Da zog sie einen der vier Stühle unter dem Tisch hervor und setzte sich. Plötzlich fiel ein Sonnenstrahl durch die einfachen, weißen Vorhänge des angelehnten Fensters. Etwas abgeschwächt fiel er auf die glatt polierte Tischplatte und spiegelte zurück auf ihr Gesicht, wo er schonungslos die Tränensäcke unter ihren Augen hervorhob, die Fältchen, die schlaffe Haut. Doch stolz und etwas verächtlich hielt sie dem Reflex stand, ja, trotz ihres körperlichen Verfalls lieferte sie sich ihm selbstbewusst aus. „Ich weiß nicht, wohin er gefahren ist."

Es war wirklich eine bemerkenswerte Unterhaltung: Er wiederholte unablässig, er wolle mit Ulrico sprechen, und sie wiederholte, sie wisse nicht, wohin er gefahren sei. Also erhöhte er den Einsatz ein wenig. „Silvano hat mir etwas dagelassen, Ulrico weiß, was."

Sie ging in die Falle, ihr Gesicht wurde starr im Licht des Reflexes. „Ich weiß von nichts."

„Ich weiß von nichts" kann sehr viel bedeuten. Ganz bestimmt bedeutet es jedoch, dass man etwas weiß, was man nicht sagen will, und dass man den anderen glauben machen will, man wisse von nichts. Wie schlau die meisten Leute doch sind! So wusste er zumindest, dass sie etwas wusste.

„Ich kann diese Sache nicht bei mir zu Hause behalten", fuhr er immer noch freundlich fort. Mitleid stieg in ihm auf. Trotz ihres Alters, ihrer Erfahrung, ihrer Bauernschläue hatte sie, wie so viele Frauen, etwas von einer reinen, ursprünglichen Unschuld behalten. Nun setzte sie auch den anderen Fuß in die aufgestellte Falle. „Er wird mich heute anrufen, dann kann ich es ihm ja bestellen."

Das war wichtig. Ulrico Brambilla würde anrufen. Ob die Frau nun wusste, wo er war oder nicht – er würde anrufen. Wahrscheinlich wusste sie es wirklich nicht, wahrscheinlich hatte er ihr gar nicht gesagt, wohin er fuhr, und vielleicht blieb er ja auch nicht allzu lange an ein und demselben Ort. Hieß das, dass er geflohen war? Aber warum? Man kann aus vielerlei Gründen fliehen, aus Schmerz, zum Beispiel: Die Verlobte landet in einem Wassergraben, wie die Frau in Schwarz den Naviglio geringschätzig genannt hatte, und deshalb schließt der Mann seine vier Fleischereien – Carrua glaubte ja, er müsse noch mehr haben, wenn auch nicht unter seinem eigenen Namen – und zieht sich allein an einen einsamen Ort zurück, um sie zu beweinen. Aber vielleicht hatte Ulrico Brambillas Flucht auch weit weniger sentimentale Gründe. Dann aber war er aus Angst geflohen. Angst vor irgendjemandem.

„Gut, bestellen Sie es ihm." Er blieb mit geradem Rücken auf dem dunkelgrünen Sofa sitzen, neben Mascaranti. „Wir bleiben so lange hier. Wenn er anruft, sagen Sie ihm, dass wir mit ihm reden und ihm diese Sache übergeben müssen."

Sie stand auf. „Das ist doch hier kein Wartesaal", stieß sie hervor. Sie sprach ein gutes, nur ganz leicht mundartlich gefärbtes Italienisch. Das war ja gerade das Besondere an ihr: Sie war keine Intellektuelle, o nein, bestimmt nicht, sie war mehr, sie war intelligent. Ihre Augen wirkten müde und zeugten von Leberleiden und unruhigen Wechseljahren, hatten aber einen gescheiten Blick. Und da sie eine Frau war, verleitete ihre Intelligenz sie zu einer gewissen Anmaßung. „Gehen Sie", sagte sie plötzlich wütend. „Wenn Sie Signor Brambilla etwas mitzuteilen haben, dann können Sie ihm ja schreiben."

Ja, warum eigentlich nicht? Wir schreiben ihm eine Postkarte! Duca missfielen nicht nur ihre Worte, sondern vor allem ihr Ton. Auch er stand nun auf, ging um den Tisch herum und stellte sich direkt vor sie. „Gut, dann gehen wir eben." Er musterte sie unbarmherzig und sagte ihr mit den Augen, sie solle ruhig machen, was sie wolle, jeder bringt sich schließlich um, wie es ihm beliebt. „Gehen wir", sagte er zu Mascaranti.

Als sie schon an der Tür waren, hielt sie sie reuevoll zurück. „Wenn Sie doch warten möchten …" Trotz der gelblichen Farbe überzog sich ihr Gesicht mit einem leichten rosa Schimmer. „Ich habe das nur so gesagt, weil Sie vielleicht sehr lange warten müssen. Ich weiß nicht, wann er anruft."

Er schaute sie nicht einmal an. „Pech für ihn", erwiderte er.

Dann bat er Mascaranti um ein Stück Papier und einen Stift, schrieb seinen Vor- und Zunamen, Anschrift und Telefonnummer auf und gab der Frau den Zettel. „Wenn es ihn interessiert, kann er mir ja schreiben, oder er ruft mich an." Sie gingen hinaus. Es war ihnen klar, dass sie ihnen durch die angelehnte Tür nachblickte, dass sie das Auto sah und sich vielleicht sogar die Nummer notierte. Sollte sie doch. Eigentlich war das ja, was sie wollten.

„Und jetzt fahren wir wieder nach Hause."

Noch einmal durchquerten sie die Stadt, doch alles hat einmal ein Ende, selbst eine Fahrt von Romano Banco bis zur Piazza Leonardo da Vinci. Der Koffer in seiner Wohnung stand immer noch an derselben Stelle, dunkelgrün und mit diesen Metallbeschlägen, die ihm den Anblick einer Kiste oder Truhe verliehen. Kaum war er zur Tür hereingekommen, öffnete er ihn. Nein, er traute nichts und niemandem mehr. Er witterte hinter all dem eine große Bande und wollte die Gelegenheit einer persönlichen Begegnung nicht verpassen, Auge in Auge, sagt man nicht so? Und Auge um Auge, siebenundsiebzig Narben um siebenundsiebzig Narben.

„Das hier ist wie eine Rose", erklärte er Mascaranti, als er vor dem offenen Koffer auf dem Boden hockte, „irgendwann wird die eine oder andere Biene kommen, um sie zu kosten." Er wischte sich die Hände an den Sägespänen ab. „Und während wir darauf warten, fangen wir noch einmal von vorn an. Holen Sie doch mal Ihre Ordner hervor."

ZWEITER TEIL

Die Knochensäge funktioniert nach einem einfachen Prinzip: Sie besteht aus einer gezahnten Stahlkette, die, ähnlich wie bei einem Filmprojektor, um zwei Spulen läuft, wobei ein etwa dreißig oder vierzig Zentimeter langes Stück der Kette frei liegt. Drückt man dort einen Knochen gegen die gezahnte Seite der ziemlich schnell rotierenden Kette, gibt es einen perfekten Schnitt. Der Fleischer benutzt das Gerät etwa zum Ansägen der Knochen bei den großen Florentiner Steaks, die dann mit dem Handbeil endgültig durchgehauen werden, aber auch in allen anderen Fällen, wenn er einen Knochen in zwei oder mehr Teile zu zerlegen hat.

1

Es waren vier Ordner. Ordner können etwas äußerst Trockenes und in gewissem Sinn auch Abstoßendes sein, vor allem, wenn man sie schon drei- oder viermal Blatt für Blatt durchgesehen hat, oder vielleicht sogar fünfmal, und ganz besonders an diesem Frühlingstag, an dem Mailand so schön war wie nie zuvor, es war schier unglaublich, wie freundlich und sanft die Sonnenstrahlen die Zimmer der Wohnung durchschnitten und dabei den Staub, die verschmutzten Fensterscheiben und die angelaufenen Messingklinken hervorhoben. Trotzdem setzte Duca sich mit Mascaranti an den

Tisch und beugte sich über die dicken Ordner mit dem schönen, hellbraunen Einband.

Tatsache war, dass dreimal jemand in einem „Wassergraben" ertrunken war. Das erste Mal lag nun schon fast vier Jahre zurück: Ein junges Pärchen, Michela Vasorelli, vierundzwanzig, und Gianpietro Ghislesi, neunundzwanzig, gehen bei der Conca Fallata, kurz hinter dem Sant'-Ambrogio-Hof, im Lambro unter. Eine merkwürdige Episode, nicht wahr, Signor Carrua? Nicht wahr, Signor Mascaranti? Nicht wahr, Signora – oder Signorina Justiz? Kurz darauf wird der Besitzer des Autos, Advokat Turiddu Sompani, der sich in Gesellschaft des Pärchens befunden hatte, verhaftet. Er war direkt vor dem Unfall aus dem Auto gestiegen und hatte dem jungen Ghislesi das Steuer überlassen, obwohl dieser a) keinen Führerschein besaß, b) vollkommen betrunken war und c) schrie, dass er den Fluss mit dem Auto überqueren wolle. Vergeblich hatte das Mädchen, dessen Schreie von zahlreichen Zeugen vernommen worden waren, versucht, ihn von dieser verrückten Idee abzubringen. Advokat Turiddu Sompani aber hatte das Pech gehabt, an einen jungen, unerbittlichen Staatsanwalt zu geraten, der ihn vor Gericht geschleppt, wegen doppelter fahrlässiger Tötung angeklagt und außerdem der Vermutung, es handle sich sogar um Mord, Tür und Tor geöffnet hatte. Mehr als zweieinhalb Jahre hatten sie ihm allerdings nicht aufbrummen können.

Es vergehen fast vier Jahre, und wieder ertrinkt jemand in seinem Auto: Turiddu Sompani, der seit einem knappen Jahr aus dem Gefängnis entlassen ist, und eine alte Freundin von ihm, Adele Terrini, versinken im Alzaia Naviglio Pavese. Das war vor etwa zwei Wochen gewesen. Schon hier begann die Wiederholung Duca zu irritieren, doch beim dritten Sturz ins Wasser war seine Verstimmung komplett: Ein eigentlich sehr vornehm wirkender Herr namens Silvano Solvere und eine Freundin von ihm in schwarzen Strümpfen und einer roten Redingote, Giovanna Marelli, werden auf der Strada Alzaia Naviglio Grande unter Maschinengewehrbeschuss genommen, sodass ihr Auto in den Kanal stürzt und auch sie ertrinken. Oberwachtmeister Morini und seine Mannschaft hatten das Geschehen beobachtet, sodass es keinerlei Zweifel über die Einzelheiten des Vorgangs geben konnte, an denen es übrigens wahrlich nicht mangelte und die samt und sonders in einem der vier dicken Ordner schriftlich festgehalten waren. Diese Details las er sich jetzt noch einmal aufmerksam durch, wobei sich sein Missmut fast ins Unerträgliche steigerte. Was ihn am meisten irritierte, war die Tatsache, dass in alle drei Episoden dieselbe Person verwickelt war, Turiddu Sompani. Das erste Paar war im Lambro ertrunken, als es mit Advokat Sompani unterwegs war. Dann war Sompani selbst mit einer Freundin in den Alzaia Naviglio Pavese gestürzt. Und das dritte Paar war mit Sompani befreundet gewesen, der junge Mann in der grauen Strickjacke hatte sich ihm, Duca Lamberti, ja mit den Worten vorgestellt, ihn schicke Turiddu Sompani.

Was ihn zusätzlich irritierte, war, dass die Protagonisten der drei Episoden ohne Ausnahme ziemlich zwielichtige Gestalten gewesen waren. Michela Vasorelli war, wie aus ihrer Akte eindeutig hervorging, im horizontalen Gewerbe tätig gewesen, während ihr Freund, Gianpietro Ghislesi, offiziell arbeitslos und inoffiziell Zuhälter gewesen war – so ganz inoffiziell allerdings auch wieder nicht, denn er war zweimal wegen Zuhälterei verhaftet worden, mithilfe von Advokat Sompani dann aber ungeschoren davongekommen.

Am dicksten war der Ordner über das zweite Paar: Die Blätter mit den bekannten Tatsachen wirkten wie ein Handbuch der moralischen Zerrüttung. Bei Adele Terrini – Ladys first! –, einer Dame von über fünfzig Jahren, die aber immer krampfhaft versucht hatte, jünger zu erscheinen, irritierte zunächst einmal, dass sie in Ca' Tarino geboren war, genau dort – und Duca glaubte nicht an Zufälle, falls er überhaupt an irgendetwas glaubte –, wo auch die junge Frau geboren war, bei der er die Hymenalplastik vorgenommen hatte und die vor einigen Tagen gestorben – oder besser: umgebracht worden – war. Wie merkwürdig es im Leben doch manchmal zugeht: Zwei Frauen werden in Ca' Tarino geboren, die eine vor über einem halben Jahrhundert, die andere vor etwa dreißig Jahren, und beide ertrinken in einem Auto, und zwar im Abstand von einer guten Woche.

Die zweifellos dunklere und abstoßendere Gestalt dieses Paares war jedoch der Mann, Turiddu Sompani. Das fing schon bei seinem Namen an, genauer gesagt bei seinem Vornamen, Turiddu, denn Turiddu war ein sizilianischer Kosename, für den es in diesem Fall nicht den geringsten Grund gab, da Sompani nie auch nur irgendetwas mit Sizilien zu tun gehabt hatte. Doch auch der Zuname war nicht echt: Der Mann war erst nach dem September 1943 in Italien aufgetaucht, und alle einschlägigen Dokumente waren von den faschistischen Behörden der Italienischen Sozialrepublik oder von den Deutschen ausgestellt worden. Der Ordner enthielt Kopien verschiedenster Papiere, zum Beispiel die Bescheinigung über die Verleihung der italienischen Staatsbürgerschaft an Jean Saintpouan, in Klammern Turiddu Sompani, geboren in Vannes, Bretagne, am 12. Juli 1905. Warum ein Franzose aus der Bretagne Turiddu hieß und in einem so außergewöhnlichen Moment wie dem September 1943 die italienische Staatsbürgerschaft angenommen hatte, blieb im Dunkeln. Es gab jedoch ein paar andere Papiere, die die tiefen Schatten um diesen Lawrence von Lombardien ein wenig lichteten: die Kopie einer Mitgliedskarte der faschistischen Partei zur Zeit der Republik von Salò, zum Beispiel; dann ein offenbar in den Bergen aufgenommenes Foto, das einen stoppelbärtigen Mann mit dem für die Partisanen typischen Halstuch zeigte; und dann ein von der Mailänder SS ausgestellter universeller Passierschein, dank dessen ihn niemand anhalten oder gar durchsuchen durfte und der, wie aus dem Stempel hervorging, unterzeichnet war von einem Ober-Sowieso, Mailand, Hotel Regina, Juni 1944. Zur Sicherheit hatte er außerdem einen Brief der Kurie besessen, die dem devoten Freund Turiddu Sompani für seine Initiativen zum Wohle der politischen Gefangenen dankte.

An diesem Punkt ihrer Lektüre angekommen, hielt Mascaranti sich den Bauch vor Lachen. „Fehlt nur noch eine Mitgliedskarte der Synagoge und ein Brief von Eisenhower, und er wäre von allen Seiten abgesichert gewesen."

Das rührendste Dokument war ein Kassenbeleg der Universität Pavia, aus dem hervorging, dass Jean Saintpouan (Turiddu Sompani) an ebenjener Universität seinen Abschluss in Jura gemacht und alle fälligen Gebühren bezahlt hatte. Das bedrohlichste Papier hingegen war der Waffenschein. Die Männer aus Morinis Büro hatten penibel alle Seiten des Büchleins abgelichtet, das wie eine historische Stempelsammlung wirkte. Es war Ende 1943 vom Mailänder Polizeipräsidium ausgestellt und dann mit Sichtvermerken der Faschisten und des OKW versehen worden, wobei sich Letzterer auf einem nachträglich eingeklebten Blatt mit einem riesigen, aufgedruckten Hakenkreuz befand, dem handschriftlich mit dicker Tinte in altdeutscher Schrift auch die Genehmigung des SS-Kommandos hinzugefügt worden war, wieder einmal unterzeichnet von Ober-Sowieso. Doch damit nicht genug: Es gab noch einen etwas einfacheren Zettel ohne Stempel vom GAP*, datiert November 1944, der den unten Angegebenen ganz generell ermächtigte, Waffen zu tragen, er hätte also auch gut und gerne mit einer Kanone durch die Gegend ziehen können, denn er hatte ja die Erlaubnis der Partisanen.

Und so ging es weiter. Am 11. Juni 1945 hatte das Allied Command, Piazza di Milano, Turiddu Sompani ermächtigt, an seinem Körper Waffen (sogenannte Revolver, Pistolen und ähnliche) zum Zwecke seiner persönlichen Verteidigung zu tragen. Das war offenbar die gängige Formel der Dolmetscher oder Übersetzer, die man damals natürlich sorgfältig auswählte unter Leuten wie der Ex-Tellerwäscherin aus Wyoming, die behauptete, Italienisch zu können, und dem Ex-Limonadenverkäufer aus Neapel, der behauptete, Englisch zu können.

All diese trockenen, aber auch irgendwie abscheuerregenden Schriftstücke sagten ja schon einiges über den Mann aus. Doch es

---

* Gruppo di Azione Patriottica – Widerstandsgruppe der Partisanen (1943–1945).

gab auch noch andere, auf eine subtilere Weise aufschlussreiche Dokumente; denn die Polizei geht zwar oft empirisch, häufig aber auch beängstigend analytisch vor und hat ein erschreckend gutes Gedächtnis. Und so hatte sie mit fast liturgischem Respekt eine Reihe von unauslöschlichen Informationen über diesen Bretonen aufbewahrt, der aus Gründen, die durch die Wirren des Krieges für immer undurchsichtig bleiben würden, in Italien eingebürgert, ja aus diesem Chaos überhaupt erst hervorgegangen war. 1948, kurz vor den Wahlen, war in seiner Wohnung ein regelrechtes Waffenarsenal gefunden worden, vor allem Panzerfäuste und kleine, aus der Mode gekommene Gewehre, aber auch vier Dutzend Luger. Er hatte sich mit der Behauptung herausgeredet, dass diese Waffen ihm von den Partisanen anvertraut worden waren und er sie gerade bei der zuständigen Stelle hatte abgeben wollen – eine freche Ausrede, die die schwachen Behörden aber wohl oder übel akzeptieren mussten. Als Nächstes enthielt das Polizeiarchiv eine Reihe von Notizen über „Speditionen" von jungen Mädchen nach Nordafrika, die von Sompani organisiert worden waren. Dann hatte er ein älteres Ehepaar aus Chiasso (Italien), das wegen Schmuggels mit drogenhaltigen Medikamenten vor Gericht stand, verteidigt und seinen Freispruch erwirkt, war anschließend aus dem gleichen Grund selbst angezeigt, aus Mangel an Beweisen aber wieder auf freien Fuß gesetzt worden. Doch das war noch längst nicht alles. In der Kanzlei des Rechtsanwalts Sompani – falls man dieses Wort für ihn überhaupt gebrauchen konnte – war ein fünfzehnjähriger Laufbursche angestellt gewesen, dessen Mutter sich mit der Beschwerde an die Bezirkspolizei gewandt hatte, der Advokat verhalte sich ihrem Sohn gegenüber empörend zudringlich und werde von seiner Geliebten, Adele Terrini, dabei noch unterstützt. Sompani hatte die Anklage entrüstet zurückgewiesen, und der zuständige Bezirkskommissar war durch die Aussage eines engelhaften Prälaten aus der Emilia, der persönlich für die moralische Integrität des Advokaten garantierte, in seine Schranken verwiesen worden. Außer Pädophilie, Drogen und Export von Prostituierten war aber auch von Gewalttätigkeit gegenüber Frauen die Rede, selbst seine Freundin, Adele Terrini, war einmal mit einer mysteriösen Verletzung ins Krankenhaus eingeliefert worden. Der Knochen ihres rechten Unterschenkels, gemeinhin Schienbein und medizinisch Tibia genannt, war fast genau in der Mitte durchgebrochen, um nicht zu sagen zerschmettert worden. Signora Terrini hatte die Umstände, unter denen sie sich diese Verletzung zugezogen hatte, zwar nicht schildern wollen, die von Natur aus misstrauische Polizei aber war überzeugt gewesen, es habe sich um einen Tritt ihres Freundes Turiddu Sompani gehandelt. Ein anderes Mal hatte er in einer Bar begonnen, einer nichts ahnenden Hure, die ihn seiner Meinung nach nicht mit dem gebotenen Respekt gegrüßt hatte, die Kleider vom Leib zu reißen, und sein Vorhaben, sie vollkommen zu entblößen, das er in seiner Trunkenheit laut herausgegrölt hatte, war ihm nur deshalb missglückt, weil er von ein paar Kellnern und Gästen daran gehindert worden war. Als man ihn ins Kommissariat brachte, hatte er die harmlose, unschuldige Frau des Diebstahls beschuldigt und war damit vom Angeklagten zum Kläger geworden. Er hatte einfach behauptet, sie habe ihm sein Feuerzeug gestohlen, das er einen Augenblick auf einem Tischchen hatte liegen lassen. In der Eisenbahn war er schließlich mit einer Vierzehnjährigen, die täglich die Ferrovie Nord nahm, um zur Schule nach Mailand zu fahren, auf der Toilette überrascht worden. Doch auch diesmal war er mit heiler Haut davongekommen: Der Vater des Mädchens, der um jeden Preis einen Skandal in der Presse vermeiden wollte, hatte alle zum Schweigen gebracht, indem er so tat, als glaube er an die Version des Advokaten Sompani (Turiddu), der behauptete, er habe die Tür zur Toilette geöffnet, jedoch beim Anblick des Mädchens, das die Tür unvorsichtigerweise nicht verriegelt hatte, auf dem Absatz kehrtgemacht, nur dass genau in diesem Moment ein Soldat gekommen sei, der dummerweise gleich angefangen habe zu brüllen: „Du Schwein, du Schwein!"

In einem letzten kleinen, aber dafür umso aufschlussreicheren Vermerk stand, dass Advokat Turiddu Sompani nur eine Million

Lire jährlich versteuerte und nicht recht klar war, woher er die Mittel für seinen Lebensunterhalt bezog. Mit seiner Arbeit verdiente er jedenfalls nicht genug, denn eine Durchsuchung seines Büros hatte ergeben, dass er 1962 zum letzten Mal eine Rechtssache vertreten hatte. Das also war der Mann, der diese Welt zusammen mit seiner Gefährtin Adele Terrini endgültig verlassen hatte, indem er im Alzaia Naviglio Pavese ertrank.

Und schließlich war da noch das dritte ertrunkene Paar. Diese beiden hatte er persönlich kennengelernt, denn Silvano Solvere und seine Geliebte, Giovanna Marelli, hatten ihm ja nacheinander die Ehre ihres Besuchs erwiesen. Auch in diesem Ordner steckten ganz interessante Dinge. Silvano Solvere war nicht vorbestraft gewesen, aber die Vertrauensleute der Polizei hatten mehrmals angegeben, dass er als Mittelsmann an Raubüberfällen beteiligt gewesen sei. Auch nach dem berühmten Überfall in der Via Monte Leone war er zunächst verhaftet, dann aber aus absolutem Mangel an Beweisen notgedrungen wieder auf freien Fuß gesetzt worden. Solvere war Vertreter einer großen Waschmittelfirma gewesen. Außer den informellen Beschuldigungen der Mittelsleute der Polizei – darunter mehrere Prostituierte – gab es jedoch keine weiteren Angaben über ihn.

Auch über seine Freundin stand nicht viel in den Akten. Aber das Wenige, das vorlag, war ziemlich interessant. Geboren in Ca' Tarino, geht sie bereits als Zwölfjährige ins Polizeiarchiv ein: Ihre Eltern waren von den Carabinieri aufgefordert worden, ihre Tochter doch etwas besser im Auge zu behalten, da sie den älteren Herren des Ortes übermäßig und nicht uneigennützig zugetan sei. Nach dieser Ermahnung der Carabinieri schien der Vater der zwölfjährigen Giovanna Marelli sie so übel versohlt zu haben, dass sie von zu Hause weggelaufen war. Es hieß, sie sei heimlich als Dienstmädchen in Stellung gegangen, doch sicher war das nicht. Nach Ca' Tarino kam sie jedenfalls erst als Zwanzigjährige zurück, zur Beerdigung ihrer Mutter. Als sie eines Abends in Mailand aufgegriffen und einer ärztlichen Kontrolle unterzogen wurde, war

Gonorrhöe diagnostiziert worden. Nach Angaben der Carabinieri von Buccinasco hatte Signor Ulrico Brambilla sie schließlich in seinen Fleischereien in Mailand angestellt. Doch von ihrem zwielichtigen Verhältnis mit dem zwielichtigen Silvano Solvere wussten die Behörden, die Justiz, das Gesetz natürlich nichts.

Alles trostlos und abscheulich. „Ein typischer Fall von Rache und Vergeltung", hatte Carrua gesagt und ihm die Ordner fast um die Ohren geschleudert. „Gut, nimm dieses Zeug und geh es durch. Du wirst schon sehen, was dabei rauskommt: eine hirnverbrannte, makabre Fehde. Turiddu bekommt die Anweisung, dieses Pärchen ‚hinzurichten', die Vasorelli und Ghislesi, weiß der Himmel, was sie verbrochen haben, und so lässt er sie im Lambro ersaufen. Natürlich haben die beiden Freunde, die Turiddu jedoch nichts anhaben können, solange er im Gefängnis sitzt. Doch kaum ist er wieder raus, schicken sie auch ihn ins Wasser, mitsamt seiner Lebensgefährtin. Ach ja?, sagen die anderen, Turiddus Freunde, ihr habt unseren Turiddu umgebracht? Dann bringen wir jetzt euren Silvano und seine Freundin um. Und was kommt als Nächstes? Als Nächstes wird jemand sagen: Aha, ihr habt unseren Silvano und seine Freundin umgebracht? Dann bringen wir diesen und jenen um. Und weißt du, wie ich das finde? Wunderbar! Sollen sie doch so weitermachen! Warum soll ich mir denn Mühe geben, sie aufzustöbern und zu verhaften, wenn sie dann allerhöchstens zu sechs Monaten auf Bewährung verurteilt werden und das Urteil dank ihrer mächtigen Beschützer noch nicht einmal ins Strafregister eingetragen wird, während sie sich gegenseitig umbringen, wenn ich sie in Ruhe lasse? Bitte schön, ich überlasse ihnen gern all die Conche Fallate, Naviglios, Lambros und sonstigen Rinnsale! Es lebe das Wasser!" Gelacht hatte er dabei jedoch nicht, denn er war kein gemeiner Mensch, nur ein wenig gelächelt, wegen seiner skurrilen Bemerkung. Duca hatte ihn gefragt: „Du glaubst also an eine Fehde zwischen Banden?"

„Ich habe keineswegs von Banden gesprochen", hatte Carrua geantwortet. „Du bist intelligent genug, um zu wissen, dass es sich hier um Abtrünnige handelt, nicht um Banden. In den großen Banden verdient man gut, es geht einem gut, da kann schon mal einer in Versuchung kommen, sich selbstständig zu machen und auf eigene Faust ein Ding zu drehen. Doch das ist Selbstmord, denn das kann der Chef der Bande nicht durchgehen lassen, solch eigenmächtiges Handeln muss bestraft werden, da kennt er kein Pardon, denn sein Strafgesetzbuch besteht nur aus einem einzigen Paragrafen: Das wird mit dem Leben bezahlt.

Es ist das kürzeste Strafgesetzbuch der Welt, und sein einziger Paragraf erlaubt keinerlei Auslegung. Und um dieser Leute willen soll ich mich abrackern? Aber gut, wenn du unbedingt willst, dann stell dir eine kleine Truppe zusammen. Wenn du etwas erreichst, dann verschaffe ich dir eine ordentliche Stelle hier, das ist doch, was du willst, oder? Du musst dich dann allerdings fragen, was die Bande im Gegenzug für dich bereithält. In welchem Kanal möchtest du denn am liebsten ersaufen? Aber offenbar hast du deinen Weg gewählt, du bist ein Visionär wie dein Vater, und ich kann dich nicht ändern. Bring mir also ein paar von diesen vornehmen Damen und Herren, und ich werde dich gut dafür bezahlen."

Er brauchte so eine gute, solide, konkrete Bezahlung, und er würde ihm so viele vornehme Herren und Damen bringen, wie er konnte. Und er musste sich dafür nicht einmal besonders anstrengen: Es genügte, zu Hause sitzen zu bleiben und zu warten. Es stimmt schon, warten ist manchmal mühsamer als laufen, schreien, handeln, aber er war zu allem bereit, auch zu warten. Von all diesen Papieren angewidert, stand er vom Küchentisch auf und ging in den Flur. Er verspürte ein gewisses Glücksgefühl beim Anblick dieses grünen Koffers. Er hatte ihn ganz bewusst so hingestellt, dass er gleich zu sehen war, wenn die Wohnungstür aufging; man musste noch nicht einmal hereinkommen. Du lieber Koffer, der du von weit her kommst und noch weit reisen willst, bleib ein wenig hier, denn irgendwann wird jemand kommen, um dich zu holen, und diesen Jemand muss ich unbedingt kennenlernen.

2

Am 8. Mai – es war Muttertag – klingelte ein Fräulein, das sehr seriös und ehrlich wirkte, eine typische Mailänderin, auch wenn sie nicht Dialekt sprach: sorgfältig gekleidet, tiefgrünes Kostüm, kastanienbraunes Haar, das genau auf das Kleid abgestimmt war, und eine gleichfarbige Handtasche. Mit der sympathischen Offenheit der Mailänder erklärte sie gleich, sie sei schwanger, einen Urintest habe sie schon gemacht, und es gebe leider keinerlei Zweifel. Und dann fügte sie noch hinzu, sie sei unverheiratet und wolle dieses Kind nicht. Um ein eventuelles Misstrauen ihres Gegenübers bereits im Vorfeld auszuräumen, erzählte sie, sie sei die Besitzerin einer Parfümerie gleich hier in der Nähe, in der Gegend der Via Plinio. Eine ihrer Kundinnen, Signorina Marelli – er erinnere sich doch? –, habe ihr gesagt, er sei ein guter Arzt, der einer Frau in solch einer schwierigen Situation sicher helfen würde.

Na gut. Duca fand, sie hätte zumindest so viel Fingerspitzengefühl haben können, nicht ausgerechnet am Muttertag zu ihm zu kommen. Aber im Grunde war das ja nebensächlich. „Meinen Sie Signorina Marelli aus der Fleischerei?"

„Genau", antwortete sie erleichtert. Sie musste um die fünfunddreißig sein und war nicht besonders attraktiv, aber offenbar hatte es ja doch jemanden gegeben, der sie geschwängert hatte, vielleicht aus Nächstenliebe.

„Wissen Sie, dass Signorina Marelli verstorben ist?", fragte er, allerdings aus purer Neugier. Er schaute sie nicht einmal an dabei, sondern blickte nur in das schöne grüne Licht, das durch das Fenster fiel und an einen Nadelwald in den Bergen erinnerte, obwohl sie sich doch, man glaubte es kaum, in Mailand befanden.

„Ja, natürlich weiß ich das. Die Fleischerei ist übrigens auch geschlossen. Die Ärmste! Deshalb sind Sie mir überhaupt erst in den Sinn gekommen“, plapperte sie, ohne sich darüber im Klaren zu sein, wie taktlos sich das anhörte. „Als ich den Zeitungsartikel las, kam mir sofort der Gedanke: Wenn ich doch nur diesen Arzt ausfindig machen könnte.“

„Wieso? Hatte Signorina Marelli Ihnen meinen Namen genannt?“

„Nein, sie hatte mir nur gesagt, mein Arzt an der Piazza Leonardo da Vinci. Und hier gibt es ja nur Sie. Ich habe Glück gehabt und Sie sofort gefunden.“

Ja, wirklich, so ein Glück! Er schwieg und schaute nur ab und zu flüchtig zu ihr hinüber, doch eigentlich blickte er lieber zu Mascaranti, der im Flur stand und mithörte. Schließlich hielt sie es nicht mehr aus.

„Meine Mutter ist alt und herzkrank, wenn sie wüsste, was los ist ... von dem Gerede der Nachbarn einmal abgesehen ... und gut bezahlen könnte ich Sie auch, wissen Sie, Sie brauchen also nicht zu denken, ich wolle Sie ausnutzen. Wenn Signorina Marelli, die Ärmste, noch lebte, würde sie Ihnen das bestätigen. Mein Geschäft ist zwar klein, aber verdienen tue ich ganz gut – aber sagen Sie das bitte nicht dem Finanzamt –, denn Frauen schauen nie aufs Geld, wenn es um Cremes, Lippenstifte oder Nagellack geht. Es ist kaum zu glauben, aber es gibt tatsächlich Dienstmädchen, die ihren gesamten Monatslohn bei mir ausgeben. Sagen Sie mir also ruhig, wie viel Sie verlangen, Herr Doktor, ganz ungeniert. Entschuldigen Sie.“

In ihrer Unsicherheit und Anspannung wirkte sie aufrichtig, nur hatte er schon vor längerer Zeit beschlossen, Aufrichtigkeit und ähnliche Tugenden zu ignorieren. Er unterbrach sie ruppig: „Seit wann kannten Sie Signorina Marelli?“ Tot war sie jetzt, die Signorina, ertrunken in ihrer roten Redingote, als Jungfrau.

„Wissen Sie“, sagte sie, von seinem scharfen Ton eingeschüchtert, „wenn hier die Fleischerei liegt, befindet sich gleich daneben mein Geschäft, und hier ist Frontini.“

„Die Bar Frontini?“

„Ja, die Bar und Konditorei. Einen Panettone haben die, wie ich ihn sonst noch nirgendwo gegessen habe. Wissen Sie, bei Frontini haben wir uns oft vormittags auf einen Cappuccino getroffen, und nachmittags noch mal, und manchmal auch auf einen Aperol zum Aperitif. Aber vor allem kam sie häufig zu mir ins Geschäft, um sich mit Nagellack einzudecken. Sie war ganz verrückt nach Nagellack. Sie kaufte ihn in allen Farben, lief dann aber merkwürdigerweise trotzdem immer mit unlackierten Fingernägeln herum. Einmal hat sie mir anvertraut, dass sie sich die Nägel nur für ihren Fleischer anmalte, weil er das mochte. Sie durfte sie sich allerdings nur lackieren, wenn sie mit ihm zusammen war, aber dafür in den dollsten Farben oder sogar alle verschieden. Hinterher musste sie sich den Nagellack dann gleich wieder entfernen. Nach und nach sind wir fast Freundinnen geworden, eigentlich sogar richtig gute.“

Sein direkter Blick, der sie nicht losließ, verwirrte sie, sodass sie nicht mehr wusste, ob sie nun fast Freundinnen geworden waren oder sogar richtig gute.

„Hat Signorina Marelli Ihnen gesagt, warum sie zu mir gekommen war?“

Ihr Gesicht, das von einer fahlen Hautfarbe war, bekam rote Flecken. „Wenn ich ehrlich sein soll, wissen Sie – ja, sie hat es mir gesagt. Ich will ja nicht schlecht über sie reden, die Ärmste, Gott sei uns Sündern gnädig. Aber manchmal hat sie mir schon Dinge erzählt, die mir etwas unangenehm waren.“

„Was hat sie Ihnen denn über ihren Besuch bei mir gesagt?“ Er starrte sie weiter an, ohne den Blick auch nur eine Sekunde abzuwenden.

„Dottore, das wissen Sie doch selbst!“

„Ich möchte gern, dass Sie mir sagen, was Signorina Marelli Ihnen erzählt hat.“

Nervös erklärte sie: „Sie hat mir gesagt, sie würde bald den Besitzer der Fleischerei heiraten. Das hatte sie mir eigentlich schon lange vorher erzählt, und auch, dass sie eigentlich keine große Lust dazu hatte, weil sie einen anderen liebte, den, mit dem sie umgekommen ist. Aber sie sagte auch, dass der Fleischer eben eine gute Partie sei und wolle, dass sie intakt sei, sonst würde er sie nicht heiraten. Und dann sagte sie noch, sie sei aber nicht intakt, habe aber glücklicherweise einen guten Arzt gefunden, der sich um alles kümmern werde."

Aha, das war er, der gute Arzt, der sich um alles kümmerte. Er wandte den Blick von ihr ab und lächelte in sich hinein. Arme Schurken, arme Verbrecher! Sie überschlagen sich, damit alles wie am Schnürchen klappt, und am Ende gibt es dann immer eine unvernünftige Frau, die alles ausplaudert. „Und was soll ich nun für Sie tun?"

„Ach, Herr Doktor, wenn Sie nicht wollen, dann lassen Sie es mich bitte gleich wissen! Ich sagte Ihnen doch schon, dass das für eine Frau eine ziemlich delikate Angelegenheit ist."

„Mascaranti!" Er hörte gar nicht mehr hin. Mascaranti, der im Flur gestanden und mit fast religiöser Andacht zugehört hatte, trat leise ins Zimmer. „Mascaranti, zeigen Sie der Dame Ihren Ausweis."

Es war eigentlich nicht vorgesehen gewesen, sie darüber aufzuklären, dass sie von der Polizei waren, und es war auch keineswegs logisch, aber Mascaranti gehorchte trotzdem.

„Sehen Sie", erklärte Duca, „wir sind von der Polizei. Sie brauchen aber keinen Schreck zu bekommen!" Die Frau hatte aber bereits einen Schreck bekommen, und was für einen! Sie sah aus, als würde sie gleich in Ohnmacht fallen.

„Sind Sie denn kein Arzt?", hauchte sie und atmete so schwer, als sei die Luft aus Blei. „Der Portier hat mir gesagt, Sie seien Arzt!"

„Beruhigen Sie sich", schrie er sie an, damit sie nicht die Besinnung verlor. „Doch, ich bin Arzt, oder besser: Ich war Arzt. Aber jetzt müssen Sie der Polizei helfen."

So allein zwischen den beiden Männern, die sich als Polizisten entpuppt hatten, reagierte sie auf einmal wie ein Kind. „Ich muss unbedingt ins Geschäft zurück, es ist spät geworden, ich habe meine Mutter dort gelassen, aber sie ist alt und kommt mit der Arbeit nicht allein zurecht." Sie stand auf und hielt ihre Handtasche linkisch mit beiden Händen vor ihren Körper. Ihr Gesicht sah ganz grün aus, aber vielleicht war das auch der Widerschein des Frühlingslichts, das von draußen hereinfiel.

„Setzen Sie sich!", befahl er.

Vielleicht war seine Stimme härter und lauter gewesen als nötig, jedenfalls fuhr sie erschrocken zusammen. „Ja, ja, ja", sagte sie kindlich, „ja." Sie nahm Platz und begann zu weinen.

Die beste Methode, jemanden zu beruhigen, der weint, ist, ihm Befehle zu erteilen. „Zeigen Sie mir bitte mal Ihre Papiere", wies Duca sie an.

„Ja, ja", schluchzte sie und begann, in ihrer Handtasche zu kramen. „Im Moment habe ich nur den Führerschein dabei, aber zu Hause liegt auch mein Pass."

Duca reichte Mascaranti den Führerschein, nachdem er kurz darin geblättert hatte (Alter: neunundzwanzig, obwohl sie um einige Jahre älter wirkte, wie so viele berufstätige Mailänderinnen, die arbeiten und arbeiten und dann so ein Gesicht bekommen). Da man mit Frauen, die guter Hoffnung sind, bekanntlich schonend umgehen muss, begann er freundlich: „Sie brauchen wirklich keine Angst zu haben, wir wollen nur ein paar Dinge über dieses Mädchen erfahren. Sie wissen doch bestimmt viel mehr, als Sie uns schon gesagt haben, und das müssen Sie der Polizei jetzt mitteilen. Zum Beispiel würde ich gern noch mehr über diese Geschichte mit dem Nagellack erfahren, das interessiert mich. Sie hatten gesagt, manchmal malte sie sich alle Nägel verschieden an, aber auf die Straße ging sie damit nicht?"

„Nein, wie hätte das denn ausgesehen!" Sie hatte aufgehört zu weinen. „Sie machte das nur für ihn."

„Ihren Verlobten, den Besitzer der Fleischerei?"

„Genau." Das Thema hatte sie offensichtlich gefangen genommen. „Sie erzählte mir, dass er alles Mögliche von ihr wollte, ausgenommen ihre Jungfräulichkeit. Wissen Sie, es ist mir schon aufgefallen, dass sie ein bisschen unsolide war, da gab es so ein paar Einzelheiten … Zum Beispiel gefiel ihm, wie gesagt, dass sie ihn mit den verschiedenfarbig lackierten Fingernägeln streichelte, und das fand ich, offen gestanden, etwas merkwürdig. Ein paar andere Sachen darf man gar nicht laut erzählen. Aber wissen Sie, seine Kunden kann man sich eben nicht aussuchen, und böse war sie ganz bestimmt nicht".

Nein, wer behauptete denn, dass sie böse gewesen sei? Ein Werkzeug an sich ist doch nichts Böses, es kommt immer auf den Gebrauch an, den man von ihm macht. Auch mit einer Rosenknospe kann man einen Menschen ersticken, wenn man sie ihm weit genug in den Hals schiebt. Der Fleischer war also, von allen möglichen anderen Dingen einmal abgesehen, ein Nägelfetischist, ein seltener Fall von chromatischem Nägelfetischismus, und auch das ist ja an sich nichts Böses, sondern eine eher harmlose Laune des Instinkts. Doch die neunundzwanzigjährige Dame, die vor lauter Arbeit wie fünfunddreißig aussah, wusste sicher noch mehr. „Haben Sie den anderen denn auch kennengelernt, den, der mit dem Mädchen zusammen umgekommen ist?"

Sie blickte zu Mascaranti, der neben dem Fenster saß und mit dem scheußlichen rosa Plastikkugelschreiber zwischen den Fingern aussah wie ein Rentner, der seine Memoiren in ein kleines Heft kritzelte. Sie schien nicht zu ahnen, dass er nicht an seiner Autobiografie saß, sondern all ihre Worte mitschrieb, viel Fantasie hatte sie in dieser Hinsicht wohl nicht. „Sie meinen Signor Silvano? Ja", antwortete sie, „einmal."

„War das vielleicht in der Bar, im Frontini?"

„Aber nein!", entrüstete sie sich, verwundert, dass er so naiv sein konnte. „Denken Sie, die beiden hätten sich so nah bei der Fleischerei treffen können, wo es da doch jede Menge Angestellte gab, die dem Chef alles weitertratschen konnten? Nein, nein, es war wegen eines Koffers."

Abrupt hörte der Frühling auf, sanft durch das Fenster zu dringen, jedenfalls für ihn und Mascaranti, und dabei hatte sie nur einen kleinen, farblosen Satz gesagt und konnte nicht ahnen, was sie damit angerichtet hatte.

„Eines Abends, noch bevor die Fleischerei zumachte und sie nach Hause gehen konnte, kam sie mit einem Koffer in mein Geschäft und fragte mich, ob sie ihn mir bis zum nächsten Morgen dalassen könnte, dann würde ihr Silvano kommen und ihn abholen."

„Und? Ist Signor Silvano tatsächlich gekommen und hat den Koffer abgeholt?"

„Ja. Er war wirklich ein attraktiver junger Mann. Ich konnte mir schon vorstellen, warum der Fleischer ihr dagegen nicht so zusagte."

Was Frauen unter einem „attraktiven jungen Mann" verstehen, hat grundsätzlich nichts mit Moral zu tun. Das galt eigentlich für alle Frauen – mit Ausnahme von Livia Ussaro. Er spürte, dass er sie brauchte, manchmal sogar ganz dringend. Aber sie wollte mit niemandem mehr reden, über gar nichts, nicht einmal über abstrakte Themen und nicht einmal mit ihm, schließlich war sie eine Frau, und siebenundsiebzig Narben im Gesicht müssen jede Frau ein wenig deprimieren. „Und was hat er zu Ihnen gesagt? *Buon giorno*, ich bin Silvano?", fragte er und versuchte, den Gedanken an Livia Ussaro zu verdrängen.

„Ja, so was in der Art. Zunächst hat er mich allerdings gefragt, ob Signorina Giovanna einen Koffer für ihn dagelassen habe. Ich habe Ja gesagt, und da hat er gemeint, er sei Silvano. Aber auch wenn er seinen Namen nicht genannt hätte – ich war mir sicher, dass er es sein musste."

Silvano Solvere schien die Frauen ja wirklich sehr zu interessieren, auch wegen seiner vornehmen Art. Merkwürdig. Aber man soll nicht schlecht über Verstorbene reden. „Mascaranti", sagte er, „holen Sie mir doch bitte mal das Foto von Signor Silvano aus dem Ordner."

Es war kein besonders schönes Bild und für eine Schwangere vielleicht auch nicht gerade das richtige, aber im Leichenschauhaus arbeiten eben meist keine leidenschaftlichen Fotografen, sondern ganz bescheidene Fachkräfte, die die Leichen auf der Marmorplatte einfach ablichten, in all ihrer Nacktheit und Kälte. Und außerdem war es wohl notwendig, solche Skrupel der Wahrheit zuliebe zurückzustellen. „Ist er das?“ Vielleicht gehörte es sich auch nicht, einer Frau einen nackten Mann zu zeigen, aber eine andere Fotografie besaßen sie ja nicht.

Sie betrachtete die Aufnahme eingehend. Das Bild von dem hübschen jungen Mann, das sie in sich trug, war offenbar deutlich schöner als das, was sie auf diesem Schwarz-Weiß-Foto sah, achtzehn mal vierundzwanzig, Hochglanz, ohne Rand. Es war sofort klar, dass sie ihn wiedererkannt hatte, auch wenn sie eine Weile brauchte, bevor sie sagte: „Ja, das ist er.“

„Mascaranti, der Koffer“, bat Duca und gab Mascaranti das Foto zurück. Nach einer knappen Minute kam Mascaranti mit dem grünen Koffer oder Kasten mit den schönen, glänzenden Streben aus Weißmetall in das Sprechzimmer zurück. „Sah der Koffer, den Signorina Marelli bei Ihnen im Geschäft deponiert und den Signor Silvano dann abgeholt hat, zufällig so ähnlich aus wie dieser hier?“

„Oh, *mamma mia*, es ist derselbe, ganz bestimmt!“, rief sie aus. Sie war überaus erstaunt. „Das ist Signor Silvanos Musterkollektion, nicht?“

Die junge Frau in der roten Redingote hatte ihr also weisgemacht, dass der Koffer Proben von Signor Silvanos Waschmitteln enthielt. Na ja, die Wahrheit konnte sie ihr ja schlecht erzählen.

Auch Duca teilte ihr jetzt nicht mit, wie die Dinge wirklich standen, sondern log: „Ja, das sind seine Muster“, und gab Mascaranti den Koffer zurück.

„Wie lange ist es denn her, dass man den Koffer bei Ihnen abgestellt hatte?“, fragte Duca nach einer kleinen Pause.

„Ziemlich lange, mindestens zwei Monate“, erwiderte sie, ohne zu zögern, denn Mailänderinnen sind sich immer sehr sicher, wenn es um Daten oder Zahlen geht. „Meine Mutter hielt sich damals noch in Nervi auf, weil es hier zu kalt war.“

Zwei Monate. Er starrte auf die Bündchen seines Hemds und stellte fest, dass sie ziemlich abgewetzt waren. Na ja, alte Hemden musste man eben so lange wie möglich tragen. Aber das war ein anderes Problem. Signor Silvano war also vor zwei Monaten in dieses Geschäft voller Parfüms und Kosmetika gegangen, um den Koffer abzuholen. Vor zwei Monaten aber hatte Turiddu Sompani, der Mailänder Advokat bretonischer Abstammung, noch gelebt.

„Und hinterher haben Sie Silvano nie wiedergesehen?"

„Nein", bestätigte sie. „Aber den Koffer hat Giovanna mir am Abend vor ihrem Tod noch einmal dagelassen, vielleicht so für zwei Stunden. Und später ist sie dann vorbeigekommen, um ihn abzuholen."

„Hören Sie." Heute war zwar Muttertag und die Frau vor ihm war eine angehende Mutter, aber er musste einfach weiterkommen, um jeden Preis. „Dieses Mädchen scheint Ihnen ja einiges über seine Beziehung zu Signor Silvano anvertraut zu haben."

Sie nickte. Sie war jetzt Feuer und Flamme für die ganze Sache, für das menschliche Drama, für das Abenteuer. Meist, wenn auch nicht immer, finden die Mailänder ja Geschmack an außergewöhnlichen Situationen, und so gefiel ihr inzwischen dieses Polizeiverhör, da es sie einen Augenblick ablenkte von ihrem Geschäft, von ihrer Mutter, von ihrer Welt als alte Jungfer, die von einem zerstreuten Mitmenschen verführt und dann noch nicht einmal verlassen, sondern einfach vergessen worden war. Oder vielleicht versuchte sich der Verführer auch manchmal angestrengt daran zu erinnern, wer die Frau von jenem Abend eigentlich gewesen war. Vielleicht war es gar nicht die gewesen, sondern eine andere. Ja, das Verhör lenkte sie ab, und so weinte sie schon längst nicht mehr, und auch ihre Angst war verflogen. Sie wollte sich nur nützlich machen, sie gehörte zu der Sorte Leute, die einfach gern hilfsbereit sind.

„Also, wenn sie Ihnen dies und jenes anvertraut hat und manchmal sogar delikate Dinge", stellte Duca belehrend fest, „dann wird sie Ihnen doch sicher auch erzählt haben, wo sie sich mit Signor Silvano traf" Er erklärte, was er meinte. „Die junge Dame wohnte ja in Ca' Tarino, in der Nähe von Corsico, und musste jeden Abend nach Hause gebracht werden, wobei das fast immer ihr Verlobter, der Besitzer der Fleischerei, übernahm. Tagsüber saß sie im Geschäft an der Kasse. Wann konnte sie Signor Silvano dann also sehen? Hat sie Ihnen das mitgeteilt?"

Jetzt hatte sie begriffen. „Es gab Tage, an denen der Besitzer der Fleischerei wegfuhr", erklärte sie. „Manchmal war er fünf, sechs Tage unterwegs, dann konnten sie sich treffen." Sie atmete heftig, durchdrungen von ihrer Aufgabe, an der Aufdeckung der Wahrheit mitzuwirken. „Sie ließ die Angestellten dann im Geschäft allein und fuhr mit ihm weg."

„Hat sie Ihnen gesagt, wohin?"

„Sie fuhren nicht immer an dieselbe Stelle, und alles hat sie mir ja auch nicht erzählt. Aber zwei- oder dreimal hat sie von einem Gasthaus erzählt, das ihr besonders gut gefiel, La Binaschina."

„La Bi... ?", wiederholte er, da er sie nicht richtig verstanden hatte.

„La Binaschina. Das liegt an der Straße nach Pavia, wissen Sie, ein ganzes Stück hinter Binasco, schon in der Nähe der Kartause von Pavia. Sie hat immer so begeistert davon erzählt, dass ich letzten Sommer an einem Samstag mit meiner Mutter hingefahren bin. Es ist wirklich schön dort, und die Certosa ist, wie gesagt, gleich in der Nähe."

„Ist das eine Pension?", unterbrach er sie.

„Nein, nur ein Restaurant, wissen Sie." Sie senkte schamhaft den Kopf und fuhr dann mit ihrem blöden „wissen Sie" fort, „aber, na ja, wie das mit alten Kunden eben so ist, wissen Sie ... Oben stehen ihnen ein paar Zimmer zur Verfügung."

Ein nettes Lokal mitten im Grünen, eingebettet in die Natur, und oben die Zimmer. Man lässt Mailand mal ein bisschen hinter sich, macht mit der Frau seines Freundes oder mit einer hübschen Minderjährigen einen kleinen Ausflug und führt sie zum Mittagessen aus; denn tagsüber ist das besonders unverfänglich, das wirkt noch unschuldiger, und hinterher geht man dann nach oben, vollkommen unverbindlich, und unverbindlich kommt man später wieder herunter, und niemand kann etwas dazu sagen. Vielleicht sollten sie sich dieses Lokal wirklich mal ansehen, denn bestimmte Leute gehen nie zufällig irgendwohin.

„Hat sie Ihnen noch andere Orte genannt?"

Sie versuchte bereitwillig, sich zu erinnern, sagte aber schließlich: „Nein, ich glaube nicht. Ich habe kein besonders gutes Gedächtnis, wissen Sie. Wenn sie mit ihm zusammen gewesen war, schwärmte sie am folgenden Tag immer von der Binaschina und sagte, man esse dort wirklich hervorragend. Als ich mit meiner Mutter da war, habe ich das aber eigentlich nicht gefunden, das Fleisch war ziemlich zäh."

Er ließ sie reden. Diese Begegnung war aufschlussreicher gewesen, als man hätte vermuten können, vielen, vielen Dank, Fräulein Parfümeriebesitzerin. Ihren Namen hatte Mascaranti notiert, solche Nebensächlichkeiten interessierten ihn nicht. „Vielen Dank", sagte er endlich und meinte das ganz aufrichtig. Und dann gab er ihr noch ein paar halbwegs ehrliche Ratschläge. Zunächst in Bezug auf seine Arbeit: Er bat sie, sofort die Polizei zu benachrichtigen, falls irgendjemand zu ihr kommen und nach Signor Silvano oder Signorina Giovanna Marelli fragen sollte. Sie solle das ja nicht vergessen, sonst würde die Polizei sehr, sehr ungehalten sein. Anschließend gab er ihr noch ein paar moralische Ratschläge, oder eigentlich waren es eher Drohungen, denn Worte wie „Ich schlag dir den Schädel ein" haben meist eine viel unmittelbarere und stärkere Wirkung als moralisch angehauchte Sprüche. Er erklärte ihr, dass sie, wenn sie ein Kind erwartete, dieses auch austragen müsse, und zwar aus zwei sehr einfachen Gründen: erstens, weil sie wegen einer Abtreibung ins Gefängnis kommen und ihr zusätzlich die Lizenz entzogen werden könnte; und zweitens, weil eine Abtreibung für alles Mögliche sorgte, besonders oft aber – und er als Arzt konnte ihr das versichern – für eine Blutvergiftung, was eine allgemeine Infektion ist, bei der, was sie vielleicht nicht wisse, in vielen

Fällen selbst die moderne Medizin nicht mehr helfen könne. Als er ihr schließlich die Wohnungstür öffnete, erinnerte er sie noch mit leiser, gewinnender Stimme daran, dass Muttertag war, und meinte, vielleicht sei es ja ein Junge, und wenn nicht, könne ja das Mädchen in zwanzig Jahren das Geschäft übernehmen. Und ob es sich denn lohne, sich so viel Arbeit mit einem Geschäft zu machen, wenn man es dann niemandem vererben konnte?

Kaum hatte er die Frau hinauskomplimentiert, eilte er in die Küche. Die verhassten und gleichzeitig geliebten Ordner lagen immer noch dort auf dem Küchenschrank.

„Mascaranti, ich brauche die Karte mit der genauen Stelle, an der Turiddu Sompani mit seinem Auto im Kanal ertrunken ist."

Sie wühlten gemeinsam im Ordner des Bretonen und fanden neben den Fotos mit dem Auto, wie es aus dem Kanal gezogen wurde, auch gleich eine Karte: Turiddu Sompanis Wagen war ungefähr auf der halben Strecke zwischen Binasco und der Kartause von Pavia in den Alzaia Naviglio Pavese gestürzt.

„Schauen wir uns das doch mal an", schlug er Mascaranti vor.

3

Viel zu sehen gab es hier im Moment allerdings nicht. Es war erst zwölf Uhr, und obwohl die Sonne schien, war der Himmel klar, und die Ebene schimmerte sanft und grün und ließ ein intensives Gefühl von Frühling aufkommen, was in der Lombardei ja eher selten vorkommt. Von außen strahlte der Ort jene Diskretion aus, die früher einmal alle besseren Stundenhotels ausgezeichnet hatte. Von der Straße aus war gar nichts zu sehen. Zunächst musste man eine dichte Baumreihe passieren und kam erst mal auf einen großen freien Platz, wo ein Schild mit der Aufschrift „Parkplatz" stand. Doch auch von hier aus war das Haus noch nicht zu sehen, man musste erst zu Fuß eine weitere Barriere aus Bäumen überwinden, bis es schließlich vor einem lag, ein auf den ersten Blick ganz harmloses, für die Gegend typisches Gebäude, bei genauerem Hinsehen jedoch von einer haarsträubenden Architektur: Es wirkte wie ein Mittelding aus einem Bauernhof der unteren Lombardei und einer kleinen protestantischen Kirche in Schweden.

Es war Punkt zwölf Uhr mittags. Sie traten ein, doch kam ihnen niemand entgegen, dazu war es noch zu früh, das gesamte Personal war in der Küche mit der Zubereitung der Speisen beschäftigt. Sie mussten durch zwei schwere, protzige Türen gehen, die mit ihren fast einen halben Meter langen, aufwendig gearbeiteten Bronzeklinken keinen Zweifel daran ließen, wie leicht der Besitzer dieser Türen sein Geld verdiente.

„Ich fürchte, es ist sinnlos zu versuchen, als Kunden durchzugehen, das glauben sie uns sowieso nicht", meinte Duca trocken. Er fühlte sich wie ein richtiger Polizist.

Mit etwas Sinn für Humor konnte man diesen Speisesaal ohne Weiteres als hübsch bezeichnen. Er war aufgemacht wie ein Stall, mit Wagenrädern und Sätteln, Stroh auf der Erde und Heu in den Futterkrippen unter den Fenstern. Man hatte aber alles so geschickt angeordnet, dass weder die Sättel noch die Heugabeln oder Wagenräder den blütenrein gedeckten Tischen, den senfbraun gepolsterten Stühlen oder den mit verschiedensten Vorspeisen und Obst reich beladenen Beistellwagen in die Quere kamen: Man konnte problemlos einer Laune nachgehen und im Stall speisen, ohne jedoch die Kehrseite dieser Extravaganz in Kauf nehmen zu müssen. Von der Decke hingen Bauernlampen, und in einer Ecke stand ein Karren mit Moorhirsebesen, aber gleichzeitig herrschte peinliche Sauberkeit, sicher benutzten sie sogar einen Staubsauger für diesen Stall, und auch einige glänzend polierte Kupferpfannen garantierten für einwandfreie Hygiene (die schließlich das Wichtigste ist, besonders in einem Speisesaal).

„Scheußlich", stellte Duca fest.

Niemand war ihnen entgegengekommen, niemand war zu sehen. Durch die drei großen, offenen Fenster drang nicht nur das Frühlingslicht, sondern auch der Vogelgesang herein. Irgendwo in der Nähe, es musste wohl in der Küche sein, war ein lautes Pochen zu hören. Vielleicht wurden dort Steaks geklopft oder Kräuter gehackt. Schließlich tauchte ein älteres Männchen auf, schwarze Hosen, weißes Hemd mit aufgekrempelten Ärmeln, klein, mager, rosa und ohne ein einziges Haar auf dem Kopf. Er musste viel Erfahrung und noch mehr Dreck am Stecken haben, denn er näherte sich ihnen keineswegs, wie man sich potenziellen Kunden nähert, sondern hatte den unsicheren Blick desjenigen, der noch nicht weiß, was der Arzt ihm gleich eröffnen wird: Tumor oder Heuschnupfen?

„Mascaranti, der Ausweis", befahl Duca. Und während Mascaranti dem Alten seinen Dienstausweis zeigte, tauchten hinter ihm ein paar hochgewachsene, sehr robuste, weiß gekleidete Kellner auf und sogar zwei kleine Köchinnen mit weißen Mützen, die wie große, mit Eiswürfeln gefüllte Kühltaschen aus Gummi aussahen, sodass Duca ans 19. Jahrhundert denken musste, an Toulouse-Lautrec, war der nicht auch Bretone gewesen wie Turiddu Sompani? Oder nein, vielleicht doch nicht, er versuchte sich zu erinnern, er stammte wohl doch nicht aus der Bretagne, sondern aus der Gascogne.

„Ja?", sagte der Alte, der vor der Reihe von Kellnern mit den langen, weißen Schürzen stand, als befänden sie sich im Moulin Rouge. Er warf nur einen kurzen Blick auf Mascarantis Dienstausweis, vermutlich hatte er viel Erfahrung mit der Polizei. Er lächelte nicht und benahm sich auch keineswegs unterwürfig, sein „Ja" hatte sogar ziemlich kalt und feindselig geklungen.

Duca sorgte jedoch umgehend dafür, dass er auftaute. „Wir müssen mit Ihnen reden. Vielleicht gehen wir am besten nach oben in eins der Zimmer, die Sie stundenweise vermieten."

Seine Offenheit schien dem Alten gar nicht zu behagen. Er wurde über und über rot, sogar sein blanker Schädel lief an. „Hier ist alles vorschriftsmäßig, alles vorschriftsmäßig", stotterte er. „In den Zimmern oben wohnen meine Tochter und mein Schwiegersohn, und dann habe ich noch zwei für den Koch und die Kellnerinnen, wir schließen nachts um eins, um die Zeit gehen die Mädchen nicht gern allein nach Hause."

Ach, nein? Und dabei war es doch so ein unschuldiges, keusches Ambiente! „Aha", erwiderte er trocken. „Aber vielleicht gehen wir zum Reden trotzdem nach oben." Er packte ihn am Arm und schubste ihn sanft vor sich her. Oft hat Körperkontakt eine Wirkung, die man mit Worten einfach nicht erreicht. Man denke etwa daran, was ein Tritt alles bewirken kann. „Sie, Mascaranti, bleiben hier unten und behalten die Leute und das Telefon im Auge."

Unwillig ging der Alte mit ihm nach oben. Vom Speisesaal trat man zunächst einmal in den Garten hinaus, eine sehr praktische Lösung, denn so musste es aussehen, als verließe das an dem Zimmer interessierte Paar das Lokal. Dann wandte man sich nach rechts und öffnete eine kleine, unscheinbare Holztür, so unscheinbar, dass eigentlich niemand auf die Idee kam, sie zu öffnen. Hinter der Tür befand sich eine genauso unscheinbare Treppe, die zum ersten Stock hinaufführte. An der Wand waren kurioserweise einige Drucke mit Szenen einer Fuchsjagd aufgehängt – wer hätte das erwartet!

„Ich würde gern die Zimmer sehen“, bemerkte Duca, keineswegs ruppig wie ein Polizist, sondern ganz sanft, und schob den Alten vor sich her, indem er ihn am Ellbogen hielt, immer weiter nach oben.

Der Alte zeigte ihm die Zimmer und erklärte, das erste sei das Zimmer von ihm und seiner Frau. Es war elegant und sauber, aber sonst nichts Besonderes, wenn man von dem Bad einmal absah, einem Bad, das eigentlich besser nach Pompei gepasst hätte und hier, in diesem Restaurant auf dem Lande – war unten nicht ein Stall? –, etwas fehl am Platze zu sein schien.

„Hier schlafen meine Tochter und mein Schwiegersohn“, sagte der Alte im Nebenzimmer. Es war praktisch eine Kopie des ersten Zimmers, nur waren die Möbel aus etwas hellerem Holz, und das Bad war nicht so schick. Beide Zimmer waren jedenfalls nicht so eingerichtet, dass man dort länger hätte wohnen können.

In den drei Zimmern der Kellnerinnen gab es kein Ehebett, sondern je zwei Einzelbetten, die aber so nah beieinanderstanden, dass nicht recht einzusehen war, warum sie nicht gleich zu einem großen Bett zusammengeschoben worden waren. Ein Bad gab es hier nicht, sondern nur eine bescheidene Waschmöglichkeit: ein Waschbecken und darunter ein kleines, tragbares Bidet auf einem leichten Eisengestell, das sittsam mit einem rosafarbenen, hellblauen oder hellgelben Handtuch abgedeckt war. Die Rollläden waren natürlich in allen Zimmern herabgelassen, sodass sie sogar jetzt zur Mittagszeit für eine etwas lasterhafte Atmosphäre sorgten. In dem letzten der drei Zimmer, in denen, wie der Alte behauptet hatte, die Kellnerinnen wohnten, zog Duca die Rollläden hoch, sodass sich eine Flut von Sonnenlicht in den Raum ergoss.

„So, hier können wir uns in Ruhe unterhalten“, sagte er zu dem Alten und schloss die Tür.

„Hier ist alles vorschriftsmäßig“, wiederholte der Alte, „sogar die Carabinieri sind hier gewesen und haben das festgestellt. Leider schrecken manche Leute von der Konkurrenz vor nichts zurück, nicht einmal davor, nach Mailand zu fahren und mich da anzuschwärzen, um mir das Geschäft zu verderben. Aber hier ist alles in Ordnung, wirklich, ich mache nichts von all dem, was meine Neider mir anhängen, ich verdiene einfach nur gut mit dem Restaurant, da brauche ich wirklich keine Zimmer zu vermieten." Er bettelte nicht, und er kämpfte auch nicht, er fühlte sich einfach im Recht, ein rechtschaffener Restaurantbesitzer, der von der Polizei belästigt wurde. Er war zwar klein, alt und glatzköpfig, strahlte aber eine unangenehme Gelassenheit aus: Es war mehr als deutlich, dass er mächtige Beschützer und deshalb keine Angst hatte.

Die musste er ihm jetzt also einjagen.

Duca setzte sich auf eins der beiden Betten. Selbst im Sitzen war er fast so groß wie der Alte. „Ich brauche nur ein paar Informationen", begann er ganz ruhig und demokratisch, ja richtig verfassungstreu und gar nicht wie all diese Polizisten, die die Verdächtigen misshandeln. „Selbstverständlich haben Sie zahlreiche Kunden und können sich unmöglich an alle erinnern, aber vielleicht erinnern Sie sich rein zufällig an einen bestimmten Signor Silvano. Silvano Solvere? Nein, Sie erinnern sich wohl nicht, oder? Bei all Ihren Kunden?"

Zu seiner großen Freude schüttelte der Alte den Kopf. Nein, er erinnerte sich nicht, er zeigte sich sogar etwas verärgert über die Frage. „Wie stellen Sie sich das vor? Woher sollte ich die Namen meiner Kunden kennen? In einem Restaurant nennt man seinen Namen doch gar nicht."

„Na ja, ich dachte, Sie erinnerten sich vielleicht rein zufällig", legte Duca ihm nahe. „Es könnte doch sein, dass er am Telefon verlangt wurde, und Sie jemanden rufen gehört haben: Signor Silvano Solvere, bitte ans Telefon!, und so hätten Sie gewusst, aha, dieser Kunde heißt also Silvano Solvere." Er wiederholte den Namen immer wieder, mit verfassungstreuer Sanftheit; denn er hatte Respekt vor der Verfassung, die dem Bürger nicht nur seine Freiheit garantiert, sondern auch alle möglichen Rechte, die es ihm erlauben, sich gegen die Exekutive und die Justiz zu wehren.

„Stimmt, das wäre schon möglich, aber wer erinnert sich schon gut an Namen?", entgegnete der Alte und wirkte jetzt noch ruhiger:

Dieser Polizist war so korrekt, dass er ihm gar nicht wie ein richtiger Polizist vorkam.

„Ja, da haben Sie recht“, gab Duca zu. „Aber vielleicht erinnern Sie sich ja an Advokat Sompani, Turiddu Sompani? Sie erinnern sich nicht?“

Bereitwillig tat der Alte so, als versuche er sich zu erinnern, und runzelte die Stirn, die plötzlich ein dichtes Netz von Falten aufwies, so dicht wie das Schienennetz in der Nähe eines Bahnhofs. „Ich glaube nicht, dass ich diesen Namen schon einmal gehört habe.“

Duca nickte verständnisvoll und stand auf. Im Stehen war er fast doppelt so groß wie der Alte, der trotzdem keine Angst zu empfinden schien. Er musste ihm jetzt wirklich welche einjagen, und zwar schleunigst. Alle Kanaillen machen den gleichen Fehler: Sie streiten grundsätzlich alles ab. Sie sind so dumm, einfach alles rundweg abzustreiten. Wie viele Finger hat deine rechte Hand? Ich weiß es nicht, ich weiß gar nichts. Und damit entlarven sie sich selbst.

„Wissen Sie“, sagte er, während er zum Waschbecken ging und das kalte Wasser aufdrehte, „Advokat Turiddu Sompani und eine Freundin von ihm, Signora Adele Terrini, sind die beiden, die mit dem Auto im Kanal ertrunken sind, im Alzaia Naviglio Pavese, nicht einmal einen Kilometer von hier entfernt. Ich hatte mir vorgestellt, dass sie zuvor vielleicht bei Ihnen gegessen haben, und außerdem dachte ich, Sie hätten es in der Zeitung gelesen und sich für ein Unglück, das so nah bei Ihrem Restaurant geschehen ist, interessiert. Aber vielleicht lesen Sie nie Zeitung.“

Der kleine Mann war zu alt und schlau, um auch diesmal anzubeißen. Er ging nicht so weit zu behaupten, er lese nie Zeitung, sondern log etwas vorsichtiger: „Auf dieser Straße ereignen sich immer wieder mal Unfälle, wie auf allen möglichen anderen Straßen ja auch. Wenn ich mich an alle Unfälle erinnern müsste und auch an die Namen der Verunglückten …“ Er lächelte selbstbewusst, schließlich wurde er ja beschützt, nicht wahr?

„Sie wissen also gar nichts über Silvano Solvere und Turiddu Sompani?“ Er stellte seine Frage, ohne ihn dabei anzublicken, denn er hatte sich gebückt, um sich eins der beiden Handtücher zu nehmen, die über dem Bidet hingen, rosa und hellblau, für die werten Damen und Herren. Er wählte das hellblaue und hielt es kurz unter das kalte Wasser, bis es tropfnass war. Es tat ihm leid, jetzt zu tun, was er tun musste, und noch dazu an einem so strahlenden Frühlingstag wie diesem, allmählich zog sogar der Geruch sonnenwarmer Erde in dieses Zimmer der Sünde. Aber der Alte hatte ihm keine Wahl gelassen, er hielt die anderen, vor allem wohl die Polizei, für einen Haufen von Idioten und das Gesetz und die bürgerlichen Pflichten für Witze, über die man freimütig lachen kann, denn er dachte, er stünde unter dem Schutz von Leuten, die mächtiger waren als die Polizei und das Gesetz. Und deshalb musste man ihm jetzt, obwohl er ja schon älter war, beibringen, das Gesetz und die Polizei zu achten. Auch im Fernsehen behaupten sie ja immer, es sei nie zu spät.

Ganz sanft und ohne plötzliche Bewegungen drückte er zu, während der Alte ihn neugierig und etwas gelangweilt beobachtete. Mit der linken Hand fasste er das Männlein am Genick, mit der rechten, in der er das tropfnasse Handtuch hielt, verschloss er ihm gleichzeitig Nase und Mund, auch Atemwege genannt.

Der Alte versuchte, um sich zu treten, aber Duca legte ihn, ohne seinen Griff zu lockern, rücklings auf das Bett und drückte ihm sein Knie auf die Beine. Vier Sekunden waren bereits vergangen, etwa vierzig Sekunden würde der Alte aushalten, vielleicht auch etwas länger, er hatte also Zeit. Nasser Stoff – und es war feinstes Frottee – schmiegt sich besser an und dichtet besser ab als trockenes: Aus der Lunge des Alten kam keine Luft heraus, und es kam auch keine hinein.

„Sehen Sie mich an“, befahl er, das Siezen ist ganz wichtig, es macht mehr Eindruck und klingt auch etwas drohender, als wenn man jemanden duzt. „Wenn Sie mir jetzt nicht ordentlich auf meine Fragen antworten, werde ich Ihnen diesen Lappen weiter auf den Mund drücken. Ich habe zwar keine Lust, Sie zu ersticken, aber wenn Sie mir nicht zunicken, um mir zu bedeuten, dass Sie reden werden, mache ich weiter. Und das Schlimmste ist: Wenn jemand in Ihrem Alter Widerstand leistet, bekommt er einen Herzinfarkt. Wenn ich das Tuch hier wegnehme, können Sie zwar wieder atmen, aber sobald Sie Luft holen, bekommen Sie einen Infarkt. Mein Rat als Arzt – denn ich bin nicht nur Polizist, sondern auch Arzt – ist deshalb: Nicken Sie am besten gleich, fünfundzwanzig Sekunden sind schon um. Und sollten Sie wirklich an einem Infarkt sterben, wird man mir nichts nachweisen können. ‚Der Schlag hat ihn getroffen', werde ich sagen, und Sie sind dann schon in einer anderen Welt und können sich nicht mehr dazu äußern. Und Ihre Beschützer können Sie auch nicht wiederauferstehen lassen, obwohl sie so mächtig sind, im Gegenteil, sie werden sogar froh sein: ein Mitwisser weniger."

Er nahm das nasse Handtuch weg, denn der Alte hatte ein Ja angedeutet. Er ließ ihn ein wenig zu sich kommen, warf das nasse Handtuch aufs Bidet, drehte den Wasserhahn zu, ging zum Bett zurück und fühlte ihm den Puls, denn der vorher so rosige Alte war dunkellila angelaufen. Sein Puls ging schnell, aber ziemlich regelmäßig, die Atmung war flach, die Lippen etwas bläulich. Von der Möglichkeit eines Infarkts hatte er hauptsächlich gesprochen, um ihm Angst einzujagen, aber tatsächlich waren sie näher dran gewesen, als er gedacht hatte. Er zündete sich eine Zigarette an und ging zum Fenster, während der Alte sich etwas erholte. Als er sich umdrehte, das Gesicht von der Sonne erwärmt, stellte er fest, dass der Besitzer der Binaschina schon fast wieder lebendig aussah. „Bleiben Sie ruhig liegen, dann unterhalten wir uns ein wenig", wies er ihn an. Im Grunde wollte er dieses alte Männlein ja gar nicht umbringen, überhaupt machte es für ihn keinen Unterschied, ob man alte, junge oder mittlere Leute umbrachte, Hauptsache, er erfuhr die Wahrheit – und zwar nicht, weil es ihm um die Wahrheit selbst ging, die im Grunde ja doch nur eine abstruse Abstraktion ist, sondern einfach, weil die Wahrheit dafür sorgte, dass er an diese Leute herankam, die stets machen, was sie wollen, die man aber nie zu Gesicht bekommt. Er wollte, dass diese Leute im Gefängnis landeten und alle sehen und wissen würden, dass sie dort saßen. „Also, kennen Sie Silvano Solvere?"

„Ja, ja." Er war jetzt sehr unterwürfig und bescheiden. „Er kam häufiger hierher."

„In Begleitung?"

„Ja, fast immer."

„Was war das für eine Begleitung?"

„Ein Mädchen."

„Wie ‚ein Mädchen'? Immer dasselbe, oder immer mal ein anderes?"

„Nein, immer dasselbe."

„Wie sah es aus?"

„Dunkel, groß, eine schöne Frau." Eigentlich hatte er gehofft, nicht laut und wütend werden zu müssen, aber manche Leute sind einfach zu dumm. „Stellen Sie meine Geduld nicht auf die Probe", brüllte er ihn an und hob die Faust, „Sie wissen ganz genau, dass es das Mädchen war, das mit Silvano Solvere im Auto umgekommen ist, durchsiebt von den Kugeln Ihrer werten Freunde, dieser elenden Individuen, die Ihren dreckigen Laden beschützen, dieses lächerliche Bordell für faule Mailänder."

„Ja, ja." Zu Tode erschrocken – es muss scheußlich sein, als alter, wehrloser Mann einem rasenden Polizisten ausgeliefert zu sein – blinzelte er mit den Augen und drehte den Kopf instinktiv zur Seite, um sich vor der drohenden Faust zu schützen. „Das wollte ich gerade sagen. Die ist es."

„Raus mit der Sprache!"

„Es ist Giovanna Marelli, seine Freundin." Die war es – vielleicht sollte er es mit der Unterscheidung zwischen Lebenden und Toten etwas genauer nehmen.

„Silvano Solvere und seine Freundin Giovanna Marelli sind also öfter hierhergekommen", fasste Duca zusammen. Er wurde ruhiger. „Und weshalb kamen sie her?" Eigentlich war das eine merkwürdige Frage, aber Kanaillen muss man eben solche ungewöhnlichen Fragen stellen.

„Sie kamen zum Essen her."

Ach ja, richtig, ins Restaurant, in die Binaschina, ging man ja zum Essen. „Und dann?"

Der Alte zögerte, gab ihre Sünde dann aber doch zu. „Dann gingen sie nach oben."

„Und dann?", fragte Duca. Er sah, wie der Alte sich wand. „Bleiben Sie ruhig liegen, sonst könnte Ihnen schlecht werden. Und überlegen Sie sich gut, was Sie mir antworten."

„Dann gar nichts. Ich weiß nicht, was Sie meinen", jammerte das Männlein. „Dann gingen sie wieder, mehr kann ich Ihnen nicht sagen."

Er wirkte ehrlich, aber bei bestimmten Leuten musste man vorsichtig sein mit Wörtern wie „wirken" und „scheinen". „Ich würde Ihnen raten, mir gleich alles zu beichten, in Ihrem Alter hält das Herz nämlich nicht mehr viel aus." Er ging zum Waschbecken und drehte den Wasserhahn auf. „Und schreien Sie nicht, das würde es nur noch schlimmer machen. Überhaupt wird alles nur schlimmer, wenn Sie Ihren Beschützern mehr vertrauen als der Polizei."

Er schrie nicht. Er beobachtete nur mit weit aufgerissenen Augen, wie Duca das Handtuch noch einmal nass machte. Sein Atem wurde wieder unruhig, und gehetzt sagte er: „Ab und zu kam er mit seinem Mädchen hierher, wie all die anderen auch, meistens tagsüber, aber manchmal auch abends, aber mehr weiß ich wirklich nicht. Den Namen kenne ich wegen seiner Telefonate, genau wie Sie sagten. Er wurde ans Telefon gerufen, und so habe ich erfahren, dass er Silvano Solvere hieß, aber mehr weiß ich nicht."

Wütend drehte Duca den Wasserhahn zu und kam mit dem tropfnassen hellblauen Handtuch wortlos ans Bett zurück.

Da schüttelte der Alte klugerweise den Kopf und enthüllte ihm auch das letzte Geheimnis, das noch in seiner vielschichtigen Seele verborgen lag: „Sie hatten ihn mir besonders ans Herz gelegt." Vielleicht kannte er sich mit Leuten aus, die ihn umbringen wollten, in

Anbetracht seines Alters und seines Umgangs war das durchaus möglich, oder vielleicht hatte er in seinen Augen, den Augen dieses Polizisten, die Entschlossenheit zu töten gesehen, und mit so einer Art Polizei hatte er nicht gerechnet.

„Was soll das heißen, Sie hatten ihn mir besonders ans Herz gelegt?"

„Ich bekam einen Anruf von Freunden, die mir sagten, ich solle ihn gut behandeln." Er lächelte jetzt sogar, trotz seines Entsetzens. Ein nasses Handtuch kann größeres Entsetzen hervorrufen als ein Revolver.

„Und was sind das für Freunde?", fragte er den Alten. Dann ließ er das Handtuch auf den Boden fallen, nahm den Kleinen, der sich als Besitzer der Binaschina ausgab, am Arm, zog ihn behutsam hoch, sodass er schließlich auf dem Bett saß, und fischte aus seiner Jackentasche einen Kugelschreiber und einen Totoschein der letzten Woche – vier Richtige! –, das war das einzige Stück Papier, das er im Moment fand. „Schreiben Sie mir bitte Namen und Adressen dieser Leute auf, die Ihnen ab und an etwas ans Herz legen."

„Ich habe keine Ahnung, wie sie heißen, ich habe sie in drei Jahren überhaupt nur dreimal gesehen. Ich weiß nur ihre Telefonnummer. Wenn ich etwas von ihnen brauche, rufe ich an."

„Dann schreiben Sie mir eben die Telefonnummer auf."

Der Alte schrieb die Nummer auf den Totoschein.

„Und passen Sie auf, dass Sie sich nicht irren! Versuchen Sie bloß nicht, mir später weiszumachen, Sie hätten sich geirrt; das würde ich Ihnen nämlich nicht abnehmen." Er sah, wie der Alte traurig den Kopf schüttelte.

„Ich weiß, wann ich jemanden hereinlegen kann und wann nicht", seufzte er und legte sich aufs Bett zurück, denn er war völlig erschöpft, auch moralisch. „Ich bin doch ein Koch, kein Gangster, ich wollte nur in Ruhe meiner Arbeit nachgehen. Ich habe immer solide gekocht, die Soße für die Lasagne lasse ich fast eine Woche rund um die Uhr auf dem Feuer, dreimal pro Nacht stehe ich auf, um nach ihr zu schauen. So habe ich mich allmählich hochgearbeitet. Die Sache mit den Zimmern hat sich von ganz allein ergeben, und was Schlimmeres habe ich auch wirklich nicht verbrochen. Es war noch nicht einmal meine Schuld, sondern ein paar Kunden haben damit angefangen. Eines Tages hat mir einer von ihnen nach dem Essen gesagt, er habe wirklich gut gespeist und deshalb auch reichlich dazu getrunken, er fühle sich eigentlich nicht in der Lage, Auto zu fahren, ob ich nicht ein Zimmerchen hätte, um sich einen Moment auszustrecken. Wenn ich Nein sagte, würden sie mir keine Ruhe mehr lassen und allen Freunden und Bekannten erzählen, hier esse man schlecht und zahle astronomisch hohe Rechnungen. Ja, so hat das angefangen, und dann habe ich eben weitermachen müssen, natürlich, denn ich bin schon alt, und dabei wollte ich doch nur in Frieden meine Arbeit tun. Aber das geht nicht, wissen Sie, wenn man solche Unmenschen als Kunden hat."

Er ließ ihn sich abreagieren. Im Grunde schien dieser Mann nicht wirklich böse zu sein, er hatte sogar eine gewisse Persönlichkeit: Er liebte das Geld, wie alle anderen Menschen auch, aber auch die Philosophie; er war ein bisschen Halunke, ein bisschen Zuhälter und ein bisschen Gauner, aber auch ein bisschen Sokratiker. Nur dass er, Duca, konkrete Informationen brauchte, keine allgemeinen Betrachtungen.

„Wie haben Sie diese ‚Freunde' denn kennengelernt?", fragte er, und eins war klar: Das nasse Handtuch hatte den Besitzer der Binaschina von der Notwendigkeit überzeugt, die Wahrheit zu sagen. Sein pädagogischer Ansatz war vielleicht nicht gerade vorbildlich, aber er funktionierte.

„Sie sind vor drei Jahren einmal hier gewesen. Obwohl es erst kurz nach der Eröffnung war, hatten die Carabinieri das Lokal schon wieder geschlossen, weil sie oben ein Pärchen erwischt hatten. Das Lokal war also zu, aber sie haben geklopft und wollten unbedingt hereinkommen."

„Und dann?" Der Atem des Alten ging unregelmäßig, und seine Lippen wurden immer bläulicher. Es hätte ihm leidgetan, wenn er gestorben wäre, bevor er alles gesagt hatte. „Lassen Sie sich einen Espresso bringen, und zwar einen starken."

„Ich trinke seit zwanzig Jahren keinen Kaffee mehr, wegen meines Herzens."

„Jetzt trinken Sie einen." Zwischen den beiden Betten war eine hübsche, kleine Gegensprechanlage angebracht, so konnte der Besitzer der Binaschina das Pärchen, das sich gerade in dem Zimmer befand, umgehend benachrichtigen, falls die Polizei kam, sodass zumindest genug Zeit war, sich wieder anzukleiden. Oder die Herrschaften konnten sich noch etwas zu trinken bestellen, bevor sie sich der Sünde hingaben. „Einen starken Espresso, und zwar sofort", wies er das falsche, dünne Frauenstimmchen an, das sich gemeldet hatte. „Und dann?", nahm er den Faden wieder auf.

Dann waren die drei Herren eingetreten, obwohl das Lokal geschlossen war, und hatten erstaunt gesagt: Wie? So ein schönes Lokal, man hat uns so viel Gutes über Sie erzählt. Wir sind gekommen, um uns ein reiches Mahl zu gönnen, und nun haben Sie geschlossen! Wie kommt denn das? Er hatte erzählt, dass die Carabinieri leider in einem der Zimmer oben ein Pärchen erwischt und das Lokal geschlossen hatten, und dass er außerdem riskierte, auch noch im Gefängnis zu landen. Aber nein, was Sie nicht sagen!, hatte einer der drei geantwortet. Wenn die alle Orte schließen wollen, wo Verliebte es ein wenig nett haben, dann müssen sie alles schließen, die Poebene nicht zu vergessen! Aber Sie können beruhigt sein, wir haben da Beziehungen, wir werden uns darum kümmern.

„Und dann?", fragte er mit kindlicher Beharrlichkeit.

Dann waren die drei zwei Tage später mit einer provisorischen Lizenz in den Händen aufgetaucht, und er konnte das Lokal wieder öffnen.

„Nach zwei Tagen?", fragte Duca höflich, aber ungläubig.

„Nach zwei Tagen."

Nach zwei Tagen. Da gab es nun jede Menge ehrlicher Habenichtse, die sechs Monate und mehr auf die Erlaubnis warten mussten, mit einem Handkarren einen Zentner vergammelte Äpfel verkaufen zu können, und diese Herren sorgten binnen zwei Tagen – den Carabinieri, der Polizei und jeglicher sonstigen Amtsgewalt zum Trotz – für die Rückgabe der Lizenz an einen Puff, ein Stundenhotel, Speise- und Schlafwagen inklusive. Er knirschte mit den Zähnen. Dann versuchte er, sich zu beruhigen, und fragte: „Haben Sie eigentlich mal daran gedacht, dass diese Schwindler Sie vielleicht selbst angezeigt haben, um dann kommen und Sie retten zu können?"

Das Wort „Schwindler" gefiel dem Alten, er selbst schien seine Beschützer auch nicht besonders zu mögen. „Ja, das ist mir fast sofort klar geworden, denn niemand tut was umsonst. Sie waren sehr freundlich und sagten nur, dass sie mir ab und an jemanden ans Herz legen würden, den ich besonders zuvorkommend behandeln sollte, auch wenn er kein Geld habe, sie würden dann später bezahlen."

Und so war es dann auch gewesen. Manchmal hatten sie ihn angerufen, etwa um ihm mitzuteilen, dass ein dunkelhaariger Herr in grauem Anzug und einem Trauerband im Knopfloch kommen und in Begleitung einer ebenfalls dunkelhaarigen jungen Frau sein werde, die so und so angezogen sei. Die beiden wollten zwei Tage bleiben, aber ohne allzu sehr aufzufallen. Schon bald hatte er begriffen, dass sie sein Lokal als Treffpunkt benutzten, aber gleichzeitig war ihm auch klar geworden, dass er nicht Nein sagen konnte, wenn er nicht wollte, dass sie ihn umlegten oder ihm zumindest alle Knochen brachen. Das hatten sie ihm übrigens selber gesagt, ganz freundlich, bei Tisch. Sie hatten ihm von einem Sowieso erzählt, der sich ihrer Meinung nach nicht wie ein Freund verhalten hatte, und da hatte einer von ihnen, der ziemlich schnell die Nerven verlor, ihm einen Knochen nach dem anderen gebrochen. Und während sie von diesem Sowieso sprachen, der sich nicht wie ein Freund verhalten und dem sie die Knochen gebrochen hatten, hatten sie ihn fest angeblickt, ohne mit der Wimper zu zucken, sodass selbst ein Vollidiot kapiert hätte, was sie damit sagen wollten.

Und jetzt entschloss sich der Alte, der regelrecht verzweifelt sein musste, alt wie er war, und mit seiner Angst vor dem Tod, aber auch erschöpft von der Anstrengung zu leben – jetzt entschloss er sich, alles, einfach alles zu sagen. Und so berichtete er, dass manchmal auch Leute kamen, die einen Koffer daließen, und dann andere Leute, die den Koffer wieder abholten.

„Und wie sahen diese Koffer aus? Alle gleich?", fragte Duca. „Alle zum Beispiel grün, aber nicht aus Leder, und mit Metallstreben verstärkt?"

„Ja, ja", antwortete der Alte, „ja, ja, zweimal war es genau so ein Koffer."

Es klopfte an der Tür. Im Flur stand ein fast zwei Meter großer Kellner mit einem Tablett, auf dem ein Tässchen Kaffee und eine Zuckerdose standen. Duca nahm das Tablett entgegen. „Danke", sagte er kurz und schlug dem Riesen die Tür vor der Nase zu. „Ist das ein Kellner, den Ihre Freunde Ihnen aufgezwungen haben?" Er half ihm, sich im Bett aufzusetzen, und rührte ihm einen Löffel Zucker in den Kaffee. „Nur wenig Zucker, dann wirkt der Kaffee schneller."

„Aber mein Herz …" Vor dem Kaffee hatte der Alte offenbar genauso viel Angst wie vor dem nassen Handtuch.

„Trinken Sie, habe ich gesagt!" Er legte ihm eine Hand auf die Schulter und führte ihm die Tasse an den Mund. „Dieser Kellner ist also ein Komplize Ihrer Freunde? Trinken Sie erst mal, und antworten Sie dann."

Notgedrungen trank der Alte den Kaffee und sagte dann: „Es gibt auch noch einen anderen. Sie sind zu zweit und noch nicht einmal in der Lage abzuwaschen, und das tun sie auch nicht. Die tun überhaupt nichts, außer mich zu überwachen." Er lächelte schwach und erschöpft. „Darf ich mich wieder hinlegen?"

Duca half ihm, sich wieder auszustrecken. „Also, zurück zu diesem Koffer", begann er von Neuem.

Ja, die Koffer. Der Alte erzählte jetzt bereitwillig und offen. Silvano Solvere war mehrmals, vielleicht vier- oder fünfmal, mit einem Koffer gekommen, ja, und zweimal waren die Koffer grün und mit

Metallstreben beschlagen gewesen und sahen aus wie eine Truhe, die anderen Male hingegen waren es große Koffer aus Leder oder altem, festem Stoff gewesen, die ziemlich kümmerlich aussahen.

„Angenommen", sinnierte Duca, „in diesen großen Koffern wäre ein anderer Koffer verstaut gewesen, so eine Truhe mit Metallbeschlägen …"

Der Alte lächelte sanft und zufrieden. „Wissen Sie, dass ich auch schon daran gedacht hatte?" Na ja, es war wohl nicht besonders schwer, darauf zu kommen, denn je verschlagener jemand ist, desto dümmer ist er auch. Verschlagenheit ist eine Art von geistiger Beschränktheit: Wer keine Intelligenz besitzt, versucht, mit irgendwelchen schmutzigen Spielchen über die Runden zu kommen. Der Alte erklärte, dass Silvano Solvere ihm den Koffer immer dagelassen und gesagt hatte: „Ein Freund von mir wird ihn abholen kommen", und dabei hatte er nicht einmal den Namen des Betreffenden genannt und auch sein Aussehen nicht beschrieben.

„Und dann?", fragte Duca. Die Pforten der Wahrheit öffneten sich immer weiter.

Und dann war Advokat Turiddu Sompani erschienen, der Bretone mit der italienischen Staatsbürgerschaft und dem sizilianischen Vornamen, Salvatorello, Salvatoriddu, und hatte den von Silvano Solvere hinterlassenen Koffer wieder abgeholt. Sompani war nie allein aufgetaucht, sondern immer in Begleitung: Er hatte entweder Frauen dabeigehabt, die sehr jung waren – so jung, dass er ihr Großvater hätte sein können, denn er musste um die sechzig sein, bloß dass er mit ihnen dann nach oben in eins der Zimmer gegangen war –, oder er war mit seiner alten Mätresse gekommen, wie der Besitzer der Binaschina missbilligend feststellte.

„Vielleicht", vermutete Duca, „war das die Frau von dem Unfall, mit der er hier in der Nähe in den Kanal gestürzt und ums Leben gekommen ist."

„Ja, genau." Am Abend des Unfalls, erklärte der Alte, hatten sie bei ihm gegessen, Advokat Turiddu Sompani, seine alte Freundin und eine junge Dame. Er sagte tatsächlich „Unfall", ohne zu lächeln, wiederholte also das Wort, das Duca gebraucht hatte, Unfall, als habe er den ironischen Unterton nicht bemerkt. Er hatte ihn aber sehr wohl bemerkt und wollte sich bloß nicht einmischen.

„War es denn immer Silvano Solvere, der die Koffer hierließ, und immer Advokat Sompani, der sie dann wieder abholte?"

Ja, genau so spielte es sich ab, bestätigte der Alte. Der Kaffee hatte ihm offenbar etwas Kraft gespendet, und so setzte er sich im Bett auf. „Aber manchmal kamen sie auch, ohne einen Koffer mitzubringen oder abzuholen", unterstrich er, „und sie zahlten nie."

Diese Koffer hatten ja wirklich eine beachtliche Runde gemacht: Der Ausgangspunkt war eine Fleischerei; von dort wurden sie von einer jungen, inzwischen verstorbenen Frau – die Ärmste! – in eine Parfümerie gebracht; von der Parfümerie hatte Silvano Solvere sie in die Binaschina verfrachtet, und dort hatte Turiddu Sompani sie abgeholt. Dann verlor sich ihre Spur. Eines Abends war die Runde sogar noch etwas länger gewesen, denn die junge Dame hatte den Koffer von der Fleischerei zu ihm gebracht, in die Praxis des Arztes, der sie für die Hochzeit zurechtflicken sollte, und da hätte Silvano Solvere ihn abholen sollen, um ihn in die Binaschina zu transportieren. Er hatte allerdings überhaupt nichts mehr abholen können, denn noch in derselben Nacht hatte der Tod ihn abgeholt, am Alzaia Naviglio Grande, in Begleitung seines Mädchens. Und so war der Koffer bei ihm geblieben.

„Wie fühlen Sie sich?"

„Besser." Der Kaffee hatte den Alten offensichtlich etwas gestärkt.

„Beschreiben Sie mir jetzt bitte, wie der andere Kellner aussieht, der mit Ihren Freunden unter einer Decke steckt."

„Er ist blond und genauso groß wie der, der eben den Kaffee gebracht hat. Alle anderen sind wesentlich kleiner."

„Gut. Die beiden werden wir jetzt laufen lassen."

„Nein, nein, das geht nicht, Sie müssen sie schon mitnehmen. Die bringen mich sofort um, wenn sie erfahren, dass ich geredet habe."

„Die sollen doch gerade wissen, dass Sie geredet haben", erklärte Duca freundlich. „Sie werden diese werten Herrschaften, Ihre ‚Freunde', jetzt sofort anrufen und ihnen alles erzählen, was geschehen ist. Sie sagen ihnen, die Polizei sei gekommen und habe Ihnen gedroht, Sie mit einem nassen Handtuch zu ersticken, wenn Sie nicht reden würden, und dass Sie notgedrungen alles preisgegeben haben, außer, dass die beiden ‚Kellner' Ihre Komplizen sind. Die Tatsache, dass Sie sie sofort über den Besuch der Polizei unterrichtet und die Kellner nicht an die Polizei verraten haben, wird für Ihre Freunde der Beweis sein, dass Sie auf ihrer Seite stehen."

Der Alte begann zu begreifen, auch wenn er noch nicht ganz überzeugt war. „Aber wenn ich telefoniere und sie warne, dann machen sie sich doch aus dem Staub!" Mit den Augen fragte er: Wozu soll das gut sein?

„Ja, das ist ja genau, was ich will, dass sie nervös werden und denken, es sei aus." Er zuckte mit den Achseln. „Ich vergeude doch keine Zeit damit, sie zu verhaften, wenn sie nach einem Monat sowieso wieder frei sind. Da sollen sie doch lieber abhauen und Mailand eine Weile in Frieden lassen."

Er log nach Strich und Faden, denn bei bestimmten Leuten und in bestimmten Situationen ist Aufrichtigkeit ein Luxus, den man sich nicht leisten kann. In Wirklichkeit war er überzeugt, die „Beschützer" des Alten würden durchschauen, dass er sich mit der Polizei abgesprochen hatte, und sich rächen wollen. Dafür aber mussten sie ihn sich schnappen, und um das zu bewerkstelligen, mussten sie sich aus ihrem Versteck herauswagen.

„Natürlich hauen sie ab, aber zuerst werden sie es mir heimzahlen wollen", meinte der Alte.

„Das glaube ich kaum. Und außerdem werden Sie von nun an unter unserem Schutz stehen. Sollten sie tatsächlich auftauchen, um Ihnen etwas anzutun, werden sie sich wundern." Duca ließ ihn mit seiner Unsicherheit und Unschlüssigkeit allein. Er verließ einfach dieses Zimmer, das Zeuge so vieler Liebesszenen geworden war, ging die Treppe mit den englischen Drucken hinunter, trat in den Garten hinaus und kam in den Luxusstall zurück, wo alle Kellner und Kellnerinnen à la Toulouse-Lautrec versammelt waren. Sie saßen rund um den längsten Tisch, und Mascaranti bewachte sie. Er hatte einen so grimmigen Blick, dass man hätte annehmen können, er hielte sie mit einem Revolver in Schach.

„Ich habe ihre Namen und Personalien aufgenommen", teilte Mascaranti ihm leise mit, „und darauf geachtet, dass keiner telefoniert. Außerdem musste ich einige Kunden abwimmeln, die hier essen wollten."

„Jetzt können Sie sie wieder an die Arbeit lassen und sich von ihnen verabschieden." Er trat in die warme Sonne hinaus, ging zum Parkplatz und stieg ins Auto. Er setzte sich auf den Beifahrersitz, denn wenn er es vermeiden konnte, fuhr er nicht selbst. Mascaranti kam nach.

„Wohin soll's gehen?"

„Zur Kartause von Pavia", antwortete Duca. „Ich war schon lange nicht mehr da."

„Ich noch nie", bemerkte Mascaranti. „Aber ich habe gehört, sie soll sehr schön sein."

4

Die Kartause war sehr schön, aber geschlossen. In ihrer Zerstreutheit und wegen des Frühlings hatten sie vergessen, dass auch Kartausen Öffnungszeiten haben; und so konnten sie nur um die äußere Klostermauer herumgehen. Jenseits dieser Mauer lag, für sie unsichtbar, der große Kreuzgang mit den Zellen und die Kirche mit dem Chor, der kleine Kreuzgang mit der Bibliothek und dem Refektorium und die Alte Sakristei mit dem berühmten Polyptychon aus Elfenbein, der Name des Künstlers wollte ihm einfach nicht einfallen. Wie anders die Welt von damals doch gewesen war, wie abgrundtief anders als die Welt von heute. Nach ihrem Rundgang kamen sie auf den Vorplatz zurück, an dem zwei Gasthäuser standen. Duca wählte das weniger ländlich aussehende Lokal, denn er traute so einer aufgesetzten Ländlichkeit nicht.

„Hier können wir telefonieren und ein Brötchen essen." Am Telefon teilte er Carrua mit, er habe den Stützpunkt der kriminellen Vereinigung gefunden, die Binaschina, und berichtete ihm von seinem Gespräch mit dem Alten, wobei er das Detail mit dem Handtuch unterschlug.

„In ein, zwei Stunden schicke ich jemanden zum Überwachen", meinte Carrua. Und so war auch die Binaschina zu einer kleinen Falle geworden.

„Gut, vielen Dank", erwiderte Duca.

„Bitte, bitte", bemerkte Carrua ironisch, und fügte dann drohend hinzu: „Aber pass auf, dass du keine Fehler machst, und zwar nicht nur mit denen, sondern auch mit mir." Wobei dieses „nur" nicht wie ein Wort klang, sondern fast wie der Schrei eines wilden Tieres. Und damit war das Gespräch beendet.

In dem weniger ländlichen Gasthaus, bei dem man offenbar sogar ein paar Versuche unternommen hatte, es elegant und modern zu gestalten, dort vor der geschlossenen Kartause, erwies es sich als äußerst schwierig, zwei mit Salami und eingelegten Paprikaschoten belegte Brötchen zu bekommen. Die Wirtsleute schienen nicht die Absicht zu haben, sich zu dermaßen niederen Diensten herabzulassen. Der Mann an der Theke, der Kellner und die Besitzerin, die an der Kasse saß, weigerten sich hartnäckig, auf ihre Bitte einzugehen, bis Mascaranti kurz entschlossen die Küche aufsuchte und verkündete, sie seien von der Polizei und wollten zwei Brötchen haben, und zwar sofort, nicht erst an Ferragosto. Auf das Wort „Polizei" hin wirbelten die Hände des Küchenpersonals erstaunlich flink hin und her und zauberten fast augenblicklich die gewünschten Brötchen hervor, sodass Mascaranti zu der Besitzerin an der Kasse gehen konnte und mit den Sachen zum Auto zurückkehrte, wo Duca ihn schon erwartete und sie bei geöffneten Autotüren ihr Mittagessen verzehrten, in einem hübschen Eckchen, das irgendwie das Gefühl von einer grünen Einsiedelei vermittelte, unter einer Reihe von kleinen Bäumen mit jungfräulich zartem Laub.

Während Duca sein Brötchen aß, las er die beiden Zeitungen vom Vortag, die er im Auto gefunden hatte. Auf der Titelseite von „La Notte" stand in großen Lettern: *Von der Geliebten angelockt, mit Schere massakriert und in den See geworfen!* Sogar mit Ausrufezeichen. Der „Corriere d'Informazione" hatte die Nachricht etwas anders aufgemacht: *Von der Geliebten in die Falle gelockt, erwürgt und in den Adda geworfen.* Hier fehlte also das Detail der Scherenstiche, das in den kurzen Text verwiesen worden war, und außerdem gab es eindeutige Unstimmigkeiten, was Ort und Art des Verbrechens anging: Für „La Notte" war das Opfer in einen See geworfen worden, für den „Corriere d'Informazione" in den Adda, der bekanntlich ein Fluss ist; der „Corriere" behauptete außerdem, der Ermordete sei erwürgt worden, während er, wenn man „La Notte" glauben wollte, mit einer Schere massakriert worden war.

„Heutzutage schleppt man eben keine Messer, Säbel oder Schwerter mehr mit sich herum, da muss man mit etwas töten, das gerade in Reichweite ist", sagte Duca. „Wenn man im Auto sitzt, greift man zum Schraubenzieher im Handschuhfach und rammt ihn dem Schuft, der einen rechts überholt hat, in den Hals. Ist man zu Hause, im trauten Heim, sucht man sich unter den verschiedenen brauchbaren Haus- und Küchengeräten vielleicht eine Schere aus und bringt mit fünfzig, sechzig Stichen seinen Freund um, der einem das geliehene Geld nicht zurückgegeben hat." Die Salami war von ziemlich zweifelhaftem Geschmack, und der Paprika schmeckte mehr nach Terpentin als nach Essig, aber dafür konnte ja keiner was, oder?

Im Lokalteil standen die üblichen Kurznachrichten des Tages.

„La Notte" titelte *Braut posiert für dreitausend Nacktfotos*, und *Schädel gefunden – Ist es der Schädel des singenden Schusters?* Der „Corriere d'Informazione" berichtete, allerdings ohne viel Aufhebens davon zu machen, von einem Überfall auf ein Geschäft in der Via Orefici. Der Titel des Artikels lautete: *Drogenhändler schießen auf ihre Verfolger.* Unglaublich: Wegen zwei Filmkameras und einem Radio hatten drei Idioten sogar zur Schusswaffe gegriffen und damit lebenslänglich riskiert!

Duca aß sein erbarmungswürdiges Brötchen auf, leerte seine Flasche Bier und schüttelte den Kopf. „Es gibt Leute, die immer noch nicht begriffen haben, dass Mailand eine Großstadt ist", sagte er zu Mascaranti. „Sie haben einfach nicht kapiert, dass die Größenverhältnisse sich geändert haben. Sie reden von Mailand, als höre die Stadt an der Porta Venezia auf oder als würden die Einwohner sich darauf beschränken, Panettone und Pan meino zu essen. Wenn von Marseille, Chicago oder Paris die Rede ist, denkt man sofort an eine Metropole voller Krimineller, aber bei Mailand ist das etwas anderes: Es gibt jede Menge Dummköpfe, die immer noch stur nach einer heimeligen, provinziellen Atmosphäre suchen, *la brasera*, *la peso* und vielleicht noch *il gamba di legn*, und vergessen, dass es in einer Stadt mit fast zwei Millionen Einwohnern nicht provinziell, sondern international zugeht. Eine Großstadt wie Mailand zieht Widerlinge aus aller Welt an, Verrückte, Alkoholiker, Drogenabhängige oder einfach arme Schlucker auf der Suche nach Geld, die sich beim Waffenverleih einen Revolver aussuchen, ein Auto klauen und dann an einem Bankschalter auftauchen und schreien: ‚Alle Mann auf den Boden!', weil sie gehört haben, dass man das so macht. Das Anwachsen der Städte hat ja viele Vorteile, aber es gibt eben auch Veränderungen, die nachdenklich stimmen. Diese Fehden unter verfeindeten Banden, zum Beispiel." Er schüttelte den Kopf, als Mascaranti ihm eine Zigarette anbot. „Diese Banden sind militärisch durchorganisiert, bestens bewaffnet, und mit Elementen durchsetzt, die vor nichts zurückschrecken. Sie verfügen über ein Netz von strategischen Stützpunkten und Verstecken, das über die ganze Gegend verteilt ist. Wir sind nun zufällig auf die Binaschina gestoßen, aber natürlich gibt es jede Menge solcher Stützpunkte, in der Provinz Mailand und auch etwas außerhalb, aber doch immer im Dunstkreis der Stadt, dieser großen, leckeren Torte. Hier in Mailand liegt das Geld, und hierher kommen sie, um es sich zu holen, mit allen Mitteln, notfalls auch mit der Maschinenpistole." Er schüttelte noch einmal den Kopf. „Apropos Maschinenpistole – jetzt fahren wir vielleicht besser heim, denn irgendwann in nächster Zeit werden sie herausfinden, dass das Ding bei mir steht, und dann werden sie kommen, um es sich zu holen. Und das möchte ich zu gern erleben." Er ballte die Fäuste und blickte Mascaranti erwartungsvoll an, damit er losfuhr. Schade um die Kartause, die würde er wohl ein anderes Mal besichtigen müssen. Als sie zu Hause ankamen, sahen sie, dass der grüne Koffer mit den Metallbeschlägen immer noch deutlich sichtbar im Flur stand. Dies war die Falle Nummer eins, die große Falle. Vielleicht würde der Fuchs ja seinen Fuß hineinsetzen. Der Koffer musste schließlich viele Leute interessieren. Und tatsächlich dauerte es nicht lange, bis jemand auf der Bildfläche erschien.

Etwa die schwarz gekleidete Frau mit dem Knoten im Nacken, die Frau aus Romano Banco, die von nichts etwas wusste. Er hatte gut daran getan, ihr seine Adresse dazulassen, denn nach einer Weile hatte sie sich entschlossen, ihn aufzusuchen. Und da war sie nun, angereist aus Romano Banco, zwar noch nicht wirklich alt, aber doch schon alt.

Es war später Nachmittag und fast schon heiß – ach nein, eigentlich war es erst ein leichter Vorgeschmack von Hitze. Über die Piazza Leonardo da Vinci, die im Sonnenlicht unter ihnen lag, segelten weiße, schwerelose Flocken, die er und Mascaranti gerade beobachteten, als es klingelte. Duca ging zur Tür, um zu öffnen. Als sie die Wohnung betrat, fiel ihr Blick gleich auf den grünen Koffer, der dort so gut sichtbar auf dem Boden stand. Und es sah aus, als erkenne sie ihn wieder und als würde sie gleich in Tränen ausbrechen, doch dann riss sie sich zusammen und sagte: „Er hat nicht mehr angerufen, ich habe überhaupt nichts mehr von ihm gehört."

Duca führte sie in sein Sprechzimmer und bat sie, Platz zu nehmen. „Ich muss alles wissen, sonst kann ich Ihnen nicht helfen." Dann blickte er sie durchdringend an, aber ohne Härte, denn er sah, dass sie litt. „Ich bin kein Freund von Silvano, sondern von der Polizei. Wir wissen schon ziemlich viel, aber wir müssen alles erfahren."

Bei dem Wort „Polizei" lief ein Zittern über ihr Gesicht. Es sah aus, als zucke nur ihre Haut, wie man das bei Pferden manchmal beobachten kann. Dann begann sie zu weinen.

5

Und dann begann sie zu erzählen. Die Tränen waren versiegt, denn vor seinem Beichtvater weint man nicht, und was sie jetzt, getrieben von ihrer Angst und von Ducas Blick, wollte, war beichten. Die Polizei besaß bisher nur sehr wenige Informationen über sie, nämlich dass sie Rosa Gavoni hieß und in Ca' Tarino vor neunundvierzig Jahren geboren war. Damit gab es also schon drei berühmte Frauen aus Ca' Tarino: sie, das rot gekleidete Mädchen namens Giovanna Marelli und Adele Terrini, die ältere Dame, die zusammen mit Turiddu Sompani im Naviglio Pavese ertrunken war. Ca' Tarino war ja eine regelrechte Brutstätte wichtiger Persönlichkeiten! Jetzt aber erzählte Rosa Gavoni viele interessante Dinge, die die Polizei nicht wissen konnte und über die sie erst recht keine Unterlagen besaß. Sie hatte Ulrico, den mächtigen Fleischer Ulrico Brambilla, kennengelernt, als er drei Jahre alt und sie zwölf gewesen war. Sie musste ihn hüten, und so verbrachte sie ihre Zeit mit ihm auf den Wiesen um Ca' Tarino, denn alle Mädchen ab fünf hüteten kleinere Kinder, deren Mütter sich als Waschfrauen oder Dienstmädchen verdingten oder in der Fabrik arbeiteten. Ihre Familien waren beide sehr arm, wie alle Familien in Ca' Tarino, aber sie waren noch ärmer als arm, und so war er mit sechs bereits als geschickter Hühnerdieb bekannt, der seiner Mutter das Abendessen beschaffte.

Vielleicht wäre nie etwas zwischen ihnen gewesen, auch wegen des Altersunterschieds, wenn nicht der Krieg ausgebrochen wäre. Nach dem 8. September 1943, als die Deutschen anrückten, musste er sich verstecken und wurde zur Roten Primel von Corisco, Buccinasco, Romano Banco, Pontirolo und Rovido. Jede Nacht schlief er in einem anderen Haus, und man beherbergte ihn gern, denn er war ein ansehnlicher junger Mann, einer seiner Spitznamen war Torello, der Stier. Mehrere Mädchen und sogar einige verheiratete Frauen waren ihm verfallen, auch sie selbst, Rosa Gavoni, hatte mit ihm gesündigt, aber aus Liebe, wie sie erklärte, nicht aus Fleischeslust wie die anderen. Sie sagte tatsächlich „Fleischeslust".

Mit Ende des Krieges war Torello Ulrico Brambilla – und als sie das erzählte, errötete sie und schlug die blaugeränderten Augen nieder – sehr schnell reich geworden, indem er den amerikanischen Soldaten Mädchen besorgte, vor allem Blondinen für die dunkelhäutigen Soldaten und Minderjährige für die schon etwas betagten Offiziere. Nein, eine schöne Sache war das wirklich nicht, aber sie hatte es erst hinterher erfahren, als er die Fleischerei in Ca' Tarino eröffnete und seine vorhergehende Arbeit, die auch ihm selbst nicht zusagte, niederlegte.

„Sind Sie sicher, dass er diese Tätigkeit aufgegeben hat?", fragte Duca. Wahrscheinlich war das Gegenteil der Fall, und die Fleischereien sollten ihm als Deckmantel dienen.

Doch Rosa Gavoni versicherte eifrig, sie wisse genau, dass er diese Art von Arbeit aufgegeben und sich nur noch seinem Geschäft gewidmet hatte. Dies sei so lukrativ gewesen, dass er kurz darauf noch ein zweites in Romano Banco eröffnet hatte, dann eines in Mailand und ein weiteres in Buccinasco. Sie hatte ihn dabei so gut es ging unterstützt und war ihm in all den Jahren nicht von der Seite gewichen. Alles war sie ihm gewesen: Haushälterin, Kassiererin, Verwalterin und Frau, und manchmal hatte er auch davon gesprochen, sie zu heiraten. Aber dann schien er es wieder vergessen zu haben, und sie wollte ihn nicht daran erinnern, denn sie wusste ja, dass sie neun Jahre älter war als er und frühzeitig verwelkt. Und als er sich schließlich in Giovanna Marelli verguckt hatte, hatte sie sich alle Mühe gegeben, nicht zu verzweifeln. Sie hatte ihn nur darum gebeten, auch nach der Hochzeit an der Kasse einer seiner Fleischereien sitzen zu dürfen, und er hatte – großzügig wie er war – zugestimmt; denn inzwischen war sie alt, und nachdem sie jahrelang damit Anstoß erregt hatte, dass sie mit einem Mann, der sie nicht heiratete, unter einem Dach lebte, konnte sie unmöglich nach Ca' Tarino zurückkehren.

Das war ja vielleicht alles ganz interessant, dachte Duca, Demut und Resignation nehmen bei manchen Menschen Ausmaße an, die etwas von Hysterie haben. Rosa Gavoni war mehr als zwanzig Jahre lang mit diesem Mann zusammen gewesen, der sie in jeder Hinsicht ausgenutzt und ihr nichts als ein klägliches Monatsgehalt bezahlt hatte. Und als er dann eine andere heiraten wollte, hatte sie ihn nur darum gebeten, nicht entlassen zu werden und die Stelle als Kassiererin behalten zu dürfen. Auch gut. Aber jetzt sollte sie ihm etwas über diese Koffer erzählen. Er ging in den Flur, holte den Koffer, stellte ihn vor sie auf die Erde und öffnete ihn. „Dieses Zeug hier", sagte er nervös und hielt den Lauf in die Höhe, „ich möchte etwas über dieses Zeug hier erfahren."

Und so erfuhr er es. Sie sagte, am Anfang habe sie von nichts gewusst, nur dass er, Torello Ulrico, manchmal mit dem Auto nach Genua fuhr und abends mit einem Koffer zurückkehrte, der oft grün war wie dieser, manchmal aber auch anders aussah. Doch eines Abends hatte er sich betrunken und zu weinen begonnen und ihr gestanden, er habe furchtbare Angst. Und da sie Mitleid mit ihm empfand, hatte sie gefragt, wovor, und da war er schließlich damit herausgerückt. Diese bescheidene, erschöpfte, gedemütigte Frau wusste also alles über seine gefährliche Tätigkeit, ein verängstigter, betrunkener Mann hatte ihr sein unbequemes Geheimnis anvertraut. Mal sehen, ob sie tatsächlich alles wusste.

„Wann hat das mit den Koffern denn angefangen?", fragte Duca.

Sie antwortete, ohne zu zögern und ohne Angst – höflich, genau und gewissenhaft wie alle Frauen aus der Lombardei. Sie wusste genau, was sie tat, und sie wollte es gut machen. „Vor knapp drei Jahren."

Der Waffenschmuggel zog sich also schon über eine längere Zeit hin. „Und warum musste Ulrico nach Genua fahren, um die Koffer zu holen?"

„Weil sie aus Frankreich kamen."

„Aus Marseille?"

„Ja, aus Marseille."

Nach und nach kam ein wenig Licht in die Geschichte: Turiddu Sompani war ein Ex-Franzose, Ex-Bretone, um genau zu sein, und auch die Waffen kamen aus Frankreich.

„Und an wen musste Ulrico die Koffer dann weitergeben?" Er wusste es ja bereits, wollte aber die Bestätigung dafür.

„An Silvano."

„Und wem musste Silvano die Koffer bringen?"

„Einem Advokaten namens Turiddu Sompani."

Richtig, die Frau sagte die Wahrheit. Mal sehen, ob sie noch mehr wusste. „Und wem musste dieser Turiddu Sompani die Koffer geben?" Er konnte die Waffen ja schlecht alle selbst behalten, für sein privates Waffenarsenal.

„Das wusste Ulrico nicht", antwortete sie, ohne zu zögern, „aber er hatte furchtbare Angst, denn Silvano hatte ihm einmal gesagt, das Zeug würde in Südtirol landen."

Diese Gentlemen belieferten also die Südtiroler Terroristen, wobei sie schlauerweise den Umweg über Italien wählten. Er schauderte vor Abscheu. Weiter. „Und wieso hat Ulrico diese Arbeit übernommen? Er hat vermutlich sehr gut damit verdient, was?"

Ihre tiefblau geränderten Augen funkelten vor Empörung. „Nicht eine einzige Lira hat er dafür bekommen, und freiwillig hätte er es auch für eine Milliarde nicht getan! Sie haben ihn gezwungen."

„Wie denn?"

„Er hat nur gesagt, sie hätten ihm nach Kriegsende mehr als einmal einen Gefallen getan und ihm später noch ein paarmal aus der Patsche geholfen, als er in nicht ganz saubere Geschäfte verwickelt war. Wenn er sich geweigert hätte, hätten sie ihn ruiniert, oder vielleicht noch schlimmer."

Duca warf Mascaranti einen Blick zu. „Haben Sie gehört?" Ja, denn Mascaranti hatte ein einwandfreies Gehör. „Dann rufen Sie sofort Carrua an, das ist eine Sache, um die er sich kümmern muss." Mascaranti nickte. „Sagen Sie ihm, Herkunft der Waffen: Frankreich, Marseille. Ziel: Terroristen in Südtirol." Diese Kanaillen, diese dreimal verfluchten Kanaillen! „Mit folgenden Zwischenstationen: Ulrico Brambilla holt das Zeug in Genua bei nicht näher identifizierten Personen ab; seine Verlobte Giovanna Marelli gibt es an Silvano Solvere weiter; Silvano Solvere übergibt die Sachen Turiddu Sompani, und der leitet sie über seinen Stützpunkt, die Binaschina, nach Südtirol weiter. Ein schlau ausgeklügelter Plan, denn dass die Waffen für Südtirol, die Maschinenpistolen und das Dynamit zum Sprengen der Masten, über Italien kommen könnten, daran denkt natürlich niemand. Von den Gaunern, die in Frankreich am Anfang der Kette stehen und die Waffen liefern, wissen wir nichts, nicht einmal einen lumpigen Decknamen. Und genauso wenig wissen wir über die Verbrecher am Ende der Kette, die das Zeug den Terroristen aushändigen. Aber das ist eine Angelegenheit für Carrua, ich will damit nichts zu tun haben, sonst ..." Er betrachtete den Koffer auf dem Boden. Sogar Munition war dabei. Aber man darf ja nicht, leider, leider. Das Gesetz verbietet es kategorisch, dieses Pack einfach umzulegen, diese Kanaillen, die alle um sich herum eiskalt verraten. Gerade dieses Gesindel, diese Verräter kann man nicht einfach umbringen, denn schließlich steht ja jedem noch so gemeinen Schurken ein ordentlicher Prozess zu, mit Rechtsanwalt und unparteiischen Geschworenen und möglichst mit einem Urteil, das auf die Rettung des sozial Abgerutschten abzielt, während es keiner besonderen Erlaubnis bedarf, einen Carabiniere auf Streife wie ein Sieb zu durchlöchern oder einem Bankangestellten, der die Zehntausender nicht schnell genug über den Tresen schiebt, eine Kugel in den Kopf zu jagen oder mit der Maschinenpistole in die Menge zu ballern, um sich nach einem Raubüberfall den Weg freizuschießen. Das ja, das geht, aber dem rosa schimmernden Adamsapfel eines Hurensohns, der von nichts als Schweinereien lebt, einen kleinen Puff zu versetzen, nein, das geht nicht, das ist gesetzeswidrig und verworfen. Sie haben Cesare Beccaria* offenbar nicht richtig verstanden, Doktor Lamberti? Nein, er hatte sein vielgerühmtes Buch „Dei delitti e delle pene" tatsächlich nicht verstanden, er war in dieser Hinsicht wohl etwas beschränkt und hatte auch wenig Hoffnung, seinen Geist da zu verfeinern. Nein, er wäre diesen Kanaillen allzu gern begegnet, um ihnen seine Faust ins Gesicht zu schlagen. „Und sagen Sie Carrua bitte", er schnappte mit der Hand nach einem der kleinen, weißen Wattebäusche, die in diesen Tagen zwischen Hochhäusern, Straßenbahnen und Oberleitungsbussen durch die Luft schwebten in der – inmitten von Beton, Asphalt und Aluminium – wohl eher aussichtslosen Hoffnung auf Befruchtung, „dass ich meine Energie ausschließlich auf diese im Wasser gelandeten Autos verwenden werde." Er öffnete die Hand. Der Pollen war nicht mehr da, das heißt, er hatte ihn gar nicht erwischt. Stimmt, da schaukelte er ja noch ruhig durch das Zimmer, das einst als ärztliches Sprechzimmer vorgesehen war, dann aber einen scharfen Karriereknick erfahren und sich nun in ein heimliches, anonymes Polizeibüro ohne offizielle Berechtigung verwandelt hatte.

---

* Jurist (1738–1794), Vorkämpfer eines modernen Strafrechts.

6

Während Mascaranti telefonierte, wandte Duca sich wieder der schwarz gekleideten Dame namens Rosa Gavoni zu und sah sie durchdringend an. Vielleicht war er wirklich zu misstrauisch, aber gab es denn irgendeinen Grund, auch nur einem, einem einzigen seiner Mitmenschen zu trauen? „Warum haben Sie mir das alles gebeichtet?", fragte er und blickte der Frau fest in die Augen. „Wenn wir Ulrico schnappen, wird er wegen Waffenschmuggels im Gefängnis landen. Und vielleicht kommen ja auch noch andere Dinge hinzu. Mit weniger als zehn Jahren ist also kaum zu rechnen."

Die Frau war wirklich eine präzise Mailänderin: „Aber wenigstens bleibt er am Leben. Und wenn sie ihn bereits umgebracht haben, fasst die Polizei zumindest seine Mörder."

Ja, das war logisch. Er erwiderte: „Warum hat Ulrico denn sofort das Weite gesucht, als sie seine Verlobte und Silvano Solvere umgelegt haben?"

Sie schüttelte den Kopf und wirkte jetzt, nachdem sie alle ihre schrecklichen Geheimnisse losgeworden war, ganz sanft und entspannt. „Ich weiß es nicht. Er hat die Fleischereien geschlossen, die Angestellten in Urlaub geschickt und ist weggefahren. Ich befand mich gerade in der Fleischerei in Ca' Tarino, und er hat zu mir gesagt: ‚Schließ das Geschäft und geh nach Hause, ich ruf dich dann an.'"

„Und? Hat er angerufen?"

„Ja, zweimal. Er hat mich gefragt, ob jemand gekommen sei und nach ihm gefragt habe. Ich habe gesagt, nein. Am selben Tag rief er noch einmal an und stellte mir wieder die gleiche Frage. Ich gab ihm wieder die gleiche Antwort, denn es war wirklich niemand erschienen. Und dann fragte ich ihn noch, warum er sich so verhielte, wovor er denn Angst hätte, aber er gab mir keine Antwort, sondern meinte nur, er würde am nächsten Tag wieder anrufen."

„Und dann sind wir gekommen", stellte Duca fest.

Ja, dann waren sie gekommen, und sie hatte ihnen gesagt, sie warte auf einen Anruf von Ulrico, aber Ulrico hatte sich nicht mehr gemeldet, und da hatte sie Angst bekommen, denn wenn Ulrico nicht anrief, hieß das, dass ihm etwas zugestoßen war.

„Was denn?" Es hatte keinen Zweck, sie zu schonen. „Glauben Sie, dass sie ihn umbringen könnten?"

Sie nickte, und ihr Gesicht zuckte ein wenig. Der Gedanke, dass sie ihren Ulrico töten könnten, hatte sie bis zu Duca getrieben, zu diesen beiden Männern, egal, wer sie waren, Freunde von Silvano oder die Polizei – Hauptsache, sie konnten etwas für Ulrico tun.

„Sie kennen ihn doch schon so lange", sagte Duca. „Können Sie sich denn gar nicht vorstellen, wohin er geflohen ist?" Frauen kennen schließlich die Gewohnheiten, die Instinkte, die Laster ihrer Männer. Auch wenn Rosa Gavoni nichts Genaues wusste, konnte sie sie vielleicht doch auf die richtige Spur bringen. Möglicherweise konnte sie ihnen einen Hinweis geben, der dazu führte, Ulrico Brambilla zu finden. „Erzählen Sie einfach, was Ihnen so in den Sinn kommt, egal, was. Könnte es vielleicht sein, dass er bei einer anderen Frau untergeschlüpft ist?" Im Krieg war er doch die Rote Primel von Corsico gewesen und so den Razzien der Deutschen entgangen. Um anderen Feinden zu entkommen, fand er jetzt vielleicht andere schöne Frauen, die ihn versteckten.

Aber sie wehrte ab. „Nein. Die einzige andere war Giovanna. Er sprach immer nur von ihr, und er war nur mit ihr zusammen. Ich kenne ihn, was das betrifft." Sie hob den Kopf, stolz, dass sie ihn kannte, stolz trotz der Demütigung, nicht mehr von ihm geliebt zu werden, schon seit Jahren nicht mehr, sondern nur noch ab und an als Gelegenheitsgeliebte einzuspringen. „Wenn er sich erst mal auf eine versteift, dann gibt es für ihn keine andere mehr."

Wo hielt er sich also versteckt? Sicher nicht in einem Gasthaus oder Hotel, denn da wäre es für seine Feinde allzu leicht, ihn aufzuspüren. „Klang es am Telefon so, als sei er in Mailand? Ein Ferngespräch war es nicht, oder?"

„Nein, eher im Gegenteil", antwortete sie und senkte nachdenklich den Kopf. „Er war immer sehr gut zu verstehen." Na ja, seit es die automatische Durchwahl gab, waren Orts- und Ferngespräche eigentlich kaum noch voneinander zu unterscheiden.

„Gut." Er stand auf. „Sie fahren jetzt nach Hause und warten. Wenn jemand auftaucht, rufen Sie uns an. Und sollten Sie nicht mehr die Möglichkeit haben, ans Telefon zu gehen, dann hinterlassen Sie irgendeinen Hinweis." Er überlegte einen Augenblick, musterte sie und sah, dass sie keine Angst hatte, trotz des Risikos, dessen sie sich bewusst war – Hauptsache, ihr Ulrico wurde gerettet. „Sie könnten zum Beispiel das Licht brennen lassen, einen Stuhl verrücken oder irgendwelchen Nippes fallen lassen. Ihre Wohnung ist so ordentlich, dass Ihr Zeichen nicht zu übersehen sein wird." Er begleitete sie zur Tür. „Wir rufen Sie alle drei Stunden an. Helfen Sie uns, und wir werden alles tun, um ihn wiederzufinden."

Als die Tür hinter der unglücklichen Rosa Gavoni zugefallen war, ging er zurück in sein Sprechzimmer. In der untergehenden Sonne sah die Piazza Leonardo da Vinci aus, als stünde sie in Flammen. Durch das Fenster schien nicht nur das Abendlicht, sondern auch zwei weiße Wattebäusche segelten herein. Diesmal gelang es ihm, einen davon zu erhaschen, und als er seine Faust öffnete, lag das weiße, flockige Etwas auf seiner Handfläche – ein Nichts, aber ein Nichts, aus dem eine Platane entstehen konnte, eine Eiche oder einer dieser riesigen Bäume, wie sie manchmal im Lexikon abgebildet sind, durch deren hohlen Stamm sogar ein Auto hindurchfahren kann. „Mascaranti!"

„Ja?" Mascaranti kam aus der Küche.

„Was hat Carrua gesagt?"

„Er hat gesagt, es geht in Ordnung, er wird sich um die Geschichte mit den Waffen kümmern."

„Sonst nichts?“

„Doch.“ Mascaranti zögerte einen Augenblick. Sein Gesicht war von den Strahlen der untergehenden Sonne vergoldet. „Er hat gesagt, wir sollen aufpassen, diese Leute sind gefährlich.“ Sein Ton war ernst, aber trotzdem voll bitterer Ironie.

Ja, er würde aufpassen, dachte Duca, und wie! „Mascaranti, ich schlage vor, wir holen uns jetzt ein Brötchen und die Zeitungen.“

„Ich kenne ein Gasthaus hier in der Nähe, wo man billig essen kann“, schlug Mascaranti vor, der offenbar keine Lust mehr auf Brötchen hatte.

„Gut, dann ziehe ich mir schnell ein sauberes Hemd an.“ In seinem Zimmer, in einer Schublade der Kommode, lag das letzte einigermaßen anständige Hemd, das er noch hatte. Seine Schwester Lorenza hatte ihm gesagt: Heb es dir für einen wichtigen Anlass auf, denn es ist dein einziges gutes Hemd. Jetzt musste er nur noch entscheiden, ob ein Abendessen mit Mascaranti ein wichtiger Anlass war oder nicht. Er entschied sich dafür, zog das Hemd mit den abgewetzten Manschetten aus und das frische Hemd an, griff nach der königsblauen Krawatte und stellte fest, dass er dann auch einen anderen Anzug anziehen musste. Von den drei Anzügen, die er besaß, war der einzige anständige glücklicherweise auch blau. Dann ging er ins Bad, griff nach dem Rasierapparat und fuhr sich über die rauen Stoppeln. Diese Kanaillen und Verräter, die alle um sich herum verrieten, ja, die imstande waren, ihre eigene Mutter oder Tochter zu verkaufen, ihr Dorf und ihren Freund, denen bei jedem Wort eine Lüge über die Lippen kam, die die Hand aufs Herz legten und schworen, die Wahrheit zu sagen, und dabei mit der anderen Hand in der Tasche nach dem Griff ihres Messers tasteten! „Mascaranti“, rief er, während er den Rasierapparat weiter über seine Wangen gleiten ließ.

Mascaranti kam ins Bad, gelassen, fast vornehm.

„Sagen Sie mir mal ganz ehrlich“, fragte er, „sollen wir die Sache an den Nagel hängen? Was meinen Sie? Erinnern Sie sich, was Carrua gesagt hat? Sollen sie sich doch gegenseitig umbringen! Je mehr von denen ins Gras beißen, desto besser. Im Grunde kann es uns doch egal sein, ob A von B umgebracht worden ist oder von C, und ob B von C umgebracht worden ist oder von D, wenn alle miteinander, A, B, C und D, gleich abscheulich sind. Sagen Sie ehrlich, Mascaranti: Sollen wir aufgeben oder weitermachen?“ Er fuhr sich immer wieder mit dem Rasierapparat über das Kinn, denn seine Bartstoppeln waren noch widerspenstiger als erwartet. Irgendwann würde er einmal probieren, sich wie die alten Römer zu rasieren, die am besten rasierten Männer der Weltgeschichte: mit Wachs, wie die Frauen, die sich auf diese Weise ihre Beinhaare entfernen.

„Doktor Lamberti, Sie meinen diese Frage doch nicht wirklich ernst“, antwortete Mascaranti etwas förmlich.

Mit einem Ruck zog Duca den Stecker aus der Dose und sagte gereizt: „Ich frage doch nicht zum Spaß!“ Mit äußerster Sorgfalt wickelte er das Kabel des Rasierapparats auf. „Sie kennen doch sicher das Sprichwort ‚Wer nach einem Schwert greift, wird durch ein Schwert umkommen‘.“

„Ja. Und?“

„Und wer nach Halunken greift, wird durch Halunken umkommen.“

Mascaranti antwortete lakonisch: „Dann werden wir eben umkommen.“

Duca verzog kurz das Gesicht – es sollte wohl ein Lächeln sein –, legte den Rasierapparat in das Schränkchen zurück, goss sich etwas Lavendelwasser in die Handfläche und fuhr sich damit durch die Haare, die bestimmt schon einen Zentimeter lang waren. So schmählich hatte er sich noch nie vernachlässigt, aber wenn seine Schwester nicht da war, fand er eben nicht einmal die Zeit, zum Barbier zu gehen. Er verließ das Bad. „Gut, spielen Sie ruhig den Draufgänger, wenn Sie unbedingt wollen, dann spendiere ich Ihnen heute Abend ein Abschiedsessen.“ Er selbst hatte nicht die geringste Lust, sich von irgendeinem Revolverhelden umlegen zu lassen. Das Unkraut herauszurupfen, ja, dazu hätte er schon Lust. Aber sollte wirklich ausgerechnet er das bewerkstelligen, ganz allein? Und konnte er es wirklich mit Stumpf und Stiel ausrotten? Wenn er einen in den Knast steckte, kamen dafür doch drei wieder heraus! Wenn er dafür sorgte, dass ihnen ein paar Jahre aufgebrummt wurden, gaben doch andere, die viel mächtiger waren als er, ihnen die Freiheit wieder zurück, zum Beispiel weil – wie er am Vortag im „Corriere" gelesen hatte – ihr Gesundheitszustand einen Gefängnisaufenthalt nicht zuließ. Ja, so war das doch: Erst legt so ein Schurke zehn Leute nacheinander um, und dann, weil er etwas kränkelt und die Gefängnisluft von San Vittore nicht verträgt, wird ihm die lebenslängliche Strafe erlassen, und man schickt ihn nach Nervi, damit er in einem der hübschen kleinen Restaurants auf der Strandpromenade Fischsuppe essen kann. Und da sollte er, Duca, das Risiko eingehen, sich für eine dieser kränkelnden Kanaillen abschießen zu lassen wie eine Tontaube? „Heute gehen wir mal richtig gut essen, zu Prospero."

Die Trattoria lag neben der Kirche San Pietro in Gessate. Nach dem Dreikönigstag war er mit seiner Schwester und ihrer Tochter dort gewesen, und die kleine Sara war, o Wunder, ausnahmsweise einmal richtig brav gewesen, das heißt, nach einem riesigen Teller Tagliatelle mit Butter war sie eingeschlafen. Der volle Bauch hatte sie in ein Paradies der Entspannung gleiten lassen, sie hatte keinen Ton mehr von sich gegeben, sondern wie ein Teddybär in der Karre neben ihnen geschlafen, und so konnten auch sie beide gut und in Ruhe essen, und er hatte Lorenza versprochen, dass er alles tun wollte, um seine ärztliche Zulassung zurückzubekommen. Außerdem hatte er ihr versprochen, sich nicht mehr in die Angelegenheiten der Polizei einzumischen, denn es hat ja keinen Sinn, erst jahrelang Medizin zu studieren, um dann nur immer hinter leichten Mädchen und Autoknackern her zu sein. Eine ganze Menge hatte er bei jenem Essen versprochen, und jetzt wollte er in ebendiese Trattoria zurückkehren, um sich an das Versprechen zu erinnern, das er nun zu halten gedachte.

„Heute ist Freitag, und deshalb essen wir Fisch", sagte er zu Mascaranti.

Es war ein Abendessen unter Männern. Sie bestellten Spaghetti mit Muscheln, frittiertes Kabeljaufilet und Schafskäse, und während sie aßen, lasen sie die Abendzeitungen, denn sie waren zwar Männer, aber keine Ehemänner, und so mussten sie sich bei Tisch auch nicht mit ihren Frauen unterhalten. Sie lasen zum Beispiel, dass es vormittags um halb elf eine Sonnenfinsternis gegeben hatte. Der Artikel trug den hübschen Titel *Verdunkelte Sonne*. Bemerkt hatten sie allerdings nichts davon. Außerdem erfuhren sie, dass die Dopingkontrolle beim Giro d'Italia abgeschafft worden war, sodass sich jetzt wieder jeder so volldröhnen konnte, wie er wollte. Und wer eine Etappe gewann, wurde von den Journalisten nicht mehr gefragt, welchen Gang er denn bei der Steigung von San Bartolomeo eingelegt, sondern welche Pille er genommen hatte. Beim Schafskäse angelangt, als sie bereits wussten, dass Japan heute ein europäisches Gesicht trägt und dass es nach der Hippiemesse sicher auch bald Hippiebeerdigungen geben wird, lasen sie mit wachsender Befriedigung einen Artikel mit der Überschrift *Bankräuber durch Blitzlichtanlage gestellt*, der sie darüber informierte, dass die in einer Bankfiliale aufgestellte automatische Kamera die unten abgebildeten Fotos aufgenommen hatte – auf dem einen sah man einen großen Idioten, der eine Pistole auf den Kassierer richtete, auf dem anderen, wie sich der große Idiot mit einer Tasche voller Geld aus dem Staub machte –, und darunter stand, der Bankräuber sei Dank dieser Fotos bereits eine Stunde nach dem Überfall gestellt worden (Atlanta, Georgia, USA).

„Mascaranti, könnten Sie mich morgen früh nach Inverigo fahren?" Vielleicht konnte er ein paar Tage mit seiner Schwester und Livia verbringen und versuchen, all diese Dinge zu vergessen.

„Ja, natürlich", antwortete Mascaranti.

„Und dann bringen Sie den Koffer mit dem Maschinengewehr zu Carrua."

„Ja", versprach Mascaranti.

„Und sagen Sie ihm, dass ich aussteige und dass er allein weitermachen soll."

„Gut, ich werde es ihm bestellen."

Duca und Mascaranti tauschten die gelesenen Zeitungsseiten aus. Als der Aquavit kam, trank Duca das bis zum Rand gefüllte Gläschen langsam in einem Zug aus. Er war inzwischen beim Literaturteil angelangt und las mit sichtlichem Vergnügen die Rezension des Buches „Arzt vor zweitausend Jahren", ein Buch über Hippokrates, herausgegeben von Mario Vegetti, Verlag Unione Tipografico-Editrice Torinese, 6000 Lire. Schmunzelnd las er ein Zitat aus dem „Corpus Hippocraticum", das er bereits kannte: *Bei akuten Krankheiten ist zunächst das Gesicht des Patienten zu beobachten und zu entscheiden, ob es den Gesichtern von Gesunden, vor allem aber sich selbst unter normalen Umständen gleicht, denn dies ist der Idealfall. Je stärker es davon abweicht, desto kranker ist der Patient. Im schlimmsten Fall sieht es folgendermaßen aus: spitze Nase, tief in ihren Höhlen liegende Augen, eingefallene Schläfen, kalte Ohren, feste, gespannte Gesichtshaut, gelbliche Gesichtsfarbe.* Auch er war Arzt, zweitausend Jahre später, obwohl sie es ihm nicht erlaubten. Er würde sich das Buch besorgen und dann Himmel und Hölle in Bewegung setzen, um seine Zulassung zurückzuerhalten, damit er seinen Beruf wieder ausüben konnte. Sein Vater im Grab würde überglücklich sein, wenn er wieder sagte: Bitte husten! Und jetzt einmal ganz tief durchatmen, und wenn er wieder Blutdruck maß; denn für seinen Vater waren das die Dinge, die ein Mediziner tun musste, die Verschreibung des richtigen Hustensafts nicht zu vergessen.

Er sah auf die Uhr. Das Restaurant begann sich zu leeren, es war bereits zehn, aber vielleicht noch nicht zu spät, um in Inverigo anzurufen. Er ließ Mascaranti am Tisch sitzen und ging zum Telefon, das neben einer Art Kasse stand, wo sich außer der Kasse selbst eine sympathische Dame befand, die grüne Bohnen putzte. Inverigo war ein Ferngespräch, und so wählte er die Vorwahl und dann die Rufnummer selbst. Schließlich hörte er die tiefe, durch und durch aristokratische Stimme des unvergleichlichen Butlers: „Villa Auseri."

„Ich möchte gern mit Signora Lamberti sprechen." Rein formal gesehen war seine Schwester ja eine Signorina, auch wenn sie ein Kind hatte, und ein gewissenhafter Kommunalbeamter hätte ihn vielleicht wegen falscher Angabe von Personalien anzeigen können.

„Fassen Sie sich bitte einen Augenblick in Geduld, Signore."

Er verwendete genau die Worte, die ein Butler im Film verwenden würde, und dabei hatte Duca im wirklichen Leben noch nie gehört, dass jemand „Fassen Sie sich bitte einen Augenblick in Geduld, Signore" gesagt hätte. Statt der Stimme seiner Schwester vernahm er plötzlich die Stimme von Livia Ussaro. „Ich bin es, Signor Lamberti. Lorenza und das Kind sind schon im Bett."

Sie sagte tatsächlich Signor Lamberti, und das, nachdem ihr Gesicht durch seine, Duca Lambertis, Schuld entsetzlich verstümmelt worden war: siebenundsiebzig Einschnitte von der Stirn bis zum Kinn und von einem Ohr zum anderen! Siebenundsiebzig – die Zahl hatte ihm der Chirurg aus dem Krankenhaus Fatebenefratelli anvertraut, ein ehemaliger Kollege, der versucht hatte, sie wieder zusammenzuflicken, und die Wunden notgedrungen hatte zählen müssen, während er selbst sie natürlich nicht gezählt hatte. Und da gab es zwischen ihnen beiden nicht einmal genug Vertrautheit, um dieses formelle Signor Lamberti fallen zu lassen? „Ich wollte so gern Ihre Stimme hören", sagte er.

Schweigen – ein Schweigen, das vor Zärtlichkeit vibrierte, das Schweigen einer Frau, die sich in den liebevollen Satz eines Mannes einhüllt wie in einen kostbaren Pelz. Und schließlich, ganz warm und äußerst mutig für eine auf Form bedachte Frau wie sie: „Auch ich wollte Ihre Stimme hören."

Er blickte zu der Frau, die geduldig die Fäden von den Bohnen abzog, und als sie bemerkte, dass er sie ansah, hob sie den Kopf und lächelte ihn an. „Und außerdem brauche ich einen Rat", sagte er zu Livia.

Wieder dieser Hauch von Zärtlichkeit. „Es ist schwer, Ratschläge zu erteilen."

Es war ein Wunder, dass sie diese Zärtlichkeit zuließ und sich ihm so vorbehaltlos hingab, es war wohl nur deshalb möglich, weil es zumindest für die Gespräche von Mailand nach Inverigo noch kein Telefon mit Bildschirm gab und sie miteinander sprechen konnten, ohne sich anzusehen. Dort am Telefon, in den wenigen Minuten ihres Gesprächs, tauchte sie aus der tiefen Depression der Verstümmelten, der ästhetisch Abstoßenden auf und wurde wieder eine Frau wie alle anderen, die fühlte, mit ihrer Stimme bewirken zu können, was jede Frau bei einem Mann bewirken kann.

„Eigentlich ist es nicht direkt ein Rat, sondern eher ein Spiel." Er erwiderte das Lächeln der Frau hinter der Kasse, nahm sich eine Bohne, nicht ohne vorher mit dem Blick um Erlaubnis gebeten zu haben, und zerquetschte sie dann zwischen den Fingern, denn er verspürte das dringende Bedürfnis, irgendwie Gewalt auszuüben, und das Gesetz verbot ihm ja, handgreiflich zu werden.

„Ein Spiel, wirklich?"

„Also, ich muss eine Entscheidung treffen." Außerdem war es ein angenehmes Gefühl, die Bohne zwischen den Fingern zu zerdrücken. Es fühlte sich kühl und sauber an, und gleichzeitig verbreitete sich ein frischer, bitterer Duft nach Frühling. „Ich frage Sie: Kopf oder Zahl?, und Sie müssen mir dann antworten, eben Kopf oder Zahl."

„Aber erst müssen Sie mir sagen, was die beiden Alternativen sind."

„Nein, Livia, denn wenn ich es Ihnen verrate, ist es kein Spiel mehr. Sie sagen mir nur ‚Kopf' oder ‚Zahl'. Kopf ist eins der beiden Dinge, zwischen denen ich mich entscheiden muss, und Zahl das andere, aber Sie dürfen nicht wissen, worum es geht."

„Also bin ich die Münze." Ihre Stimme schmunzelte.

„Genau. Sind Sie bereit?"

„Ja, ich bin bereit."

„Kopf oder Zahl?" Die Frau mit den Bohnen lächelte, denn sie hörte dem Gespräch freundlich amüsiert zu, und auch diesmal lächelte er zurück, während er auf Livias Antwort wartete. Kopf stand für Arzt oder für eine vernünftige, solide Beschäftigung, ein ruhiges, normales Leben; Zahl hingegen für Polizist, Bulle, Schurkenjäger.

Er hörte, wie sie tief Luft holte: „Zahl."

Er antwortete nicht sofort, doch dann sagte er: „Danke."

Sie erwiderte: „Signor Lamberti, wenn es einem nicht gelingt, sich zwischen zwei Alternativen zu entscheiden, dann liegt das meist daran, dass die eine uns zwar besser gefällt, aber nicht besonders weise ist. Sagen Sie mir wenigstens, ob ‚Zahl' die Alternative war, die Sie vorgezogen hätten."

„O ja." Er antwortete schon, noch bevor sie richtig ausgesprochen hatte. Ja, genau so war es, es war die Alternative, die er vorzog, auch wenn sie weniger weise war.

Am nächsten Morgen sagte Mascaranti zu ihm: „Also fahren wir jetzt nach Inverigo."

„Nein", antwortete Duca, „wir bleiben hier, bei diesem Koffer."

Mascaranti starrte auf Ducas Arm, der auf den Koffer im Flur zeigte. Sobald sich die Wohnungstür öffnete, war er für jedermann deutlich zu sehen. Mascaranti fragte ihn nicht, warum er seine Meinung geändert hatte, er sagte auch nicht, dass er nichts anderes erwartet hatte. Er war ein intelligenter Mensch, und deshalb sagte er nur: „Gut."

Und so warteten sie wieder, der Schurkenjäger und sein Gehilfe, dort in der Küche. Sie verharrten in der Nähe des kostbaren Koffers, wie man auf einer Safari in der Nähe des Zickleins verharrt, um auf den Löwen zu warten. Und der Löwe kam.

7

Es war eine Löwin.

Rein äußerlich betrachtet – so hochgewachsen und mit den prächtigen, dunklen Haaren, mit diesen weißen Stiefelchen über den schwarzen Westernhosen und dem weißen Jäckchen, das mit einem großen, schwarzen Knopf genau über dem Busen zugeknöpft war, sodass sich die pralle Fülle auf beiden Seiten des Knopfes äußerst effektvoll wölbte –, hätte sie als schön bezeichnet werden können. Gleichzeitig aber wirkte sie unglaublich ordinär: Ihr Gesichtsausdruck wirkte ordinär; ihre Gestik wirkte ordinär bis hin zu ihrer Art, die Tasche zu halten; selbst ihre Stimme war ordinär – nicht etwa, weil sie Dialekt gesprochen hätte, sondern weil man unwillkürlich an eine Kaserne denken musste, wo immerfort schmutzige Witze gerissen werden, oder an eine gynäkologische Praxis, wo die Syphilispatientinnen im Wartezimmer sitzen und sich ihre Lebensgeschichte erzählen. Die Frau war in ihrer ganzen Erscheinung so unglaublich ordinär, dass sie trotz ihrer hohen Statur, der dunklen Haare und eines starken Sex-Appeals kein bisschen attraktiv wirkte.

„Doktor Lamberti?“, fragte sie, als Duca ihr die Tür öffnete, und während sie noch die Worte aussprach, fiel ihr Blick auf den Koffer, den er so in den Flur gestellt hatte, dass er unmöglich zu übersehen war.

„Ja“, antwortete er und ließ sie eintreten, während Mascaranti in der Küchentür erschien.

„Ich bin eine Freundin von Silvano, dem Ärmsten“, sagte sie, und auch dieser Zusatz „der Ärmste“ wirkte entsetzlich plump und ordinär, als müsse sie Duca um jeden Preis von ihrer tiefen Trauer um Silvano überzeugen.

„Aha“, antwortete Duca, wobei seine Stimme aber nicht kalt klang, sondern sogar etwas Fröhliches hatte, denn er spürte, dass die Safari begonnen hatte.

„Er hat einen Koffer hiergelassen, und ich bin gekommen, um ihn abzuholen.“

Duca wies auf den Koffer, der in der Flurecke auf dem Boden stand. „Ist es vielleicht dieser hier?“, fragte er, und nur eine hoffnungslos dumme Löwin konnte die Ironie in seiner Stimme überhören.

„Ja“, bestätigte sie ahnungslos.

Duca kniete sich neben den Koffer und öffnete ihn, schob die Sägespäne etwas beiseite, nahm den Kolben der Maschinenpistole heraus und hielt ihn ihr hin. „Mit diesem Zeug hier?“

„Ja“, sagte sie und kam, immer noch ahnungslos, näher.

„Wenn Sie möchten, können Sie ruhig kontrollieren, ob auch nichts fehlt.“

Seine außerordentliche Freundlichkeit verleitete die Ahnungslose, die Dame von Welt zu spielen. „Das ist nicht nötig.“

Er machte den Koffer wieder zu. „Bitte schön.“ Er hielt ihr den Koffer hin, und sie nahm ihn an sich.

Mascaranti schaute zu. Duca ging zur Tür, als wolle er sie öffnen, drehte aber stattdessen den Schlüssel dreimal im Schloss herum, um jeden Gedanken an Flucht im Keim zu ersticken, und sagte zu Mascaranti: „Zeigen Sie ihr den Ausweis“, den Polizeiausweis, der ihn als Schurkenfänger auswies.

Mascaranti zog seinen Dienstausweis aus der Tasche und hielt ihn der Löwin hin, die in der einen Hand ihr weißglänzendes Handtäschchen hielt und in der anderen den Koffer, der so schwer war, dass die Adern auf ihrem Handrücken bereits anschwollen. Sie schaute sich den Ausweis genau an, fast schon mit Kennerblick, und sah einmal sogar kurz zu Mascaranti auf, um das Foto mit der Person zu vergleichen, die vor ihr stand. Dann setzte sie den Koffer sanft ab, wobei sich ihr Gesicht unter der dicken Schicht Schminke allerdings vor Wut verzerrte – Löwinnen werden nämlich außerordentlich leicht wütend –, spuckte Mascaranti ins Gesicht und zischte: „Scheißbullen, immer hat man euch zwischen den Beinen, genau wie eure ...“, und eine Geste deutete unmissverständlich die männlichen Geschlechtsteile an.

„Mascaranti, nein!“ Duca fing Mascarantis rechten Arm, der wie eine Keule durch die Luft sauste, knapp eine Hundertstelsekunde, bevor er der Löwin eine schallende Ohrfeige verpassen konnte, ab. „Und Sie geben mir jetzt Ihre Handtasche. Ich möchte mir mal Ihre Papiere ansehen, denn ich rede nicht gern mit Unbekannten.“

Die Löwin spuckte nun auch nach ihm, denn ein jeder benutzt seinen Mitmenschen gegenüber die Kommunikationsmittel, die ihm zur Verfügung stehen, und ihr bevorzugtes Kommunikationsmittel schienen eben die Speicheldrüsen zu sein. Duca entging der Kommunikation um einen Hundertstelmillimeter. Mascaranti konnte er jedoch nicht ein zweites Mal daran hindern, dem Mädchen eine schallende Ohrfeige zu verpassen.

Es war eine böse Ohrfeige. Sie schrie nicht, aber aus ihrem Mund troff Blut, und sie wankte gegen die Wand, wo sie zusammengesackt wäre, wenn Duca sie nicht aufgefangen hätte.

„Ich hatte doch gesagt, Sie sollten das lassen!“, brüllte Duca wütend.

„Tut mir leid, aber ich lasse mir nicht ins Gesicht spucken, und ich mag es auch nicht, wenn man meine Freunde anspuckt!“, brüllte Mascaranti zurück.

„Gut, hören wir auf zu brüllen“, sagte Duca beherrscht, „aber solange ich hier bin, verbiete ich Ihnen, Gewalt anzuwenden.“ Er senkte seine Stimme noch ein wenig: „Denn das ist mein Privileg.“ Er stützte die Frau, die immer noch etwas benommen war, ihr Mund war eine blutige Blume. Er brachte sie in die Küche und stellte sie vor das Spülbecken. „Machen Sie sich sauber.“ Er gab ihr eine Serviette, fand eine Flasche mit einem Rest Whisky und goss ein wenig in ein Glas: „Spülen Sie.“

Sie spülte sich den Mund aus und schluckte den Rest hinunter. Dann nahm sie einen kleinen Spiegel aus der Handtasche und betrachtete ihre Zähne, die dem Schlag ziemlich gut standgehalten hatten, nur ein Eckzahn war abgebrochen.

„Scheißbullen", schimpfte sie, während sie den Zahn betrachtete.

„Setzen Sie sich, und nehmen Sie noch einen Schluck, Sie können die Flasche ruhig austrinken", ermunterte Duca sie.

Sie setzte sich, wobei sie leicht schwankte, denn sie stand noch unter Schock. Ihre linke Wange war schon sichtbar angeschwollen. Er goss den restlichen Whisky in das Glas, füllte es beinahe bis zum Rand, bis die Flasche ganz leer war. Sie nahm das Glas und trank, als handle es sich um Eistee.

„Sie bluten immer noch", sagte Duca. „Wischen Sie sich noch einmal ab, ich hole inzwischen etwas Eis."

„Scheißbullen", wiederholte sie und stand auf, um sich zu säubern.

Er ging mit dem Eisbehälter zum Ausguss, drückte drei oder vier Eiswürfel heraus und zerkleinerte sie mit einer Gabel. Dann häufte er die Stücke auf einen Löffel und sagte: „Behalten Sie das jetzt eine Weile im Mund."

Nachdem er ihr das Eis in den Mund geschoben hatte, als füttere er ein kleines Mädchen, setzte er sich auf einen Stuhl vor sie hin. Sie musterte ihn und versuchte, ihm mit Blicken zu verstehen zu geben – und besonders schwer war das nicht –, dass sie eigentlich nur einen Gedanken hatte: ihm ins Gesicht zu spucken, notfalls auch das ganze Eis. „Tut mir leid, aber Sie hätten uns nicht provozieren sollen", bemerkte Duca.

Hin und wieder flackerte in ihrem hasserfüllten Blick eine gewisse Unschlüssigkeit auf: Sie schien es nicht gewohnt zu sein, so zuvorkommend behandelt und gesiezt zu werden; es verblüffte sie. Sie stand auf, spuckte das geschmolzene Eis in die Spüle und setzte sich wieder. Ein Sonnenstrahl streifte ihre Haare und verlieh ihnen einen bläulichen Schimmer. Sie nahm einen großen Schluck Whisky, wischte sich die Lippen mit dem Taschentuch ab, prüfte, ob auch kein Blut mehr aus dem Mund kam, und wiederholte dann: „Scheißbullen."

Hier stellte sich nun ein Problem, das Duca früher zwar schon mehrmals, aber immer nur sehr flüchtig bedacht hatte: Wie brachte man eine Frau zur Vernunft? Was musste man tun, damit sie sich kooperativ verhielt? Die Anwendung von Gewalt fand Duca bei Männern absolut sinnvoll und angemessen. Wenn man einen Mann fragt: Bitte, wissen Sie zufällig, wer diesen Alten hier umgebracht hat?, und er antwortet: Ich weiß von nichts, können ein paar Ohrfeigen oder Tritte dem Mann das Gedächtnis erstaunlich rasch auffrischen, sodass er sich vielleicht sogar entschließt zu sagen: Ich habe ihn umgebracht.

Aus irgendwelchen unerklärlichen, völlig irrationalen Gründen fühlte Duca sich hingegen unfähig, Frauen gegenüber Gewalt anzuwenden. Es musste eine überkommene Form von Ritterlichkeit sein, die mit der Wirklichkeit nicht mehr viel gemein hatte, denn eine Frau, die in der Lage ist zu töten – und die, die er vor sich hatte, war das zweifellos, wenn sie eine Schusswaffe gehabt hätte, hätte sie bestimmt keinen Augenblick gezögert, ihn oder Mascaranti umzulegen oder auch alle beide –, ist auch in der Lage, die Reaktion desjenigen auszuhalten, den sie zu töten bereit ist, und auch alle Vergeltungsmaßnahmen, die sich aus ihrer Bereitschaft ergeben. Aber trotz dieser Einsicht konnte er sich nicht entschließen, Frauen gegenüber Gewalt anzuwenden. Hätte er es getan, hätte er binnen drei Minuten alles in Erfahrung gebracht, was er wissen wollte, alles, was sie wusste. Aber es ging einfach nicht.

„So, jetzt hören Sie mir mal zu", begann er.

Sie erwiderte: „Scheißbullen."

Diese hier, dachte Duca und ließ seinen Blick durch das Küchenfenster auf den trostlosen Hinterhof wandern, diese hier gehörte zu der Sorte Mensch, die nur mit Gewalt zu beugen ist, und da er keine Gewalt anwenden wollte, hieß das, dass sie sich nicht beugen würde.

„Na gut", sagte er deshalb entschlossen. „Mascaranti!"

Da stand er, an den Küchenschrank gelehnt, und derselbe Sonnenstrahl, der auch den Kopf der Löwin streifte, fiel auf seine dunkelbraune Krawatte. „Ja?"

„Rufen Sie bitte zu Hause an und sagen Sie, sie sollen kommen und das Fräulein hier abholen. Und sagen Sie ihnen auch gleich, dass sie spuckt und rebelliert." Zu Hause! Er meinte natürlich das Kommissariat.

„In Ordnung."

Mascaranti ging in den Flur, telefonieren.

„Scheißbullen", sagte sie ein weiteres Mal.

„Schade", meinte Duca, „Sie haben Ihre Freiheit verspielt. Hätten Sie mir zugehört, hätte ich Sie in einer halben Stunde laufen lassen, denn eine Null wie Sie zu verhaften interessiert uns wirklich nicht. Nur zwei Dinge wollte ich von Ihnen wissen: wo der Typ ist, der Sie zu mir geschickt hat, damit Sie den Koffer holen, und wo sich Ulrico Brambilla aufhält. Es hätte mir gereicht, diese beiden Dinge von Ihnen zu erfahren, dann hätte ich Sie freigelassen, denn im Gefängnis haben wir keinen Platz für Krümel wie Sie."

Sie wiederholte ihr Lieblingswort und zündete sich mit einem protzigen goldenen Dunhill-Feuerzeug dreist eine Zigarette an.

„Auch gut", sagte Duca. „In einer Viertelstunde sitzen Sie in einer Zelle, und ich kann Ihnen versichern, dass Sie da mindestens vier, fünf Jahre hocken werden, denn das Mindeste, was wir Ihnen nachweisen können, ist kriminelle Vereinigung und Waffenhandel, und wer weiß, was wir sonst noch alles finden. Auch wenn Sie nicht die Chefin der Bande sind, kommen Sie vor 71 oder 72 garantiert nicht wieder raus."

Mascaranti kam in die Küche zurück. „Alles klar, sie kommen gleich."

Sie starrte die beiden Männer an, trank, zog an ihrer Zigarette und wiederholte ihr Lieblingswort.

Mascaranti sagte: „Doktor Lamberti, ich glaube, ich kann mich nicht mehr lange zurückhalten."

„Dann gehen Sie auf die Straße und warten dort auf den Streifenwagen", riet Duca ihm leise, „und dann kommen Sie mit den Beamten rauf und bringen das Mädchen weg."

„Gut", willigte Mascaranti ein. Als er hinausging, rief das Mädchen ihm das berüchtigte Wort hinterher, aber er ging stoisch weiter, ohne sich umzudrehen.

Duca stand auf, holte sich ein Glas, ging zum Wasserhahn und füllte es. Es war zwar kein frisches Quellwasser, aber die ständige Mühe, sich zu beherrschen, macht durstig. „Es ist dumm von Ihnen, sich für einen Schwachkopf wie Ihren Freund zu opfern. Und wissen Sie, warum er ein Schwachkopf ist? Weil er Sie in dieser Aufmachung herumlaufen lässt, als seien Sie eine Gangsterbraut oder einer der Kessler-Zwillinge in einem Ganovenballett. Das ist hier doch nicht die Show vom Samstagabend!"

„Scheißbulle", sagte sie, trank den Whisky und zündete sich noch eine Zigarette an. Hin und wieder befühlte sie ihre geschwollene Wange.

„Also, hier geht es um Waffenschmuggel", fuhr Duca fort, „Landesverrat, Beihilfe zu terroristischen Anschlägen und schließlich um eine ganze Reihe von Morden: Turiddu Sompani komplimentiert ein Pärchen in den Lambro, Michela Vasorelli und Gianpietro Ghislesi, wenn ich mich nicht irre; dann befördert jemand Turiddu Sompani in den Naviglio Pavese, wer weiß, vielleicht war es ja Silvano Solvere; und dann wirft wieder jemand anderes Silvano Solvere in den Naviglio Grande, vielleicht Ihr werter Freund. Und wenn wir euch so weitermachen lassen, dann ist in ein paar Tagen Ihr Freund dran. Wie Sie sehen, bin ich einigermaßen informiert."

Merkwürdigerweise antwortete sie diesmal nicht, sondern trank nur ihren Whisky aus.

„Und da schickt Ihr Freund Sie hierher, und zwar in einem weißen Opel, sodass Sie zehn Meilen gegen den Wind als Gangsterbraut zu erkennen sind. Überhaupt ist es merkwürdig, dass die Polizei Sie nicht schon längst verhaftet hat. Es reicht doch, Sie am Steuer Ihres Autos sitzen zu sehen, um zu merken, was für eine Nummer Sie sind. Als wir Sie vom Fenster aus beobachtet haben, haben wir jedenfalls gleich gedacht: Das muss die Sekretärin der Gewerkschaft Mord und Totschlag sein."

Sie wiederholte ihr Lieblingswort auch jetzt nicht, sondern schaute ihn nur hasserfüllt an und schwieg. Dann griff sie mechanisch nach ihrem Glas, das aber leer war, und so fragte sie: „Ist noch was da?"

„Ich lasse gleich eine Flasche kommen. Was trinken Sie denn am liebsten?"

In ihrem Blick lag Hass, aber auch Unsicherheit, denn sie ließ sich nicht gern verschaukeln. Wie sie ihn so betrachtete, hatte sie jedoch den Eindruck, er meine es ernst. „Am liebsten wäre mir Sambuca."

Die Gegensprechanlage befand sich bei ihnen in der Küche, und so bat er den Pförtner, Mascaranti loszuschicken, um eine Flasche Sambuca und fünfzig Gramm Kaffeebohnen zu besorgen. „Sagen Sie ihm ganz deutlich: Kaffee in Bohnen", denn zu dem Sambuca würde das Fräulein hier vielleicht gern etwas zu knabbern haben. Auch er zündete sich jetzt eine Zigarette an und fuhr dann fort: „Es war wirklich eine ausgemachte Dummheit, Sie hierherzuschicken, um den Koffer mit dem Maschinengewehr abzuholen, als handle es sich um eine Schachtel Kekse. So was ist doch wirklich keine Frauensache! Zu Ihrem Pech sind wir auch noch von der Polizei, und Sie sind in die Falle gegangen. Aber selbst wenn ich einer von euch gewesen wäre und kein Scheißbulle – meinen Sie wirklich, ich hätte Ihnen den Koffer einfach so überlassen, nur weil Sie zufällig die Erste sind, die hier vorbeikommt, nach dem Koffer fragt und sagt, sie sei eine Freundin von Silvano? Nein, um so einen heißen Koffer abzuholen, muss man sich zu zweit präsentieren, und zwar bewaffnet. Da kann man doch keine Dame schicken!"

Sie antwortete: „Er konnte gerade nicht."

„Dann muss er eben warten, bis er wieder kann, sonst ist er ein Dummkopf."

Zum ersten Mal senkte sie die Augen.

„Außerdem ist es dumm, sich gegenseitig umzubringen. Turiddu Sompani war ein besonderer Mann, jedenfalls für euch, und Silvano Solvere auch. Warum habt ihr sie umgebracht? Und wer bringt euch jetzt um? Es ist wirklich nicht meine Art, Ratschläge zu erteilen, aber solange Sie mit diesen Dummköpfen gemeinsame Sache machen, wird es Ihnen schlecht ergehen, so wie jetzt: Wegen eines Schwachkopfs sind Sie der Polizei in die Hände gefallen mit der sicheren Aussicht auf mehrere Jahre Gefängnis. Und im Gefängnis ergeht es einem schlecht, das kann ich Ihnen versichern. Aber ich biete Ihnen eine Alternative an: Ihr Pass ist in Ordnung, und hier habe ich, Moment" – aus der Hose zog er seine Brieftasche mit den Zehntausendlirescheinen, die Silvano Solvere ihm für seinen delikaten Eingriff gegeben hatte –, „zwanzig, einundzwanzig, zweiundzwanzig, dreiundzwanzig, vierundzwanzig, fünfundzwanzig, hier, zweihundertfünfzigtausend Lire." Den Rest hatte er ausgegeben. „Das ist alles, was ich besitze. Hätte ich mehr gehabt, hätte ich Ihnen auch mehr gegeben. Wenn Sie mir auf ein paar Fragen antworten und mich zu Ihrem Freund bringen, verspreche ich Ihnen, Sie freizulassen. Dann können Sie über die Grenze gehen, nach Frankreich. Vielleicht waren Sie ja sogar schon mal dort und kennen da jemanden. Ich verspreche es Ihnen in aller Form." Er blickte auf das Geld: Was des Teufels ist, kehrt früher oder später zum Teufel zurück.

Mit von der geschwollenen Wange jämmerlich verzogenem Gesicht lächelte sie schief und sagte: „Ich bin doch nicht von vorgestern." Ordinär wie immer.

„Und ich bin auch nicht von vorgestern. Ich denke doch nicht, ich könnte jemandem wie Ihnen mit einem so billigen Trick eine Falle stellen!" Jetzt begann auch Duca zu kochen, denn schließlich waren auch seine Nerven nur begrenzt belastbar, nicht nur die von Mascaranti. Und so knallte er die fünfundzwanzig Zehntausendlirescheine auf den Tisch und erhob die Stimme: „Wenn ich Ihnen diesen Vorschlag gemacht habe, dann heißt das, dass es keine Falle ist! Warum seid ihr nicht ein bisschen schlauer, bloß ein kleines bisschen? Die Gefängnisse sind ständig überfüllt wie Viareggio in der Hochsaison, nur weil ihr einfach zu blöd seid! Ich sage Ihnen, ich lasse Sie frei, gebe Ihnen zweihundertfünfzigtausend Lire, und

Sie können sich mit Ihrem weißen Opel aus dem Staub machen, weil uns ein paar kleine Nutten wie Sie nicht interessieren. Aber Sie glauben mir nicht, Sie glauben, es sei eine Falle. Wenn ich Sie wirklich in eine Falle locken wollte, würde ich das ja wohl etwas intelligenter anstellen, oder?"

Sie spuckte auf die Zehntausendlirescheine, verzog aber gleichzeitig das Gesicht vor Schmerz, denn bei dem geschwollenen Mund musste das Spucken ziemlich wehtun.

„Auch gut", sagte Duca, stand auf, um Mascaranti die Tür zu öffnen, und kam dann mit der Flasche Sambuca und den Kaffeebohnen zurück. Er goss ihr den Sambuca in ein sauberes Glas und ließ ein paar Kaffeebohnen hineinfallen. Sich selbst versorgte er noch einmal mit Leitungswasser. „Eigentlich brauche ich Sie gar nicht, denn wenn Ihr Freund merkt, dass Sie nicht nach Hause kommen, wird er sich fragen: Wo wohl mein Schätzchen abgeblieben ist? Und mein weißer Opel? Und dann wird er hierherkommen, um nach Ihnen zu suchen. Eigentlich brauche ich nur abzuwarten, mit dem Koffer da im Flur, denn er wird garantiert kommen – wegen des Koffers, wegen des Opels und dann auch wegen Ihnen. Den Opel lasse ich schön sichtbar unten vor der Tür stehen und stelle einen Kollegen daneben, und sobald er kommt, schnappen wir ihn uns. Derweil können Sie ruhig in die Via Fatebenefratelli gehen, wenn Sie es wünschen, jeder hat schließlich das Recht zu wohnen, wo er will." Dieses Geduldsspiel begann ihn zu ermüden. Flösse in seinen Adern nicht das Blut dieser Ahnen, die an Ritterlichkeit offenbar nicht zu übertreffen gewesen waren und Turnier um Turnier gesiegt haben mussten, hätte er sie zum Reden gebracht, und zwar sofort.

„Der ist doch nicht so blöd, hierherzukommen", bemerkte sie verächtlich.

„Doch, natürlich wird er kommen!", brüllte Duca wütend, „denn er muss doch wissen, was aus seinem hübschen, schwarzhaarigen Mädchen geworden ist, und zwar nicht, weil sie ihm besonders wichtig wäre, sondern weil er weiß, dass sie auspacken wird, falls die Polizei sie geschnappt hat; denn Sie werden auspacken, und zwar ohne dass wir Ihnen auch nur ein einziges Haar krümmen. Wir werden Sie zum Reden bringen, es ist nur eine Frage der Zeit. Vielleicht brauchen wir eine Woche dazu, vielleicht auch zwei oder drei, aber am Ende werden Sie uns alles erzählen, und deshalb wird er kommen, weil er herausfinden muss, was aus Ihnen geworden ist. Er wird vorsichtig sein, aber er wird auftauchen, und dann schnappen wir ihn uns und werden auch ihn zum Reden bringen."

Obwohl sie dumm und ordinär war, konnte sie diesen Gedankengang offenbar nachvollziehen. „Ich soll Ihnen also abnehmen, dass Sie mich laufen lassen, wenn ich rede? Und dass ich das Geld bekomme?" Sie nahm eine Kaffeebohne, schob sie in die nicht geschwollene Backe und kaute mühsam. Dann nahm sie einen ordentlichen Schluck Sambuca.

„Sie brauchen mir ja nicht zu glauben", sagte er leise, obwohl er furchtbar aufgebracht war. Dann erhob er sich, denn es hatte geklingelt. Vor der Tür stand Mascaranti mit zwei Polizeibeamten.

„Sie haben den Wickel mitgebracht", sagte Mascaranti. Tatsächlich hatte einer der beiden Polizisten eine große, weißliche Rolle aus fester Baumwolle unter dem Arm, wie die Wickeltücher von früher, nur viel länger. Die Beamten hatten gehört, sie sollten eine gefährliche Person abholen, und eine gefährliche Person, die wie ein Kind in dieses Tuch gewickelt wurde, war nicht mehr gefährlich. Sie konnte gar nichts mehr tun, nicht einmal mehr spucken, denn auch der Mund wurde geknebelt, und zwar als Allererstes, nur die Nasenlöcher blieben frei.

Sie hatte eine Zigarette im Mund, als Duca, dicht gefolgt von Mascaranti und den beiden Polizeibeamten, die Küche betrat. Eine Art Rauchpilz stieg von ihren Lippen auf, schwebte an ihrem Gesicht empor und breitete sich, von den Sonnenstrahlen sichtbar gemacht, über ihrem Kopf aus. Sie musterte erst Duca, dann Mascaranti und die beiden Polizeibeamten, und dann nahm sie, die Zigarette immer noch zwischen den Lippen, den Stapel Zehntausendlirescheine, auf den sie vorher gespuckt hatte, stopfte ihn in ihre Handtasche und sagte zu Duca: „Schick diese Scheißbullen weg."

Duca musste aufspringen, um Mascaranti festzuhalten, der sich auf sie stürzen wollte. Mascaranti stieß zwischen den Zähnen hervor: „Und wenn ich meine Stelle verliere! Ich muss ihr einfach auch noch eine links verpassen."

„Bitte", begann Duca, wobei er ihn festhielt, und mit dem Blick nagelte er auch die beiden anderen aufgebrachten Polizeibeamten fest, „sagen Sie Ihren Kollegen, sie können wieder nach Hause fahren. Und Sie bleiben unten und bewachen den Hauseingang und vor allem den Opel."

Mit geradezu heldenhafter Disziplin brummte Mascaranti: „Ja", und an die Beamten gewandt: „Kommt!" Und so verließen sie die Küche samt Wickel und mit einer brodelnden Wut im Bauch, denn es ist hart, sich bestimmte Dinge anhören und so elende Nutten wie diese ertragen zu müssen, nur um am Monatsende ein paar lumpige Tausendlirescheine in der Tasche zu haben.

Sie wartete, bis die Wohnungstür ins Schloss gefallen war, dann sagte sie: „Lassen Sie mich wirklich gehen, wenn ich auspacke?" Sie goss sich noch einen Sambuca ein und steckte sich auch noch eine Kaffeebohne in den Mund, die sie mühsam zu kauen begann.

„Ja."

Mit der Kaffeebohne im Mund brummte die Löwin: „Na, dann schießen Sie mal los."

Sie verrieten tatsächlich alle um sich herum, sie machten vor nichts und niemandem Halt: Sie waren imstande, ihre eigene Mutter noch auf dem Totenbett zu verraten und ihre Tochter in den Wehen, sie verschacherten ihren Mann oder ihre Frau, ihren Freund oder ihre Geliebte, ihre Schwester und ihren Bruder. Für tausend Lire waren sie bereit zu morden; um zu verraten, reichte schon ein Eis. Es war nicht einmal nötig, sie zu schlagen, nein, es genügte, im Bodensatz ihrer trüben Persönlichkeit zu rühren, und was herauskam, war Niedertracht, Schurkerei, Verrat.

Er erhob sich, um die Gläser, den Sambuca und die Kaffeebohnen wegzuräumen. „Sie brauchen mich nur zu Ihrem werten Freund zu bringen." Er nahm sie freundlich am Arm, und so stand auch sie auf. „Besonders viel können Sie mir sowieso nicht erzählen – Ihr Freund weiß viel mehr, und die Freunde Ihrer Freunde noch mehr. Also – wo ist er?"

Der Viertelliter Alkohol, den sie getrunken hatte – mindestens, und dabei war es gerade erst halb elf Uhr morgens –, zeigte noch keinerlei Wirkung. Sie schien einiges gewohnt zu sein, denn sie wankte nicht und hatte auch keine Mühe mit dem Sprechen. Sie antwortete: „In Ca' Tarino, in Ulricos Fleischerei."

8

Er war wirklich in Ca' Tarino, eingeschlossen in Ulricos Fleischerei. Ca' Tarino gehört zu Romano Banco, welches ein Ortsteil von Buccinasco ist, das zum Kreis Corsico gehört, was wiederum in der Nähe von Mailand liegt oder praktisch sogar zu Mailand gehört. Ursprünglich war Ca' Tarino ein Grüppchen von vier Bauernhöfen gewesen, die etwas südlich von Corsico zwischen Pontirolo und Assago ein kleines Quadrat bildeten. Nach dem Krieg wurden die Höfe nicht mehr richtig bewirtschaftet, waren aber immer noch von Feldern umgeben, die meist jedoch brachlagen und eigentlich nur noch widerwillig beackert wurden, bevor man sie hoffentlich als Bauland verkaufen konnte. Dazwischen gab es ein paar schlammige Wege, die die Höfe miteinander verbanden, und eine asphaltierte Straße, die nach Romano Banco führte. An den vier Ecken des Quadrats, das von den Höfen gebildet wurde, befanden sich jetzt ein paar kleine Läden, der Weinladen, der lange Osteria genannt worden war und heute die Jukebox beherbergte, eine Drogerie, die gleichzeitig als Lebensmittelladen und Bäckerei fungierte und fast ein kleiner Supermarkt war, und die Fleischerei von Ulrico.

Dort befand sich jetzt der Mann. Er war groß und kräftig, sogar sehr groß und sehr kräftig, mit einem schönen, wilden Gesicht, das zwar tatsächlich sehr schön und sehr wild war, aber eigentlich nicht an die Gattung Mensch erinnerte, sondern eher die Chance gehabt hätte, einen Schönheitswettbewerb für Bisons zu gewinnen. Er war vollkommen glatt rasiert, doch der Rasierapparat hatte einen klar umrissenen, dunklen, fast lilafarbenen Grund hinterlassen, eine Art Maske, die von den langen Koteletten ausging und Wangen und Kinn bedeckte.

Er war sehr sorgfältig gekleidet und saß auf der großen Marmorplatte neben der Kasse. Die graue Hose war mit Aufschlägen versehen und die Schuhe, die nicht weit von Größe fünfzig entfernt sein konnten, sahen aus wie ein englisches Modell, vielleicht waren sie sogar wirklich englisch, rötlich und mit einem aufwendigen, durchbrochenen Muster. Das hellblaue, sommerliche Jackett musste aus gutem, diesmal sicherlich englischem Tuch sein. Das Hemd – und das war das Einzige, was im Ton nicht recht passte – war aus Seide, aus der weichsten und schwersten Seide, die es im Handel gab, und es war von einem satten Gelb, das gegen das Hellblau viel zu grell abstach.

Der Bison rauchte eine Zigarette, und obwohl es sich um eine King Size handelte, sah sie in seiner Hand eher wie eine Baby Size aus, wie eine Art Minizigarette für Zwerge. Er musste ein starker Raucher sein, denn der Laden war mit Kippen übersät, die er allerdings nicht einfach fallen lassen, sondern offenbar durch die Gegend geschnipst hatte, sodass mehrere auch auf der Verkaufstheke gelandet waren, wo verschiedene Gerätschaften durcheinander lagen: der Metallschlägel zum Klopfen der Rumpsteaks und der Holzschlägel mit dem großen Griff, zwei oder drei Messer in verschiedenen Größen, ein Haken, der von der Stange abgenommen worden war, an der normalerweise große Fleischstücke hingen, und das kleine Handbeil, mit dem die Knochen der Florentiner Steaks durchgehauen werden. Zahlreiche Kippen befanden sich auch auf der Arbeitsplatte, gleich neben der Verkaufstheke, wo die riesigen Rinderviertel in verkaufsgerechte Portionen zerteilt werden: Sie lagen auf dem Holzbrett und dem langen Marmortisch, zwischen ein paar Beilen, den Metalldornen, mit denen die großen Fleischstücke an der Arbeitsfläche festgenagelt werden, der elektrischen Knochensäge und dem Fleischwolf.

Auch wenn es ein wunderschöner Vormittag im Mai war, brannten in der Fleischerei alle Lichter, denn der Rollladen an der vorderen Tür war herabgelassen, und auch der Hinterausgang war verschlossen. In Fleischereien ist das Licht immer besonders grell, damit das rote, saftige Fleisch besser zur Geltung kommt, und so waren auch hier sechs Lampen angeschaltet und erleuchteten den Raum gnadenlos wie einen hochmodernen OP.

Der Riese sah auf seine Armbanduhr, eine goldene Vacheron, die fast so breit war wie ein Wecker, dafür aber umso flacher. Die Zeiger standen auf zehn Uhr siebenunddreißig. Nachdem er das festgestellt hatte, fuhr er sich mit einer Hand durch die Haare, eine schwarze, mindestens vier Zentimeter hohe Kappe, die Krönung seiner Schönheit, und schien nachzudenken, auch wenn dieses Wort schwerlich zu den kleinen Augen passte, die im Norden von einem buschigen Augenbrauenbogen und im Süden von einem breiten, bergigen Jochbein begrenzt wurden. Irgendetwas aber musste in ihm vorgegangen sein, als er auf die Uhr geschaut hatte, denn jetzt sprang er von der Marmortheke herunter, wobei die inzwischen mehr als halb abgebrannte Zigarette zwischen Daumen und Zeigefinger fast verschwand, und blickte durch das Glasfenster in die Kühlkammer.

Dort sah er, wie erwartet, das in der Kälte erstarrte Rinderviertel, das einzige Stück Fleisch, das dort noch hing, seit Ulrico Brambilla die Fleischerei als Ausdruck seiner Trauer – oder etwa aus einem anderen Grund? – geschlossen und dem Gehilfen Urlaub gegeben hatte. Und dann sah er, ebenfalls wie erwartet, die nackten Füße von Ulrico Brambilla und schließlich auch den ganzen Rest seines auf dem Boden ausgestreckten, nackten Körpers bis hin zum Gesicht oder zu dem, was einmal das Gesicht gewesen sein musste und was man nun dafür hielt, einfach weil es oben auf dem Hals saß, was die Fäuste des Bisons aber, wie es schien, bis in seine geometrische Grundstruktur hinein verändert hatten: Die bluttriefenden Ohren hingen an den Schläfen, die Nase war eine einzige Schwellung, und der Mund ähnelte irgendwie dem überzeichneten Mund eines Clowns, der von einem Ohr zum anderen reicht. Ein Arm von Ulrico Brambilla lag irgendwie verkehrt herum auf dem Boden, was daher kam, dass er gebrochen war. Eine Stunde vorher war er ihm gebrochen worden, ein einfacher Druck der Hände des

Bisons hatte genügt; denn im Grunde ist nicht besonders viel Kraft vonnöten, um einen Arm zu brechen, selbst wenn er kräftig und robust ist wie der von Ulrico Brambilla, vorausgesetzt, man weiß, wo man die Kraft ansetzen muss – und er wusste es.

Ulrico Brambilla atmete und zitterte, was dem Bison ein gewisses Vergnügen bereitete, denn sein violettes, glatt rasiertes Gesicht entspannte sich ein wenig bei diesem erfreulichen Anblick. Doch dann schaute er nicht länger durch das Glas, sondern ging zum Ende der langen Arbeitsplatte, wo ein paar kleine Haken angebracht waren, an denen einer dieser weißen Kittel hing, wie ihn die Fleischer bei der Arbeit tragen, und eine ehemals weiße, jetzt aber vollkommen besudelte Schürze. Er zog den Kittel an, band sich die Schürze um, die ihm bis zu den Knöcheln reichte, hängte sein hellblaues Jackett sorgfältig an die Türklinke der Eingangstür aus Glas, durch die der herabgelassene Rollladen zu sehen war, und ging dann zurück, um noch einmal von vorn zu beginnen. Mit einem Ruck öffnete er die Tür der Kühlkammer.

Ulrico Brarnbilla blickte zu ihm auf. Besonders gut sehen konnte er ihn nicht bei all dem Blut, das in seinen Augen klebte, aber er sah ihn doch und wurde bei diesem Anblick sofort ohnmächtig. Früher war er *il Torello* gewesen, die Rote Primel, auch er war stark. Er hatte die Rinder mit einem einzigen Schlag seines Messerknaufs getötet, im Krieg, als man heimlich schlachten musste. Aber was jetzt dort vor ihm stand, war kein Mann, sondern eher eine Straßenwalze, und allein sein Anblick wirkte wie ein Keulenschlag.

Der Bison packte Ulrico Brambilla an einem Knöchel und schleifte ihn aus der Kühlkammer. Er zog ihn über den weiß gefliesten Boden, der eigentlich den Eindruck peinlicher Sauberkeit vermitteln sollte, jetzt aber ganz dunkel war von Blutflecken, von all dem Blut des Fleischereibesitzers. Jetzt griff er nach dem Schemel, der hinter der Kasse stand, rückte ihn neben sein steifes, zitterndes Opfer, setzte sich darauf und sagte: „Also? Hast du es dir anders überlegt? Willst du mir die Wahrheit sagen?“ Wer zu einem

Ohnmächtigen spricht, kann sich natürlich nicht viel Hoffnung auf eine Antwort machen, aber der Bison war argwöhnisch, er glaubte nicht, dass Ulrico wirklich die Besinnung verloren hatte und zudem im Sterben lag, er konnte ja auch vortäuschen, ohnmächtig zu sein oder im Sterben zu liegen, um ihn an der Nase herumzuführen. Er aber ließ sich von nichts und niemandem an der Nase herumführen, und so stieß er ihm die Faust in den Magen. Das Gewicht seiner Faust und die mangelnde Sanftheit des Schlags bewirkten allerdings nur, dass sich ein Schwall Blut aus Ulricos Mund ergoss.

Da begriff er, dass er so nicht weitermachen konnte, denn wenn er ihn umbrachte, bekam er nicht, was er von ihm wollte. Er zündete sich eine Zigarette an. Der Rauch stieg zu den Lampen auf, zu den sechs kleinen Sonnen der Fleischerei. Er rauchte die Zigarette fast bis zur Hälfte. Dann warf er sie weg, wobei er sie mit einem Schnipsen von Daumen und Zeigefinger durch die Luft sausen ließ, wie er es an einer Schule für gute Manieren gelernt haben musste, fasste Ulrico Brambilla unter die Achseln, zog ihn hoch, setzte ihn auf und lehnte ihn mit dem Rücken an die Wand.

Er wartete, doch nichts geschah. „Spiel nicht den toten Mann, mir kannst du nichts vormachen."

Keine Antwort.

„Ich weiß genau, dass du nicht tot bist. Du willst dich ja nur einen Moment erholen und wirst dann irgendwie versuchen, mich zu überlisten. Aber bei mir kommst du damit nicht durch." Er sprach einen starken Dialekt und musste aus der Umgebung von Brescia stammen. „Mach die Augen auf und rede. Ich will endlich wissen, wie du Turiddu umgebracht hast."

Keine Antwort. Der behaarte Körper des Torello blieb vollkommen unbeweglich; es war, wie die Naziärzte nach Experimenten an den Juden festgestellt hatten, die Starre eines durch Hypothermie verursachten Kollapses. Die Temperatur in der Kühlkammer betrug zwar nicht weniger als sieben oder acht Grad unter null, da für die Lagerung von Fleisch normalerweise keine niedrigeren

Temperaturen notwendig sind, und der kräftige Körper von Ulrico Brambilla hatte dieser leichten Tiefkühlung erstaunlich gut standgehalten, aber der Bison hatte nicht einkalkuliert, wie sich das Absacken der Körpertemperatur nach all den Prügeln auswirken würde, und dass es vor allem Ulrico Brambillas Sensibilität stark verändern musste. Die einzige Möglichkeit, den Wärmehaushalt eines unterkühlten Menschen wieder ins Gleichgewicht zu bringen und seine Sensibilität erneut zu wecken, oder zumindest der schnellste und wirksamste Weg – das hatten die Experimente der Naziärzte in den Vernichtungslagern bewiesen –, war die Erwärmung des Körpers und der Sinne durch den Beischlaf: Ein Jude, der vier Stunden lang nackt einer Temperatur von fünfzehn Grad unter null ausgesetzt worden war, konnte, falls er nicht schon tot war, durch die Wärme einer Frau wiederbelebt werden, auch sie natürlich eine Jüdin, um eine unerwünschte Mischung der Rassen zu vermeiden: Er bekam neue Kraft, verspürte Verlangen, nach dem Orgasmus normalisierte sich die Wärmeregulation seines Körpers wieder, und wenn der Betroffene ein starkes Herz hatte, konnte er sogar überleben. Für den Fall, dass ein deutscher Pilot im Krieg in eisiges Wasser fiel und dort einige Stunden ausharren musste, bevor er gerettet werden konnte, hatte die Luftwaffe deshalb die Weisung erhalten, die sogenannte „sinnliche Thermotherapie“ anzuwenden.

Doch von alledem wusste der Bison nichts. Er glaubte, sein Gegenüber täte nur so, als sei er tot, und er wollte ihm schon zeigen, dass er sich nicht an der Nase herumführen ließ. „Jetzt wollen wir doch mal sehen, ob du tot bist“, sagte er. Er fasste ihn noch einmal unter die Achseln, zog ihn hoch und bugsierte ihn fast im Stehen bis zum Ende der Arbeitsplatte, wo die schlanke, geometrisch schöne Maschine stand, mit der die Knochen gesägt wurden.

Die Knochensäge funktioniert nach einem einfachen Prinzip: Sie besteht aus einer gezahnten Stahlkette, die, ähnlich wie bei einem Filmprojektor, um zwei Spulen läuft, wobei ein etwa dreißig oder vierzig Zentimeter langes Stück der Kette frei liegt. Drückt man dort einen Knochen gegen die gezahnte Seite der ziemlich schnell rotierenden Kette, gibt es einen perfekten Schnitt. Der Fleischer benutzt das Gerät etwa zum Ansägen der Knochen bei den großen Florentiner Steaks, die dann mit dem Handbeil endgültig durchgehauen werden, aber auch in allen anderen Fällen, wenn er einen Knochen in zwei oder mehr Teile zu zerlegen hat.

„Jetzt wollen wir doch mal sehen, ob du tot bist." Er steckte den Stecker in die Dose und näherte Ulrico Brambillas rechten Daumen der gezahnten Kette, die bereits eine hohe Umdrehung erreicht hatte. „Wenn du mir nicht sagst, wo die zweihundert Tütchen M6 sind und wie du Turiddu um die Ecke gebracht hast, wird zunächst dein Daumen dran glauben müssen."

Keine Antwort. Ulrico Brambilla hatte die Augen ein wenig geöffnet, sah aber nichts und hörte auch nichts. Er zuckte nur ganz leicht, fast unmerklich zusammen – nur sein Körper, nicht seine Seele –, als der gegen die Kette gedrückte Daumen sauber von seiner Hand abgetrennt wurde.

„Sag mir, wo du das M6 versteckt hast! Du hast Turiddu doch umgebracht, um dir die Tütchen unter den Nagel zu reißen, nicht? Ich will wissen, wo sie sind, sonst muss auch der andere Daumen dran glauben."

Keine Antwort. Durch die Unterkühlung war sein Schmerzempfinden barmherzigerweise vollkommen ausgeschaltet, nur in der Krypta seiner Persönlichkeit glomm noch ein letztes Fünkchen einer Erinnerung, die unter den Trümmern der Zerstörung, deren Opfer er geworden war, hin und wieder unruhig aufflackerte, eine einzige Erinnerung, während er dort hing, schlimmer noch als tot, unter den Achseln gestützt von seinem erbarmungslosen Feind, vor der Kette, die wütend rotierte, nur eine einzige Erinnerung: Giovannas bunt lackierte Fingernägel, Giovannas Hand mit den silbern bemalten Fingernägeln, die seine Brust streichelten, Giovannas Hand, bei der jeder Nagel mit einer anderen Farbe lackiert war. Der Geruch von Nagellack und Azeton in dem Zimmer des kleinen Hotels war immer ein starkes Aphrodisiakum gewesen.

Und dann diese schönen Hände, die vor seinen Augen und auf seinem Körper tanzten, Giovanna war Jungfrau, eine Nutte zwar, aber doch Jungfrau, und so gesellte sich in den letzten Momenten seines Todeskampfes zu diesem Bruchstück seiner Erinnerung ein weiteres Bruchstück, oder eigentlich keine Erinnerung, sondern eine Zukunftsvision, die Vorstellung dessen, was seine Hochzeitsnacht mit Giovanna hätte sein sollen: ihr, nachdem ganz Romano Banco mit Nelken überschwemmt und die monumentale Hochzeitstorte verschlungen worden wäre, die Jungfräulichkeit zu nehmen, sie schreien zu hören – und noch einmal ihre Nägel, jeder in einer anderen Farbe lackiert.

„Du glaubst wohl, du kannst mich zum Narren halten, was? Spielst den toten Mann, was? Gut, dann mach ich dich jetzt wirklich zum toten Mann!"

Er hörte noch immer nichts, öffnete aber die Augen, und seine Pupille zog sich noch ein letztes Mal in kurzem Erkennen zusammen: Er erkannte die gezahnte Kette, die ihm so vertraut war, sah, wie sie sich seiner Stirn, seiner Nase, der blutigen Rosette seines Mundes näherte, um sein Gesicht in zwei genau gleiche Hälften zu teilen. Er schloss die Augen nicht, auch wenn ihn das Entsetzen packte, denn der Funke in seiner Pupille war bereits wieder erloschen.

„Jetzt bist du gleich wirklich tot, das kann ich dir versichern, ich zeig dir mal, wie man das macht."

Die Kette kreischte auf. Obwohl sie ja nur unbelebte Materie ohne Seele war, schien es, als zögere sie, als sträube sie sich, diese Arbeit zu verrichten, doch schließlich verrichtete sie sie, bis zum Ende. „Das soll dir eine Lehre sein!"

9

Duca stand auf. „Wenn Ihr Freund in Ca' Tarino ist, in der Fleischerei von Ulrico, dann bringen Sie mich jetzt bitte dorthin. Wenn sich Ihr Freund tatsächlich dort befindet, dann lasse ich Sie laufen."

„Er ist dort, leider."

„Dann sind Sie frei und können machen, was Sie wollen."

„Mit dem Opel?"

„Natürlich, was sollen wir denn damit? Wir sind nicht scharf auf Autos."

„Na", murmelte sie vor sich hin, stand auch auf und nahm im Stehen noch einen Schluck Sambuca, „ich bin wirklich gespannt, ob ihr Scheißbullen imstande seid, die Wahrheit zu halten." Eigentlich hatte sie wohl sagen wollen, euer Wort zu halten, aber trotz ihrer Primitivität schien sie für den romantischen Begriff Wahrheit mehr übrig zu haben als für sprachliche Genauigkeit.

Er ignorierte ihren Lieblingsausdruck und antwortete: „Ich rate Ihnen dringend, uns nicht reinzulegen. Mein Freund wird uns mit seinem Auto folgen, und bewaffnet ist er auch."

Sie verstand, trank noch einmal von ihrem Sambuca, zuckte mit den Schultern und strich sich mit der Hand über die geschwollene Wange. Aber bei all dem Alkohol, den sie inzwischen im Blut hatte, spürte sie keinen Schmerz mehr. „Egal", sagte sie etwas zweideutig. Sollte das eine Drohung sein? Oder hieß es einfach, dass es nun auch keinen Sinn mehr hatte, sie zu täuschen?

Unten auf der Straße wies Duca sie an, sich ans Steuer des Opel zu setzen. „Sie fahren, ich tue das nämlich nicht besonders gern."

Sie schaute ihn ungläubig an. Sollte das ein Witz sein?

Duca winkte Mascaranti heran. „Die Signorina wird uns jetzt zu einem Freund von sich bringen. Würden Sie uns bitte folgen?"

„Ja, Doktor Lamberti", antwortete er, Weltmeister im Gehorchen.

Sie fuhren los. Nie hatte Mailand einen so poetischen, d'annunzianischen Frühling erlebt wie in diesem Jahr 1966. Der Wind, mild und heftig zugleich, wehte durch die flache, geschäftige Metropole, als sei sie eine grüne, sanft geschwungene Schweizer Hochebene. Und da es kein hohes Wiesengras gab, das er mit seinem Streicheln dazu bringen konnte, sich zu verneigen, umfing, streichelte und hob er die Röcke der Frauen, fuhr lau in die spärlichen Haare der vielbeschäftigten Mailänder und in die üppigen Mähnen der jungen Faulenzer, riss kräftig an den langen Tischdecken der Straßencafés und zwang all die Rossis und Ghezzis und Ghiringhellis und Bernasconis, die normalerweise einen Hut trugen, diesen mit der linken Hand auf ihrem Kopf festzuhalten. Nur die Schmetterlinge fehlten, große weiße oder gelbe Schmetterlinge, aber eigentlich, dachte Duca, passten Schmetterlinge gar nicht nach Mailand, sondern hätten dort fast ein bisschen frivol gewirkt. In die Via Monte Napoleone hätten sie vielleicht noch gepasst, aber selbst da waren sie irgendwie jugendstilartig erschienen, und der Jugendstil war vorbei. „Fahren Sie bitte etwas langsamer", bat er die Frau am Steuer des Opel, die, wenn man ihrem Pass glaubte, Margherita hieß, ein Name, der in krassem Gegensatz zu ihrem Wesen stand. „Ich fahre nicht gern schnell."

Sie gehorchte.

„Wie heißt Ihr Freund denn?", fragte Duca beiläufig, als wolle er nur ein wenig mit ihr plaudern.

„Claudino", antwortete sie.

„Nachname?" Er mochte keine Spitznamen, und außerdem wollte er seinen offiziellen Namen wissen, nicht den Kosenamen, mit dem ihn die Frauen riefen.

„Claudino Valtraga", antwortete sie gehorsam, denn inzwischen war ihr klar, auf welcher Seite sie zu stehen hatte. Dann lächelte sie, während sie geschickt um die Piazza delle Cinque Giornate fuhr, und fügte hinzu: „Alle nennen ihn Claudino, weil er so groß und breit ist. Er fährt immer mit dem Auto, denn wenn er zu Fuß geht, dreht sich jeder nach ihm um. Und so wird er eben Claudino genannt."

Claudio Valtraga, groß und breit, na gut. „Und von wo ist er?"

Sie lächelte erneut und schlängelte sich geschickt durch die Autos, die versuchten, die Piazza delle Cinque Giornate wieder zu verlassen. „Ich weiß nicht mehr genau. Er hat mich zwar mal mitgenommen – es ist ein Ort in der Gegend von Brescia, etwas in den Bergen –, aber wie er hieß, weiß ich nicht mehr. Es war ein winziges Kaff mit nur einer einzigen Osteria. Sein Großvater wohnte dort, der war genauso groß und breit wie er, sein Vater und seine Mutter hingegen waren schon tot. Es war furchtbar kalt an dem Tag."

„Wie alt?"

„Dreiunddreißig", antwortete sie und fügte dann hinzu: „Ich würde gerne an einer Bar halten, ich müsste mich ein bisschen stärken."

Die Löwin schien etwas von ihrem Schneid verloren zu haben. „Von mir aus." Er war einverstanden, denn eilig hatte er es nicht. Es war erst kurz nach elf an diesem strahlenden Maientag, und eigentlich konnte auch er eine kleine Stärkung gebrauchen. „Aber kommen Sie nicht auf dumme Gedanken, sonst ist es sofort aus für Sie."

Im Viale Sabotino fand sie eine Mischung aus Bar und *trani*, eine klassische Osteria für Alkoholiker mit einem vagen Anstrich von Seriosität. Das Eintreten der beiden ungewohnten Gäste, oder hauptsächlich der Auftritt von ihr, so ganz in Schwarz-Weiß und mit den Westernhosen, die an den Schenkeln anlagen wie enge Handschuhe, zogen alle Blicke auf sich. Sogar die beiden stockbesoffenen Individuen, die direkt unter dem Fernseher saßen, schienen aus ihrer Lethargie zu erwachen und fixierten mit wässrigen Augen die dunkle Löwin, ihre Schenkel und ihr ansehnliches, mandolinenförmiges Hinterteil. Auch die junge Frau an der Theke des *trani* musterte sie, vielleicht weniger mit Neid denn mit Nostalgie, als würde sie sich vage danach sehnen, solche schwarzen Hosen zu tragen oder so ein weißes Jäckchen mit dem riesigen Knopf, der wie eine Wasserscheide zwischen den beiden Brüsten lag, oder solche weißen Stiefeletten. Es gab nichts Genießbares außer Anisschnaps – für sie – und Weißwein für ihn – aus einem Fass mit vier Hähnen für vier verschiedene Sorten Wein. Infolge des Anisschnapses und wohl auch der Blicke der Männer, die sie anscheinend deutlich erregender streiften als der Wind und ihr nicht schlecht zu gefallen schienen, kehrte ihr Löwenmut zurück. „Auch wenn ihr mich und Claudino schnappt – in ein paar Monaten sind wir wieder frei, denn wir haben Freunde, die sich darum kümmern werden."

Daran zweifelte er keine Sekunde, aber jetzt wollte er sie erst einmal schnappen, die Freunde dieser Freunde.

„Ich möchte noch einen Anis", bat sie.

„Noch einen Anis", sagte Duca zu der Dame hinter der Theke.

„Zahnschmerzen?", fragte diese.

„Nein, eine Ohrfeige", antwortete Margherita und befühlte ihre geschwollene Wange, „eine Ohrfeige von einem beschissenen Schweinehund."

Ah, jetzt ging das wieder los! „Trinken Sie Ihren Anis aus, und dann gehen wir", forderte Duca sie auf.

Die Frau hinter der Theke war bei dem Schimpfwort zusammengezuckt, denn die einfachen Leute achten sehr auf ihre Sprache und benutzen gern vornehme Wörter, damit man nicht merkt, dass sie aus dem Volk sind. Unangenehm berührt wandte sie sich um und ging zum anderen Ende der Theke, wo die Kaffeemaschine stand.

„Ich will noch einen Anis."

Da begriff er, was sie vorhatte: Sie wollte sich betrinken, bis sie besinnungslos zusammenbrach, dann würde sie ihn nämlich nicht nach Ca' Tarino bringen können. Sie würden jede Menge Zeit verlieren, so ohne Führung und mit einer betrunkenen Frau im Schlepptau. Claudino würde misstrauisch werden, wenn sie nicht kam, und vermutlich fliehen. Er beschloss, ihr zu erklären, wie die Dinge lagen, und sagte leise, aber bestimmt: „Sie trinken jetzt gar nichts mehr, sondern bringen mich postwendend zu Ihrem Freund. Wenn Sie auch nur den geringsten Versuch machen, mich auszutricksen, schlage ich Ihnen das Gesicht zu Brei, das verspreche ich Ihnen. Die Ohrfeige von vorhin wird sich dagegen wie ein sanftes Streicheln ausnehmen. Und wenn Ihr Gesicht erst einmal zu Brei geworden ist", und er würde es tatsächlich zu Brei schlagen, „dann können Ihre mächtigen Freunde Sie zwar gern wieder aus dem Gefängnis holen, Ihr Gesicht aber können sie Ihnen nicht wieder in Ordnung bringen, das versichere ich Ihnen." Es hatte kein bisschen wie eine Drohung geklungen, sondern eher wie die Erläuterung eines Mathematiklehrers, der das Parallelenaxiom erklärt.

Doch da dies die Sprache war, die sie von klein auf kannte, begriff sie sofort; an seinen Augen hatte sie gesehen, dass er nicht einen Moment zögern würde, ihr Gesicht tatsächlich zu Brei zu schlagen. „Gehen wir", sagte sie, und vor Angst hatte sie sogar eine fast freundliche Stimme.

„Und fahren Sie langsam", ermahnte er sie im Auto, denn er traute ihr durchaus zu, dass sie einen Unfall provozierte, einen Passanten anfuhr oder Ähnliches, um ihn nicht zu ihrem Freund bringen zu müssen.

Sie fuhr langsam und vorsichtig. Offensichtlich hatte er sie überschätzt, als er dachte, sie sei fähig, ihren Freund bis zum Letzten zu decken. Dies Gesindel war nicht die Sorte Mensch, die Freunden Rückendeckung gibt.

„Was die mächtigen Beschützer, Ihre und die Ihres werten Freundes, angeht, kann ich Ihnen nur sagen, dass wir die Hälfte bereits in der Binaschina geschnappt haben." Er nannte ihr die Namen von vier Personen, die ihnen in die Falle gegangen waren. „Das Schiff ist leck. Vertrauen Sie Ihren Freunden nicht allzu sehr, sondern kommen Sie lieber zu uns ins Boot."

Die Namen zeigten Wirkung. Die Löwin wurde schlagartig wieder nüchtern, sanft wie ein Lamm und abscheulich unterwürfig: „Natürlich bin ich auf Ihrer Seite. Aber passen Sie auf, denn er ist sehr groß und sehr stark und außerdem bewaffnet. Ich weiß nicht, ob Sie zu zweit gegen ihn ankommen. Er ist auch schon mit dreien gleichzeitig fertiggeworden, und am Ende haben sie alle selig geschlummert."

Umso besser, dachte Duca, umso besser. Er hatte wahrlich nicht die Absicht, es darauf ankommen zu lassen und zu versuchen, ihn mit allen möglichen Mitteln in Schach zu halten. Wenn er sie angreifen würde, wenn er schoss, mussten sie sich verteidigen. Mascaranti besaß eine Pistole, er konnte sich ja schließlich nicht umlegen lassen, ohne sich zu wehren. Die Schlagzeile würde ungefähr so lauten: *Bandit schießt auf Polizei*, und darunter, etwas kleiner: *Unterliegt nach kurzem Schusswechsel den Ordnungshütern*, denn er war ja, wenn auch nur in bescheidenem Ausmaß und eigentlich ein bisschen illegal, ein Hüter der Ordnung.

Jetzt waren sie am Naviglio. Während sie Richtung Corsico fuhren, zogen hin und wieder Szenen und Bilder an ihnen vorüber, die an Stiche des alten Mailand erinnerten und durch den Wind, der sogar das Wasser des Kanals kräuselte, noch unwirklicher erschienen. Einmal entdeckte er sogar zwei Frauen, die am Ufer auf eigens dafür vorgesehenen Steinen ihre Wäsche wuschen. Sie mochten wohl keine Waschmaschinen.

„Wer hat Ihnen eigentlich gesagt, dass der Koffer bei mir ist?", fragte er, schaute sie jedoch nicht an, sondern blickte auf den Naviglio und den Wind und erfreute sich am Frühling, dem es sogar in dieser tristen Vorstadtgegend gelang, sich durchzusetzen und in seiner Schönheit zu zeigen. „Und wieso haben Sie so lange gebraucht, um ihn abzuholen?"

„Claudino wusste nur, dass Silvano den Koffer hatte", sagte sie ängstlich und unterwürfig, „und dass Silvano ihn von Ulrico bekommen hatte. Also sind wir zu Ulrico gefahren, aber der war nicht da. Er war weg, abgehauen, und da ist Claudino klar geworden, dass Ulrico den Koffer behalten haben musste, und wir haben angefangen, nach ihm zu suchen. Wir haben Ulrico gesucht und gesucht, und schließlich hat Claudino gedacht, er könnte sich in einer seiner Fleischereien versteckt haben. Niemand sonst wäre auf die Idee kommen, in einer geschlossenen Fleischerei zu suchen, aber Claudino kennt ihn schließlich und ist gleich als Erstes ausgerechnet nach Ca' Tarino gefahren, hat die Tür mit der Schulter eingedrückt und Ulrico tatsächlich da drin vorgefunden. Claudino hat ihn nach dem Koffer gefragt, und er hat gesagt, dass er ihn Giovanna gegeben hatte, aber was dann mit ihm passiert war, wusste er nicht. Er meinte, dass Giovanna ihn vielleicht in der Parfümerie gelassen hatte, wie zuvor auch schon. Und so hat Claudino mich also dahin geschickt. Die Besitzerin der Parfümerie in der Via Plinio hat mir gesagt, ja, Giovanna habe den Koffer bei ihr gelassen. Dann hatte sie ihn aber wieder abgeholt und ihr erzählt, dass sie zu einem Arzt an der Piazza Leonardo da Vinci gehen wollte, und so bin ich zur Piazza Leonardo da Vinci gefahren."

Diese Idioten, ganz von allein waren sie ihnen in die Falle gegangen. Im Rückspiegel sah er Mascarantis Simca, der ihnen mit geringem Abstand folgte. Dann ließ er seinen Blick wieder auf das vom Wind gekräuselte Wasser des Naviglio wandern. Sie waren nun in Corsico, aber es sah aus, als seien sie in einer verzauberten Lagune, und verglichen mit dieser lichtdurchfluteten Klarheit des Tages widerte ihn die Unterwürfigkeit der falschen Löwin regelrecht an.

„Er wartet jetzt also darauf, dass Sie mit dem Koffer zurückkommen?"

An der blinkenden Ampel vor der Brücke über den Naviglio Grande bog sie links ab in die Hauptstraße von Corsico. „Ja", bestätigte sie, als die Kurve hinter ihr lag.

„Dann hören Sie mir gut zu."

„Ja", erwiderte sie unterwürfig, und dann: „Ich habe Angst."

„Hören Sie mir gut zu, dann brauchen Sie keine Angst zu haben."

„Gut", sagte sie noch unterwürfiger, „aber ich habe trotzdem Angst, denn er schießt, und zwar auf alles und jeden. Mir ist schon klar, was du von mir willst", sie merkte nicht, dass ihre Stimme vor Angst zitterte, „aber sobald er merkt, dass ich ihn verpfiffen habe, schießt er, und zwar als Erstes auf mich. Silvano umzulegen wäre ja auch nicht nötig gewesen, es hätte doch gereicht, ihm die Straße zu versperren, aber er war eben wütend. Ich habe gerufen, nein, nein, nein, aber er hat einfach geschossen. Und weißt du, was er mir gesagt hat? Bei dem Gewitter hört das sowieso keiner."

„Beruhigen Sie sich, und hören Sie mir gut zu. Sie halten jetzt an, und ich setze mich auf die Rückbank und ducke mich hinter die Vordersitze. Klar?"

Ja, ja, nickte sie und wurde so blass vor Angst, dass die ordinäre Löwin mit dem dunklen Teint gar nicht mehr wiederzuerkennen war. Bei den letzten Häusern der Via Dante, an der Kreuzung mit der Via Milano, hielt sie das Auto an.

„So", meinte Duca, „wenn Sie vor der Fleischerei ankommen, bin ich hinten auf der Rückbank versteckt. Sie halten an, steigen aus und lassen sich von ihm die Tür öffnen. Welches Signal haben Sie vereinbart?"

„Gar keins, es reicht, dass er meine Stimme hört."

„Gut. Sie lassen sich also die Tür öffnen – und keine Tricks! Wenn Sie tun, was ich Ihnen sage, sind Sie in zehn Minuten mit diesem Auto auf und davon." Duca stieg aus, lächelte Mascaranti zu, der ihn von dem stehenden Simca aus beobachtete, und stieg wieder ein, diesmal auf die Rückbank. „Fahren Sie langsam, und versuchen Sie nicht, mich auszutricksen!" Langsam rutschte er hinter die Vordersitze. Signor Claudio Valtraga konnte schließlich aus der Fleischerei herausspähen, und wenn er sein Mädchen mit einem anderen Mann ankommen sah, konnte er Verdacht schöpfen, deshalb musste er, der andere Mann, sich verstecken.

Der schöne, weiße Opel kam also zu jener herrlichen, windigen Mittagsstunde in Romano Banco an, durchquerte den Ort und wagte sich dann in diese Mischung aus Landschaft und Metropole hinaus, die so typisch für diese Gegend war. Er fuhr einen Schlenker Richtung Pontirolo, bis der Komplex von vier ehemaligen Bauernhöfen namens Ca' Tarino auftauchte, der in seiner Geometrie wie eine mittelalterliche Burg oder ein altrömisches Planquadrat wirkte. Mit vor Angst grauem Gesicht stoppte sie das Auto an der Ecke des Rechtecks, an der die Fleischerei lag, wie aus der harmlosen Marmorinschrift „Fleischerei – Rind, Schaf Ziege" und darunter klein „Brambilla Ulrico" hervorging. „Reden Sie mit ihm, aber stellen Sie sich dabei nicht direkt vor die Tür, sondern lieber etwas seitlich", wies Duca sie an, „sodass er Sie nicht sehen kann, wenn er die Tür öffnet und etwas heraustreten muss."

„Ja", antwortete sie, grau und unterwürfig, und stieg aus.

Da es Mittag und an der Zeit war, zu Tisch zu gehen oder zu speisen oder sein Mahl einzunehmen, wie auch immer, war Ca' Tarino vollkommen menschenleer. Nur dort, direkt bei der Fleischerei, saßen zwei kleine Mädchen von vier oder fünf Jahren auf einem Haufen Unrat – wie Kinder das gern tun, wenn man sie lässt – und hielten einen großen Truthahn fest, der aber ganz gehorsam war und sich nicht rührte, sondern nur hin und wieder den Hals bewegte, um in dem Müllhaufen herumzupicken. Auf dem Balkon einer der vier Höfe klopfte eine Frau eine große, gelbe Decke aus. Es war das Einzige, was in dieser unwirklichen Stille vor dem Essen zu hören war.

Auf der einen Seite der Fleischerei befand sich der Eingang, an dem der Rollladen heruntergelassen war, auf der anderen eine kleine Hintertür.

Sie ging auf die Hintertür zu und kam dabei an den beiden kleinen Mädchen vorbei, die dort praktisch im Müll saßen – Hygiene ist eine Art Aberglauben – und zwischen den stacheligen Federn des Truthahns, der im Abfall pickte, kaum zu sehen waren. In einem absolut unvorhersehbaren Aufflammen weiblicher Güte, das bei einem so ruppigen Wesen wie ihr fast schon beunruhigend wirkte, flüsterte sie ihnen zu: „Kinder, schnell weg, bloß weg von hier!" Beim Anblick ihres vor Angst verzerrten und von der Ohrfeige angeschwollenen Gesichts gehorchten die beiden Mädchen fast augenblicklich und vergaßen sogar ihren Truthahn, der furchtlos weiter im Müll pickte.

Sie klopfte zweimal an die ziemlich ramponierte Tür und rief „Claudino, ich bin's". Sie musste regelrecht schreien, denn die Frau, die die Decke an dem Balkongeländer ausschlug, schien sich über irgendetwas geärgert zu haben und arbeitete so wütend, dass das Bummbumm des Teppichklopfers in ganz Ca' Tarino widerhallte. „Ich bin's, Claudino, ich hab den Koffer gefunden."

Im selben Augenblick öffnete Duca die Autotür, glitt aus dem Opel und rannte auf die Fleischerei zu, um sich neben die Tür zu stellen. Eine Sekunde später stand Mascaranti neben ihm.

DRITTER TEIL

Er trug sogar einen schönen Pullover, den sie ihm gestrickt hatte, Tag für Tag hatte er ihn unter ihren Händen wachsen sehen. Unten am Bündchen war eine kleine Öse für die beiden Kapseln Zyankali eingearbeitet, damit er sich binnen weniger Sekunden umbringen konnte.

1

Claudio Valtraga sah wieder sehr elegant aus. Er hatte sich den weißen Fleischerkittel und die Schürze ausgezogen und das, was von Ulrico Brambilla übrig geblieben war, in die Kühlkammer gebracht und sich dort an dem großen Waschbecken sorgfältig gewaschen. Leider war etwas Blut – von Ulrico Brambilla – ausgerechnet auf den Kragen seines Hemdes gespritzt, und auf der rechten Manschette befand sich sogar ein etwas größerer Blutfleck, aber bald würde ja „die Kuh" kommen, wie er seine Gefährtin Margherita im Stillen nannte und sie manchmal auch rief, und sie würden zusammen nach Hause fahren, sodass er sich ein frisches Hemd anziehen konnte. Er hatte sich sogar gekämmt, mit dem kleinen Taschenkamm, den er in der Brusttasche trug, und sich hinterher in dem langen Spiegel hinter der Verkaufstheke mit der Aufschrift „Brambilla Ulrico – Fleischerei – nur Ware bester Qualität" bewundert. Anschließend hatte er auf der Marmorplatte bei der Kasse gesessen, gewartet und geraucht.

Er war gerade mit seiner zweiten Zigarette fertig, als er ein Motorengeräusch vernahm. Er hatte gute Ohren und erkannte gleich, dass es sein Opel war, und dann hörte er ihre Stimme, Claudino, ich bin's, und dann noch einmal, begleitet vom Bummbumm des Teppichklopfers, Ich bin's, Claudino, ich hab den Koffer gefunden. Er sprang von der Theke herunter. Das war ja eine gute Nachricht! Die Hintertür war ziemlich ramponiert, seit er sich mit der Schulter dagegen geworfen und sie eingedrückt hatte, aber der Riegel hielt noch. Er zog ihn zurück und öffnete die Tür, sah aber niemanden und streckte den Kopf instinktiv etwas nach draußen. Zunächst sah er nur den Truthahn, und als er ihn, Duca, dann entdeckte und mit der Hand blitzschnell unter die Jacke fuhr, um nach seinem Revolver zu greifen, war es schon zu spät. Mit einem ansehnlichen Stein in der Hand, der sicher zwei Kilo wog, versetzte Duca ihm den stärksten Schlag seines Lebens. Er hatte von unten auf die rechte Kinnlade gezielt, und als er sie traf, wurde Claudio Valtraga augenblicklich schwarz vor Augen, so wie eine Lampe verlischt, wenn man den Lichtschalter betätigt. Im Innern der Fleischerei schlug der Bison lang hin. Im selben Moment kam auf der Straße ein junger Mann auf einer Vespa vorbei und bremste quietschend, als sitze er in einem Jaguar und müsse an der Ampel eine Vollbremsung hinlegen, um nicht bei Rot über die Kreuzung zu fahren. „Was ist denn hier los?", fragte er, denn er hatte den Hieb gesehen, aber auch die Frau in Schwarz und Weiß mit all dem prallen Fleisch unter den Kleidern.

„Fahr weiter und misch dich nicht ein, Polizei", sagte Mascaranti. Als die Vespa schleudernd gebremst hatte, war der Truthahn geflohen, die beiden kleinen Mädchen hingegen waren wiederaufgetaucht, und hinter ihnen erschien jetzt auch ein alter Mann, in einem dunkelblauen Overall und mit einer Fahrradpumpe in der Hand, der unablässig, doch ohne die geringste Aufregung in der Stimme, hinter ihnen herrief: Kommt her, kommt her.

Mascaranti trat in die Fleischerei und zog den Bison hinter sich her auf den Teppich aus Blut und Zigarettenkippen. Duca hingegen ging zu der Frau, die an dem weißen Opel lehnte und offenbar noch gar nicht wirklich begriffen hatte, was passiert war. Niemals hätte sie gedacht, dass ihr Claudino so blitzartig erledigt werden könnte.

„Steigen Sie ein und fahren Sie los", forderte er sie auf. „Ich gebe Ihnen genau drei Stunden, falls Sie über die Grenze wollen. In drei Stunden wissen alle Grenzposten Bescheid. Los!", brüllte er. Es war ein hinterlistiges Angebot, denn um in drei Stunden die französische Grenze zu erreichen, musste sie sich um Kopf und Kragen fahren, und genau das war es, was er wollte. „Los, habe ich gesagt!" Und während sie hinter das Steuer sprang und der Motor aufheulte, brüllte er auch den Jungen auf der Vespa an, der immer noch an derselben Stelle stand und gaffte: „Hau ab, verschwinde!" Dann ging er in die Fleischerei, die von sechs Lampen, stark wie kleine Sonnen, taghell erleuchtet war. Mit einem Knall der aus den Fugen gegangenen Tür schloss er die Sonne, den Wind und den Frühling aus.

„Sehen Sie mal, Doktor Lamberti", sagte Mascaranti mit gepresster Stimme und hielt die Tür der Kühlkammer auf, während er gegen den aufkommenden Brechreiz ankämpfte. Und dabei hatte er in seinem Polizistenleben wirklich schon einiges erlebt.

Duca machte drei Schritte und schaute. Er war Arzt, im Studium hatte er die obligatorischen Anatomiestunden alle besucht, aber das grauenvolle Gemetzel, das hier angerichtet worden war, überstieg alles, was er bisher hatte verkraften müssen. Er biss die Zähne fest zusammen und stieß hervor: „Machen Sie zu."

Mascaranti schloss die Tür und musste würgen. „Entschuldigung", beeilte er sich zu sagen.

„Rufen Sie erst zu Hause und dann im Leichenschauhaus an."

„Hier wird wohl eine undurchlässige Plane gebraucht."

„Ja, bestellen Sie das den Leuten vom Leichenschauhaus. Ich passe indessen auf den hier auf." Er beugte sich über Claudio Valtraga, der die Besinnung verloren hatte, tastete ihn widerwillig ab und fand auch gleich den Revolver, eine Beretta, bescheiden, aber effizient. Schweigend hielt er Mascaranti die Schusswaffe hin.

„Doktor Lamberti, vielleicht behalten Sie die lieber", meinte Mascaranti, „in zwei Minuten wacht der Kerl wieder auf, und unbewaffnet können Sie nicht mit ihm hierbleiben, während ich telefoniere."

„Ich mag keine Waffen", sagte Duca trocken, „ich kann einfach keinen Spaß daran finden, ich prügle lieber."

Mascaranti weigerte sich, die Pistole an sich zu nehmen. „Doktor Lamberti, ohne Revolver werden wir mit diesem Koloss hier noch nicht einmal zu zweit fertig."

„Nehmen Sie die verdammte Pistole, und gehen Sie telefonieren!", brüllte Duca.

Brüllen ist einfach überzeugender als Sprechen. Mascaranti nahm die Beretta und verschwand, wenn auch zögernd.

Duca betrachtete Claudio Valtragas gewaltige Körpermasse vor sich auf dem Boden. Nicht doch so hasserfüllt, Doktor Lamberti, nicht doch so hasserfüllt! Sie sollen Gerechtigkeit üben, nicht auf Rache sinnen! Natürlich ist es verständlich, dass jemand, der fähig ist, einen Mitmenschen mit der Knochensäge so zuzurichten, einen gewissen Groll weckt, aber ein zivilisierter Mensch muss diesen Groll überwinden, indem er sich klarmacht, dass solche Leute unfähig sind, sich anzupassen, dass es Asoziale sind, die, wenn sie eine angemessene Erziehung genossen hätten, nie so weit gekommen wären.

So ein Quatsch, dachte er, während er hinter die Arbeitsplatte ging, wobei er jedoch stets dieses Individuum im Auge behielt, das ein Mensch sein sollte, Claudio Valtraga, der jeden Augenblick zu sich kommen konnte. Dann ist der Wolf also ein Asozialer? Und würde bei einer angemessenen Erziehung lernen, einen Diener zu machen und mit den Kindern Ringelreihen zu spielen? War den Leuten, die so etwas vertraten, nie in den Sinn gekommen, dachte er, während er die Fleischerwerkzeuge auf der Platte begutachtete – drei wunderbar scharfe Messer in verschiedenen Größen, ein paar

Dorne, mit denen man Löcher in das Fleisch bohren konnte, und zwei Beile, ein kleines für Kalbskoteletts und ein großes, das ein mittelalterlicher Gallier gut und gerne als Streitaxt hätte benutzen können und das bestimmt für die Rinderviertel verwendet wurde, zum Durchhauen der Wirbelsäule –, war diesen Schlaubergern nie in den Sinn gekommen, dass es Individuen gibt, die nur äußerlich aussehen wie Menschen, in Wirklichkeit aber durch irgendwelche unbekannten und bisher auch unerklärlichen Mutationen zu Hyänen geworden sind, zu Bestien, deren Blutrünstigkeit durch keine Erziehung, sondern nur durch Gewalt eingedämmt werden kann? War ihnen das nie in den Sinn gekommen? Aber Doktor Lamberti, so hat man früher, im Mittelalter, gedacht! Wollen Sie etwa ins Mittelalter zurückkehren? Vielleicht. Aber jetzt hatte er jedenfalls keine Zeit zu verlieren.

Er nahm die gallische Streitaxt – er brauchte beide Hände, um sie hochzuheben – und drehte sich jäh um: Der Bison war gerade wieder zu sich gekommen und versuchte bereits, sich hinzuknien, indem er die Hände auf den Boden stemmte.

„Bleib, wo du bist, und leg dich flach hin, mit dem Gesicht nach unten, sonst hau ich dich in der Mitte durch!"

Claudio Valtraga hob langsam den Kopf, die Hände immer noch auf den Boden gestützt. In seinen Ohren summte es, aber trotzdem hatte er die Worte vernommen, und obwohl sein Verstand noch ein wenig getrübt war, hatte er sie auch verstanden, und obwohl seine Augen noch etwas verschleiert waren, hatte er die riesige Axt gesehen und wie er, Duca, sie mit beiden Händen zwischen den Beinen hielt, mit der Schneide nach unten, bereit, sie hochzureißen und zuzuschlagen. Auch bei ihm hatte Duca genau die Sprache getroffen, die er verstand, weil er sie von klein auf kannte, und deshalb begriff er augenblicklich die Situation und legte sich flach hin, das Gesicht nach unten, und versuchte auch nicht mehr, sich wieder aufzurichten, überzeugt von der eindeutigen Kraft des Arguments, nämlich des Beils, und ohne auch nur einen Hauch von Verdacht, ein normaler Mensch könnte vielleicht nur drohen, ihn mit so einer Axt in der Mitte durchzuhauen, wäre in Wirklichkeit aber nicht dazu in der Lage. Tatsächlich hatte Duca nur vor, ihm gegebenenfalls die Rückseite der Axt über den Kopf zu ziehen, und so hätte der Bison, wenn er schlau gewesen wäre, keine Angst zu haben brauchen, zweigeteilt zu werden, sondern hätte aufspringen und sich in seiner ganzen Gewaltigkeit vor Duca aufbauen können. Aber Leute seines Schlags sind eben nicht schlau, auch wenn sie immer glauben, sie seien es, und so blieb der Bison brav auf der Erde liegen, überzeugt, er laufe Gefahr, mit dem Beil in zwei Teile gehauen zu werden; denn wenn er selbst im Besitz des Beils gewesen wäre, hätte er vermutlich keine Sekunde gezögert, seinen Gegner in Stücke zu hacken.

„Warum hast du Ulrico umgebracht?" Duca näherte sich ihm, die Axt jetzt dicht neben seinem Gesicht.

„Wer ist denn Ulrico?", fragte Claudio Valtraga, die eine Wange auf die Erde gedrückt, wo eine der vielen Zigarettenkippen lag. „Ich habe niemanden umgebracht."

Jetzt machte er auch noch Witze. „Du weißt von gar nichts, was?" Duca hatte sich nicht mehr wirklich unter Kontrolle, die Unverfrorenheit dieses Kerls brachte ihn auf. Warum bloß war es nicht erlaubt, ihm den Kopf abzuhacken? „Du hast Ulrico Brambilla nie gekannt, was? Du hast noch nie eine Knochensäge gesehen, stimmt's? Du warst sicher rein zufällig hier, oder?"

„Genau", stimmte Claudio Valtraga zu. Er fühlte, wie seine Kräfte zurückkehrten, und überlegte, dass er diesem Polizisten, wenn er schnell genug aufsprang, den Kopf zerquetschen könnte, so wie er als Kind mit dem Daumen die Köpfe der Spatzen und Frösche zerquetscht hatte – in einer Demokratie kann schließlich jedes Kind spielen, was es will –, und so legte er klammheimlich die Finger seiner zyklopischen Hände auf den Boden und rückte mit fast unmerklichen Bewegungen seine Füße zurecht, die so groß waren wie die Tatzen einer ägyptischen Sphinx, um sich auf den Satz vorzubereiten, den er sich in seinem Spatzenhirn vorstellte.

„Das Verhör sparen wir uns für später auf, wenn du nicht mehr so stur bist“, sagte Duca, der die versteckten Vorbereitungen des Bisons verfolgt hatte und wusste: Wenn er nicht schnell genug reagierte, war er ein toter Mann. „Bis dahin kannst du noch ein wenig schlafen.“

Die beiden Tritte mitten ins Gesicht erstaunten Claudio Valtraga gar nicht, auch weil er nicht die Zeit gehabt hatte, sie kommen zu sehen. Der erste an die Stirn bewirkte eine sofortige Narkose, der zweite löste ein ansehnliches Nasenbluten aus, das die animalische Wildheit dieses Mannes für eine Weile bremsen würde.

Tut mir leid, dachte Duca, als spräche er mit Carrua oder mit der Göttin der Gerechtigkeit, ich hatte keine Wahl. Hätte er auf die Tritte verzichtet, wäre auch er zwei Sekunden später unter die Knochensäge gekommen oder auf dem großen Holzbrett gelandet, auf dem die Rinderwirbel durchtrennt werden.

Er legte das gewaltige Beil auf die Arbeitsfläche, suchte sich den am wenigsten besudelten Platz der ganzen Schlachterei, fand ihn in der Nähe des Rollladens und blieb dort im blendenden Licht der sechs Deckenlampen stehen und wartete.

Nach kurzer Zeit kam Mascaranti vom Telefonieren zurück, und dann, nach ziemlich langer Zeit, tauchte auch Carrua, der die ganze Stadt hatte durchqueren müssen, mit vier Beamten auf. Claudio Valtraga war inzwischen wieder bei Sinnen, saß aber ganz brav auf dem Boden, von Mascarantis Pistole in Schach gehalten. Nun konnten sie diese schauderhafte Stätte endlich verlassen. Obwohl es ja Mittag und eigentlich an der Zeit war, am Tisch zu sitzen, um sich zu stärken, zu speisen, sein Mahl einzunehmen, stand draußen eine Gruppe Schaulustiger, die Claudio Valtragas verquollenes Gesicht neugierig beäugten. „Geht nach Hause“, brüllte Carrua, „geht schon nach Hause!“

2

Claudio Valtraga sah nicht mehr besonders elegant aus. Sein hellblaues Jackett war ziemlich zerknittert und fiel nicht mehr so schön wie vorher, was ja die wahre Eleganz ausmacht, und seine Hose hatte sogar einen Riss am Knie. Er selbst war auch nicht mehr so schön wie vorher, die Pflaster auf der Nase und am Kinn standen ihm nicht besonders gut. Und auch das Büro, in dem er sich befand, konnte man nicht gerade als schön bezeichnen: Es war ein sauberes, anständiges Büro des Kommissariats in der Via Fatebenefratelli, aber was die Einrichtung betraf, war es wahrlich kein Muster an Eleganz. Es gab nichts als einen einfachen Tisch und vier Stühle und in einer Ecke einen Mohrhirsebesen, den die Putzfrau wohl vergessen hatte. Sonst nichts.

Claudio Valtraga saß vor der Wand, die dem Fenster gegenüberlag. Die Sonne schien ihm direkt ins Gesicht und beleuchtete die Pflaster und den bläulich schimmernden Bart. An der gegenüberliegenden Wand, direkt vor dem Fenster, stand das Tischchen, an dem Mascaranti mit seinem Heft und dem Kugelschreiber – dem rosafarbenen – wartete. Ein Polizeibeamter stand direkt neben Claudio Valtraga. Er war in Uniform und theoretisch auch bewaffnet, denn er trug eine Pistole im Gürtel, doch praktisch hätte Claudio Valtraga ihn und Mascaranti erledigen können, bevor er überhaupt die Zeit gehabt hätte, sie zu ziehen. Der großzügig verpflasterte Mann machte allerdings nicht den Eindruck, als habe er besondere Lust, noch irgendjemanden zu erledigen: Er saß dort ganz brav auf seinem Stuhl, mit über dem Knie verschränkten Fingern. Sein Blick wirkte etwas umnebelt.

In einer Ecke, in der Nähe des Tischchens, an dem Mascaranti saß, stand er, Duca, und stellte die Fragen. Er hatte gerade begonnen, und Claudio Valtraga antwortete gehorsam und ohne zu zögern.

„Zunächst möchte ich etwas über die beiden wissen, die ihr zuerst ins Wasser befördert habt", sagte Duca. „Die Prostituierte Michela Vasorelli und Gianpietro Ghislesi, ihren Zuhälter. Warum habt ihr sie umgebracht?"

„Weil sie nur noch high waren."

„Was soll das heißen, nur noch high?"

„Sie nahmen so viel M6, dass sie ständig high waren und nicht mehr arbeiten konnten."

„M6 – ist das Meskalin?"

„Ja. Eigentlich sollten sie es in Umlauf bringen, aber sie haben immer ein paar Tüten für sich selbst behalten, sind dann völlig durchgedreht und haben alles Mögliche erzählt. Sie waren zu einem Risiko für die anderen geworden."

Meskalin 6 ist ein Alkaloid, das aus einem kleinen mexikanischen Kaktus, dem Peyotl, gewonnen wird und eins der stärksten bekannten Halluzinogene ist. Ja, es passte wirklich ins Bild, dass hier auch Drogen im Spiel waren, denn so ein Betrieb hat stets verschiedene Produktionszweige, und es sind immer die gleichen dreckigen Machenschaften: Prostitution, Waffenhandel, Raubüberfälle und natürlich Drogen. „Was heißt, sie sollten das M6 in Umlauf bringen?" Selbstverständlich wusste Duca das ganz genau, er wollte nur, dass Claudio Valtraga es erklärte, so konnte Mascaranti mitschreiben.

„Sie mussten es an die Kunden weitergeben", erwiderte Claudio Valtraga, „und das ist eine ziemlich heikle Angelegenheit: Man muss sich das Geld im Voraus geben lassen und ständig aufpassen, dass die Polizei einen nicht erwischt. Und dann gibt es Kunden, die gerade eine Entziehungskur machen und rund um die Uhr von einer Krankenschwester beaufsichtigt werden, und denen muss man die Tütchen geben und das Geld kassieren, ohne dass die Krankenschwester etwas merkt."

„Und wieso habt ihr beschlossen, die beiden umzubringen?"

„Mehr als einmal hatten wir ihnen verziehen, wenn bei der Endabrechnung ein paar Tütchen fehlten. Wir haben sie nur gewarnt, es nicht noch mal zu tun. Aber dann haben sie eine ganze Ladung verschwinden lassen."

„Was ist eine Ladung?"

„Eine Plastiktüte mit hundert Tütchen. Ist bequem in jeder Tasche unterzubringen."

„Und deshalb hat Turiddu Sompani beschlossen, sie umzubringen?"

„Nicht er, SIE." Man hörte die Druckbuchstaben förmlich heraus, SIE. Er hatte die Namen dieser SIE bereits genannt, sie standen schon fein säuberlich in Mascarantis Zauberbüchlein und waren auch an Carrua weitergegeben worden. Das halbe Polizeipräsidium war bereits ausgeschwärmt und über ganz Mailand verstreut, und die drei Telefonistinnen hatten fast ihre Stimme verloren bei den vielen Durchsagen, mit denen alle Grenzposten, Bahnhöfe und Autobahnen von den Alpen bis Lilibeo alarmiert worden waren. Das war auch der Grund, weshalb Claudio Valtraga, der streitsüchtige Bison, so zahm geworden war.

„Sie haben Turiddu Sompani mit dem Mord beauftragt?"

„Ja, aber es sollte nicht wie ein Mord aussehen."

„Und wie hat Sompani das angestellt?"

„Er hat sie in eine Trattoria in der Nähe der Conca Fallata mitgenommen, in dieses Restaurant direkt am Lambro. Er hat ihnen erzählt, er sei ein Freund, und um sie davon zu überzeugen, hat er ihnen ein Tütchen gegeben. Bei all dem Essen und Trinken und dem Tütchen waren sie am Ende bis oben hin voll. Da hat Turiddu zu Gianpietro gesagt: ‚Wetten, dass du es nicht schaffst, den Lambro im Auto zu überqueren?'"

Genau. Wenn jemand eine Dosis Meskalin 6 genommen hat, ist er überzeugt, er sei zu allem imstande: ein Dutzend Frauen zu vergewaltigen, einen ganzen Schwarm Feinde zu erledigen, den Lambro im Auto oder den Atlantik schwimmend zu überqueren. M6 verleiht Macht, es stärkt die Potenz und die Fantasie, ja, die

Fantasie ganz besonders, und das hatte Advokat Turiddu Sompani sorgfältig einkalkuliert. „Und da hat Gianpietro Ghislesi sich also sein Mädchen geschnappt, Michela, ist ins Auto gestiegen und hat versucht, den Lambro zu überqueren?"

„Ja", bestätigte Claudio Valtraga. Und trotz all seiner Pflaster sah es aus, als müsse er immer noch schmunzeln bei dem Gedanken an den berauschten Ghislesi, der den Lambro im Auto überqueren wollte.

Leider hatte Turiddu Sompani nicht bemerkt, dass der Kellner, der sie bediente, ein kleiner, knurriger, aber ehrlicher und äußerst sympathischer Mann aus Apulien, ihr Gespräch mit angehört hatte. Als das Auto bereits auf dem Grund des Lambro lag, hatte dieser Kellner der Polizei erzählt, er, Turiddu Sompani, habe die beiden betrunkenen jungen Leute – der ehrliche Apulier dachte, sie seien schlicht und einfach betrunken gewesen, von dem Meskalin wusste er nichts – dazu angestiftet, den Lambro zu überqueren. Im Prozess hatte Turiddu Sompani verzweifelt abgestritten, die beiden zu ihrer Wahnsinnstat angestiftet zu haben, doch der knurrige Apulier hatte aus reiner Wahrheitsliebe und ohne den geringsten Anflug von Angst auf seiner Version bestanden, und so musste Advokat Sompani – trotz seiner mächtigen Beschützer – zweieinhalb Jahre in San Vittore einsitzen. Und dort hatte er, Duca, ihn kennengelernt.

„Und wieso ist Turiddu Sompani umgebracht worden?" Er fragte aus reiner Neugier, er wollte den Gedankengang dieser Kriminellen nachvollziehen können. Sompanis Schicksal war ihm dabei vollkommen egal.

„Er sollte gar nicht umgebracht werden. Es war Ulrico." Claudio Valtragas Augen, von einem undefinierbaren Dunkelviolett, wurden unversehens wach und funkelten vor Hass.

„Und warum hat Ulrico ihn umgebracht?"

„Weil Turiddu Sompani an jenem Abend zwei Ladungen M6 dabeigehabt hatte."

„Deiner Meinung nach hat Ulrico Brambilla also an jenem Abend die beiden Ladungen Meskalin 6 an sich genommen und

Turiddu Sompani dann mit dem Auto in den Kanal befördert?" Wirklich ein außergewöhnlicher Menschenschlag.

„Ja", bestätigte Claudio Valtraga.

„Aber warum hätte Sompani ihm das Meskalin 6 geben sollen? Und wie hat Ulrico es angestellt, ihn im Naviglio zu ertränken? Könnte es nicht ein Unfall gewesen sein?"

„Nein, denn seitdem ist das M6 verschwunden", erläuterte Claudio Valtraga. „Wenn es ein Unfall gewesen wäre, hätte die Polizei das M6 doch bei Turiddu gefunden."

Ja, das klang logisch, aber trotzdem war ihm einiges noch nicht klar.

„Fangen wir noch einmal von vorn an, denn ich möchte genau verstehen, wie das alles zusammenhängt", sagte er zu Claudio Valtraga. „Wer hatte Sompani das Meskalin 6 gegeben?"

Die Augen auf den Boden geheftet, um nicht von der Sonne geblendet zu werden, die durch das Fenster schien, als sei sie eine dieser Lampen, die früher bei Kreuzverhören benutzt wurden, um den Beschuldigten zu blenden, bat Claudio Valtraga: „Könnte ich vielleicht einen Kaffee bekommen? Ich fühle mich ein bisschen schlapp."

Duca nickte Mascaranti zu, der in einem Anfall erzieherischer Großmut – Verbrechern muss man entgegenkommen, um ihnen eine Chance auf Besserung zu geben – fragte: „Mit Schuss?"

„O ja, gern, mit einem Schluck Grappa", erwiderte der Bison mit kläglicher Stimme.

Mascaranti rief bei der Vermittlungszentrale an und bat die Telefonistin, einen Kaffee mit Schuss aus der Bar kommen zu lassen, und Duca wiederholte: „Wer hatte Sompani das M6 gegeben?" Espresso mit Grappa für jemanden, der einen Mann bei lebendigem Leib mit der Knochensäge zerteilt hat – also noch entgegenkommender und pädagogischer konnte die Polizei wirklich nicht sein.

„Ulrico fuhr immer nach Genua, um den Stoff zu besorgen, und gab ihn dann an Turiddu weiter."

Ulrico Brambilla war also ein Kurier, der nicht nur Maschinengewehre neuester Bauart, sondern auch Drogen überbrachte.

„Nein, jetzt musst du dich aber wirklich etwas genauer ausdrücken“, hakte Duca nervös nach. Er war gereizt, weil er seinem Gegenüber dort im Kommissariat, unter den Augen der Polizei und des Gesetzes, schlecht einen Tritt ins Gesicht verpassen konnte. „Ulrico Brambilla fährt nach Genua, holt das Meskalin 6, bringt es Sompani, nimmt es ihm wieder ab und bringt ihn dann um: Wozu in aller Welt soll das gut sein?“

„Er hätte ihm das M6 geben sollen, hat es aber selbst behalten.“

„Und dann?“

„Ulrico wusste, dass Silvano das M6 an jenem Abend bei Turiddu abholen würde, um es in Umlauf zu bringen. Hätte Turiddu Silvano erzählt, dass er das M6 von Ulrico gar nicht bekommen hatte, wäre klar gewesen, dass Ulrico es behalten hatte. Also ist Ulrico zur Binaschina gefahren und hat Turiddus Auto mit seinem eigenen einen Schubs versetzt, sodass er mit seiner Freundin im Naviglio gelandet ist.“

Ja, das war ziemlich logisch: Der Kurier behält den Stoff selbst, statt ihn dem Mann auszuhändigen, der ihn dann an die Dealer weiterreicht – schließlich ist es wesentlich günstiger, in eigener Regie zu arbeiten –, und bringt dann den Mittelsmann um, damit niemand erfährt, dass er ihm überhaupt nichts gegeben hat. „Und dann?“, fragte er Claudio Valtraga angewidert.

„Als Turiddu tot war, haben wir erst mal ein paar Tage abgewartet, weil wir wissen wollten, ob die Polizei das M6 bei ihm gefunden hatte. Aber dann wurde uns ziemlich schnell klar, dass sie nichts gefunden hatte, und auch, warum: Er hatte es gar nicht bekommen! Also bin ich zu Ulrico gegangen, aber der hat mir gesagt, dass er das M6 an Turiddu weitergegeben hatte, und ich habe ihm geglaubt – und genau das ist es, was ich ihm einfach nicht verzeihen kann!“ Er hatte ihm bei lebendigem Leib den Schädel durchgesägt, und trotzdem konnte er ihm noch immer nicht verzeihen!

Duca spürte, wie sein Magen sich zusammenkrampfte und Übelkeit in ihm aufstieg – ein wunderbares Gefühl von moralischem Ekel. „Red weiter, du Schwein“, stieß er heiser hervor.

Und er redete weiter. „Ich hab mir gedacht, wenn Ulrico das Zeug Turiddu ausgehändigt hatte, dann muss also Silvano Turiddus Mörder sein: Dann hatte er sich das M6 geben lassen, und um es selbst behalten zu können, hatte er Turiddu in den Naviglio befördert. Deshalb habe ich mir Silvano und Giovanna vorgeknöpft. Kaum hatten SIE erfahren, dass Ulrico Turiddu das Zeug gegeben hatte, haben sie mir gesagt: DAS REICHT – SCHLUSS MIT DENEN. Und so hab ich mit Silvano Schluss gemacht. Bloß dass Ulrico mich angelogen hatte!" Sein Gesicht, das von den Pflastern und Beulen bereits ziemlich entstellt war, verzerrte sich vor Wut, weil er angelogen worden war, und so sah er in der Sonne, die ihn weiterhin unbarmherzig anstrahlte, noch abstoßender aus. „Er, Ulrico, hatte das Zeug unterschlagen, nicht Silvano."

Duca begann in sich hineinzulachen. Carrua hatte recht, es war wirklich zu schön, wie sie sich gegenseitig umbrachten, wie sie sich verrieten, wie sie sich einander die Drogen abjagten, wie sie sich das Leben zur Hölle machten! Ja, jetzt machte es Sinn, dass dreimal jemand im Wasser gelandet war, im Naviglio und im Lambro, jetzt erschien alles ganz logisch und natürlich, es war einfach eine Fehde zwischen den ehrenwerten Herren einer großen Firma mit verschiedenen Geschäftszweigen und einer regen Tätigkeit im In- und Ausland. Nur ein Punkt war immer noch nicht klar. „Und wo sind die beiden Ladungen Meskalin am Ende abgeblieben?"

„Ulrico muss sie versteckt haben, aber ich habe ihn nicht dazu gekriegt, mir zu sagen, wo. Er hat immer nur behauptet, er wisse von nichts, und da – na ja, da hab ich schließlich die Geduld verloren."

Klar, und wenn man die Geduld verliert, dann wird der andere eben abgeschlachtet. Duca senkte den Blick, um diesen miesen Kerl nicht ansehen zu müssen. Glücklicherweise kam genau in diesem Augenblick ein Polizeibeamter herein, um den Kaffee mit Schuss zu bringen, und der andere Beamte, der neben dem Bison stand, servierte ihn ihrem Mitbürger Claudio Valtraga, der sich ein bisschen schlapp fühlte – damit würde es ihm wohl gleich etwas besser gehen – und der nicht Mörder genannt werden durfte, solange er nicht in einem regulären Prozess verurteilt worden war.

„Wenn er seinen Kaffee ausgetrunken hat", sagte Duca noch immer mit gesenktem Blick, „dann schicken Sie ihn in die Zelle zurück, damit ich ihn nicht mehr sehen muss."

„In Ordnung, Doktor Lamberti", antwortete Mascaranti.

Als der Polizeibeamte mit ihrem Mitbürger Glaudio Valtraga hinausgegangen war, blickte Duca zu Mascaranti auf und sagte: „Dann sind wir wohl fertig, und ich kann nach Hause gehen." Er zündete sich eine Nazionale an. „Bleibt nur noch die Geschichte mit den beiden Tüten Meskalin 6." Die einfachen Nazionali sind männlicher als die Esportazione, die, wie schon der Name sagt, für den Export gedacht sind: Wer es schafft, eine solche Zigarette zu rauchen, ist wirklich ein Mann. „Wenn Ulrico die Tüten behalten hat, könnte er sie Rosa Gavoni, seiner alten Freundin, gegeben haben, damit sie sie versteckt. Diese Idioten sind anscheinend nicht auf die Idee gekommen, bei ihr zu suchen. Fahren Sie zu der Frau – für mich ist die Geschichte beendet."

„Sie liegt im Krankenhaus", erwiderte Mascaranti, „sie hat einen Schock erlitten, als sie Ulrico Brambilla identifizieren musste."

Das verstand er, ein Schock war ja wohl das Mindeste. „Befragen Sie sie, sobald sie dazu in der Lage ist. Sie wird sicher reden, um sich dafür zu rächen, dass man ihren Ulrico umgebracht hat", meinte Duca.

Sie verließen das Büro mit dem einsamen Besen in der Ecke und stiegen hinauf in die höheren Sphären, zu Carrua. Carrua schrieb gerade und brummte nur: „Also?"

„Mascaranti hat mitgeschrieben, er kann dir alles erzählen", sagte Duca. „Ich wäre dann fertig und gehe jetzt nach Hause."

„Es wird ein richtig guter Fang", stellte Carrua fest, „mir sind schon ein paar ganz große Fische ins Netz gegangen."

„Pass bloß auf, dass sie es dir nicht zerreißen, wenn sie wirklich so groß sind."

„Wenn hier jemand etwas zerreißt, dann bist ja wohl du das: und zwar meinen Geduldsfaden." Der heftige Sarde funkelte ihn grimmig an.

Er hingegen, der heftige Romagnole, lächelte ihm freundlich zu. „Genau deshalb gehe ich ja jetzt. Ich bin fertig. Eine kleine Ungereimtheit gibt es zwar noch, verschwundene Drogen und so, wer weiß, was dabei herauskommt; aber darum wird sich Mascaranti kümmern. Ich gehe jetzt."

„Einen Augenblick. Ich wollte dir noch sagen, dass du wirklich gut warst. Es war die größte Verbrecherbande Norditaliens."

„Du warst gut, weil du einem wie mir vertraut hast. Du hast offenbar einen Riecher für Talente, bist ein regelrechter Genieentdecker!"

„Setz dich doch einen Moment, ich muss mit dir reden. Wenn's geht, ohne allzu viel Ironie!"

„Danke, ich stehe lieber, ich habe bis eben vor einem Schwein gesessen."

„Ich wollte dir sagen, dass du dich wirklich gut geschlagen hast."

„Das hast du bereits getan."

„Lass mich doch mal ausreden, Duca, sonst werde ich noch wütend." Er sprach mit rührend leiser Stimme. „Du warst wirklich gut, und ich könnte dir eine Stelle hier verschaffen, ein festes Gehalt."

„Das wär nicht schlecht, ich mag die Arbeit." Wie hoch das Gehalt wohl sein würde? Hundertvierzigtausend vielleicht, weil Carrua ihn empfehlen würde, plus eine Aufwandsentschädigung hin und wieder, wenn er sich gut machte. Und sollte ein Verbrecher auf ihn schießen und er dadurch zum Beispiel sein Augenlicht verlieren, würde man ihn außerdem auf Staatskosten in eine Blindenanstalt schicken, um dort eine Umschulung als Telefonist zu machen. Hatte es nicht bis vor wenigen Jahren im Polizeipräsidium einen blinden Telefonisten gegeben, der vorher Polizist gewesen war?

„Ja, ich habe mir schon gedacht, dass du mir so eine Antwort geben würdest", erwiderte Carrua, „nur dass du mit hundertvierzigtausend Lire im Monat kaum deine Schwester und ihre Tochter ernähren könntest."

Er hatte ins Schwarze getroffen. Hundertvierzigtausend. Er konnte die Zukunft voraussagen, er konnte sich also auch als Hellseher verdingen, unglaublich! „Und?"

„Und deshalb wäre mein Vorschlag, dass ich dir helfe, deine Zulassung als Arzt wiederzubekommen", sagte Carrua. „Allerdings nicht auf die Art und Weise jenes Herren – wie hieß er noch gleich? –, bei dem ich immer an Soda Solvay denken muss."

„Silvano Solvere." Er lächelte nun nicht mehr.

„Auch dieser Silvano Solvere hatte dir ja versprochen, dir zu helfen, wieder in die Ärzteschaft aufgenommen zu werden. Ich hingegen kann dir nicht versprechen, dass es klappt, aber wenn du mir ein kleines Briefchen schreibst, nur ein paar Zeilen, weißt du, dann könntest du vielleicht in einem Monat deine Praxis wieder aufmachen, und ich könnte mal zu dir kommen, um mich untersuchen zu lassen, denn ..."

„Schon gut. Was für ein Brief soll das sein?" Er war todernst.

„Du brauchst gar nicht so ein Gesicht zu machen wie ein tollwütiger Hund!", brüllte Carrua jetzt. „Ich muss dir etwas erklären und werde das auch tun, und wenn es dich zur Weißglut bringt!"

„Ich bin schon so wütend genug."

„Ich werde es dir trotzdem erklären. Der Brief müsste ungefähr so lauten: Ich habe drei Jahre im Gefängnis gesessen, weil ich als Arzt einer meiner Patientinnen Sterbehilfe geleistet und sie mit einer Injektion getötet habe. Mir ist mittlerweile bewusst, dass das ein Fehler war, auch wenn meine Beweggründe rein humanitärer Art waren. Euthanasie ist eine absolut unzulässige Praxis, denn bei jedem einzelnen Menschen darf der Tod einzig und allein auf natürlichem Weg eintreten und keinesfalls vom menschlichen Willen beeinflusst werden. Der Arzt hat selbstverständlich die Pflicht, jedem einzelnen Menschen mit allen ihm zur Verfügung stehenden Mitteln zu helfen, aber jeder einzelne Mensch hat auch das Recht, bis zum letzten Augenblick seines Lebens hoffen zu können. In diesem Bewusstsein gebe ich mein Wort, dass ich diesen Fehler niemals wiederholen werde, und bitte darum, die ärztliche Zulassung zurückzuerhalten, und so weiter, und so weiter."

„Ja", sagte Duca.

„Was soll das heißen, ‚ja'? Wenn das heißt, dass du diesen Brief schreiben willst – dort steht die Schreibmaschine. Du brauchst dann nur zu unterschreiben und mir den Brief zu geben, um den Rest kümmere ich mich."

„‚Ja' heißt, dass ich es mir überlegen werde."

Carrua wollte schon wieder losbrüllen, überlegte es sich aber anders. „Ich habe nicht den Eindruck, als gebe es da viel zu überlegen. Aber gut, überleg es dir. Beeil dich jedoch. Der Professor, der mir in dieser Sache behilflich sein könnte, hält sich nur wenige Tage hier in Mailand auf."

„Gut, ich werde mich beeilen. Kann ich jetzt gehen?", fragte er eisig.

„Ja, mein Herr, Sie können gehen", antwortete Carrua.

Duca verließ das Kommissariat. An der Ecke der Via di Giardini blieb er stehen, zündete sich eine Nazionale an und rauchte sie ganz bis zu Ende, um sich zu beruhigen. Und das war gar nicht so schwer, denn Mailand sah in diesen Tagen so schön aus, dass man es kaum wiedererkannte. Die Luft war so klar, und das Licht erinnerte an die Schweizer Berge, es schien fast, als habe der Wetterfrosch sich irgendwie geirrt. Als er mit seiner Zigarette fertig war, ging er weiter. In der Passage der Via Cavour betrat er den großen Buchladen, eine funkelnde Arche, die alle Bücher der Welt barg. Er ging manchmal in dieses Geschäft, denn er mochte den Besitzer, einen schrecklich intelligent wirkenden jungen Mann, und genauso gern mochte er die hochgewachsene Besitzerin mit demselben schrecklich intelligenten, nein, angenehm intelligenten Flair. Beide waren sie da, und beide lächelten sie ihm zu.

„Sagen Sie", fragte er den Buchhändler, „haben Sie zufällig die Schriften von Galileo Galilei in der Ausgabe von Sebastiano Timpanaro da?"

„Der von 1936? Ich glaube schon.“ Schnell und effizient schickte der Buchhändler eine Angestellte die gewünschte Ausgabe suchen, und keine zwei Minuten später lagen die wunderschönen Bände vor ihm, alle, wirklich alle, absolut alle Schriften Galileo Galileis auf knisterndem Pergamentpapier mit Goldschnitt. Duca hatte als Student einmal bei einem Freund in dieser Ausgabe geblättert.

„Darauf gebe ich Ihnen einen ganz besonderen Rabatt, einen Spezialrabatt“, sagte der Buchhändler.

„Nein, ich habe nicht die Absicht, sie zu kaufen“, erwiderte Duca. Natürlich hätte er sie liebend gern gekauft und gelesen, alle Bände, jede einzelne Seite, aber diesen Wunsch würde er sich in einem anderen Leben erfüllen, in diesem wohl nicht mehr, dazu war keine Zeit. Er begann, im ersten Band zu blättern, er suchte das Inhaltsverzeichnis.

Der Buchhändler lächelte. „Wenn Sie sich die Ausgabe ein paar Tage anschauen möchten, können Sie sie gern mitnehmen.“

„Das ist nett von Ihnen, aber ich habe schon gefunden, was ich wollte.“ Hier, in der „Cronologia Galilciana“, Seite 1041 in Band I: Abiura, seine Abschwörung. Er wandte sich an den Buchhändler: „Darf ich Ihre Freundlichkeit ein wenig ausnutzen? Haben Sie vielleicht eine Schreibmaschine und ein Blatt Papier? Ich brauche nur ein paar Minuten.“

„Die Schreibmaschine steht dort drüben, und hier haben Sie Papier, allerdings mit Briefkopf, ist das ein Problem?“

„Nein, überhaupt nicht, vielen Dank.“ Er ging zu einer Art kleinem Schreibtisch, auf dem eine Schreibmaschine stand. Dies war ihr Richterstuhl, ihr Katheder, und sie überließen es ihm mit einem freundlichen Lächeln. Er setzte sich, spannte das Blatt mit dem blassen Aufdruck „Libreria Cavour“ ein und schrieb darunter: ABIURA, genau wie es auf Seite 1041 des ersten Bandes der Gesamtausgabe Galileo Galileis stand. Dann zündete er sich noch eine Zigarette an und schrieb folgenden Text ab:

Ich, Galileo Galilei, Sohn des verstorbenen Vincenzio Galilei, aus Florenz, 70 Jahre alt, persönlich vor Gericht gestellt und kniend vor

Euren Eminenzen, den Hochwürdigen Herren Kardinälen, General-Inquisitoren gegen Ketzerei in der ganzen christlichen Welt, die hochheiligen Evangelien vor Augen habend und sie mit den Händen berührend, ich schwöre, dass ich immer geglaubt habe, gegenwärtig glaube und mit dem Beistand Gottes in Zukunft glauben werde, alles das, was die heilige katholische und apostolische Römische Kirche festhält, bestimmt und lehrt.

Aber, weil mir das Heilige Offizium von Rechts wegen durch Befehl aufgetragen hatte, dass ich jene falsche Meinung vollständig aufgeben solle, laut welcher die Sonne das Zentrum der Welt und unbeweglich, die Erde aber nicht Zentrum sei und sich bewege, und dass ich die genannte Lehre weder festhalten noch verteidigen oder in irgendeiner Weise schriftlich oder mündlich lehren dürfe; und weil ich, nachdem mir bedeutet worden war, die genannte Lehre stehe mit der Heiligen Schrift im Widerspruch, ein Buch schrieb und es drucken ließ, in welchem ich diese bereits verdammte Lehre erörterte und Gründe von großem Gewicht zu ihren Gunsten vorbrachte, ohne Widerlegung derselben hinzuzufügen; so bin ich demnach als der Ketzerei schwer verdächtig erachtet worden, das heißt: festgehalten und geglaubt zu haben, dass die Sonne das Zentrum der Welt und unbeweglich und die Erde nicht Zentrum sei und sich bewege. Darum, da ich nun Euren Eminenzen und jedem katholischen Christen diesen starken, mit Recht gegen mich gefassten Verdacht nehmen möchte, so schwöre ich ab, verwünsche und verfluche ich mit aufrichtigem Herzen und ungeheucheltem Glauben die genannten Irrtümer und Ketzereien sowie überhaupt jeden anderen Irrtum und jede der genannten heiligen Kirche feindliche Sekte; auch schwöre ich, fürderhin weder mündlich noch schriftlich etwas zu sagen oder zu behaupten, wegen dessen ein ähnlicher Verdacht gegen mich entstehen könnte, sondern wenn ich einen Ketzer oder der Ketzerei Verdächtigen antreffen sollte, werde ich ihn diesem Heiligen Offizium oder dem Inquisitor und dem Bischof des Ortes, wo ich mich befinde, anzeigen. Der Ärmste, er widerrief nicht nur seine tiefsten Überzeugungen, sondern verpflichtete sich mit seinen stolzen siebzig Jahren auch noch dazu, andere

Ketzer zu verraten. Tja, es kann schon lehrreich sein, sich mit Geschichte zu beschäftigen. Mit zwei Fingern, aber darum nicht weniger flink, tippte er die Abschwörung von Galileo Galilei zu Ende. *Ich, obengenannter Galileo Galilei, habe abgeschworen, geschworen, versprochen und mich zu Vorstehendem verpflichtet, und zur Beglaubigung dessen habe ich die vorliegende Urkunde meiner Abschwörung eigenhändig unterschrieben und Wort für Wort gesprochen*, er hatte sie auch noch laut vortragen müssen, *Rom, im Kloster Minerva am heutigen Tage, dem 22. Juni 1633.* Und zum Schluss: *Ich, Galileo Galilei, habe wie oben mit eigener Hand abgeschworen.*

„Vielen Dank", sagte er zu dem Buchhändler und stand auf. „Danke", sagte er auch zu der großen Buchhändlerin und verließ den Laden. Er ging zum *tabaccaio*, kaufte einen Briefumschlag und die Marke für einen Eilbrief, schrieb auf den Umschlag *Doktor Carrua – Kommissariat MAILAND*, steckte den Brief in einen der beiden nagelneuen Briefkästen an der Piazza Cavour, in der Nähe der Straßenbahnhaltestelle, und ging dann zu Fuß nach Hause. Auf dem Weg kehrte er dreimal in eine Bar ein, um ein getoastetes Brötchen zu essen, ohne allerdings etwas dazu zu trinken, leerte zu Hause dann ein großes Glas Leitungswasser, auch wenn es nicht gerade nach Bergquelle schmeckte, eigentlich überhaupt nicht, legte sich aufs Bett und versuchte – vergeblich – einzuschlafen.

3

Das Telefon. Es war Mascaranti.

„Ich konnte Rosa Gavoni nicht mehr befragen. Sie ist dem Schock erlegen."

Dann würden sie wohl nie erfahren, was aus den beiden Tüten Meskalin 6 geworden war, ein paar Hundert Gramm, genug, um ein ganzes Mailänder Viertel in Rausch zu versetzen, zum Beispiel Porta Vigentina, denn das Meskalin mit dem kleinen Zusatz 6 war die Sorte mit der höchsten Konzentration. Heutzutage gibt man sich ja nicht mehr mit einer Flasche Barbera zufrieden, womit man sich schließlich auch berauschen könnte, nein, heutzutage müssen es schon Bomben sein.

„Rosa Gavoni ist dem Schock erlegen, ich konnte sie nicht mehr befragen", wiederholte Mascaranti, der aus Ducas Schweigen offenbar geschlossen hatte, dass er ihn nicht richtig gehört hatte.

„Ja, ich habe verstanden." Dem Schock erlegen, die Ärmste. Sie hatte ihren Ulrico dort auf dem Marmortisch anschauen müssen und sagen: Ja, er ist es, Ulrico Brambilla. Das war wohl zu viel gewesen. „Lassen Sie Rosa Gavonis Haus und die Fleischereien durchsuchen, befragen Sie alle Angestellten, machen Sie, was Sie wollen – ich habe jedenfalls keine Zeit für ein paar Hundert Gramm Meskalin, ich bin ja schließlich nicht vom Rauschgiftdezernat!" Dann hängte er ein, bekam jedoch umgehend schlimmste Gewissensbisse. Der arme Mascaranti hatte ja nun wirklich keine Schuld, vielleicht sollte er selbst mal ein Beruhigungsmittel nehmen, seine Schwester hatte immer Kamillentee im Haus, denn er weigerte sich, diese Tabletten auf Methan-, Propan- oder Butanbasis zu nehmen, er war schließlich ein Mann und kein Dieselmotor. Es ging jetzt sowieso nur noch darum, bis zum nächsten Morgen durchzuhalten, dann würden seine Schwester, seine kleine Nichte und Livia Ussaro nach Mailand zurückkehren und er könnte vielleicht ein wenig zur Ruhe kommen. Es war vier Uhr nachmittags, er brauchte sich nur noch bis morgen um zehn zu gedulden.

Er brühte sich einen Kamillentee auf, der ihn aber nur noch reizbarer machte, und versuchte dann, sich die Zeit zu vertreiben, indem er ein Bad nahm, sich die Haare wusch und die Fingernägel schnitt. Danach ging er ins Kino und sah sich einen blöden Film an, bei dem das restliche Publikum merkwürdigerweise immerzu schallend lachte, aß zwei getoastete Brötchen in zwei verschiedenen Bars, kaufte sich, obwohl das sein Budget eindeutig sprengte, ein paar Zeitungen und Zeitschriften, inklusive zwei Kreuzworträtselhefte, sah in einer Zeitschrift die Überschrift *Abschließende Enthüllungen über riesigen Drogenhandel*, sparte sich aber den Artikel, weil er nicht an abschließende Enthüllungen glaubte. Irgendwo gab es schließlich noch zwei Tüten Meskalin 6, und außerdem war es einfach dumm, an abschließende Enthüllungen über Drogen zu glauben, denn mit Drogen wird es nie ein Ende haben.

Um drei Uhr morgens war er immer noch wach. Er hatte seine Zeitungen und Zeitschriften fast komplett durchgelesen und geschickt eine große Anzahl von Kreuzworträtseln gelöst, sogar die für erfahrene Rätselprofis, doch dann war ihm der Lesestoff ausgegangen. Beim Stöbern war er auf den Italienführer des Touring Club Italien von 1914 gestoßen, eine Erinnerung an seinen Vater, einen treuen Anhänger des Vereins, und hatte dort die Hymne des TCI gelesen, *Italia, Mutter heil'ges Land / Wo einst unsere Wiege stand! / Wolltest in uns die Sehnsucht wecken / Deine Schönheit zu entdecken. / Deine Liebe soll uns leiten / In die Höhen, in die Weiten. / Führ ins Leben Mann für Mann! / Teures Land! Auf auf! Voran!* Sogar den Abschnitt für den Aufnahmeantrag gab es noch – über ein halbes Jahrhundert alt! –, aus dem hervorging, dass der Antrag, wenn er von einer verheirateten Frau gestellt wurde, von ihrem Ehemann zu unterzeichnen war. Was für ein Fortschritt seit jenen dunklen Zeiten – heutzutage laufen die Frauen mit Koffern voller

Maschinengewehre herum! Er las gerade, dass der komplette Satz der einzelnen Blätter der Landkarte Italiens im Maßstab 1:250.000 nur 29,50 Lire kostete, als das Telefon klingelte, obwohl es drei Uhr morgens war.

Ohne ein einziges Kleidungsstück, das für den Tag oder die Nacht bestimmt gewesen wäre, ging er zum Telefon.

„Hast du geschlafen?“ Es war Carrua.

„Nein.“

„Umso besser, dann habe ich dich nicht aufgeweckt.“ Sehr schlagfertig. „Ich hingegen hatte gerade wunderbar geschlafen, nur dass man mir eine junge Dame gebracht hat, die behauptet, sie habe Turiddu Sompani und seine Freundin in den Naviglio gestoßen. Ich kann nicht mehr, bitte komm auf einen Sprung vorbei.“

„Ja, natürlich.“ Er war sowieso nicht müde, und außerdem gab es da eine junge Frau, die behauptete, sie habe Turiddu in den Kanal geworfen. Sehr klar war das nicht, aber gibt es denn überhaupt manchmal Klarheit im Leben?

„Ich schick dir Mascaranti mit dem Wagen vorbei“, sagte Carrua.

„Ja, danke.“ Durch das Telefon konnte er deutlich hören, wie Carrua gähnte.

Dann fügte Carrua noch hinzu: „Sie ist Amerikanerin.“

Duca schwieg.

„Eine Amerikanerin und ein Trottel.“

Schon möglich, Amerika ist ein großes, bevölkerungsreiches Land, da muss es schon einige Trottel geben, es kann ja nicht jeder George Washington sein. „Ich komme sofort“, versprach Duca.

Er zog sich seine Unterhosen und die hübschen, hellblauen Socken an, die mit dem Loch am rechten großen Zeh, und kaum war er unten aus dem Hauseingang auf den einsamen, leeren Piazzale Leonardo da Vinci hinausgetreten, als Mascaranti auch schon eintraf, mitten in der Nacht, um elf Minuten nach drei.

4

Sie hatte sich in Phoenix, Arizona, ins Flugzeug nach New York gesetzt, war in New York umgestiegen und weitergeflogen nach Italien, Rom, Fiumicino; in Rom hatte sie den Schnellzug Settebello genommen und um 00.09 Uhr den Hauptbahnhof in Mailand erreicht, wo sie, wiederum ohne sich einen Augenblick länger als nötig aufzuhalten, in ein Taxi gestiegen war und „Questura Centrale" gesagt hatte. Der Taxifahrer fuhr gar nicht gern ins Kommissariat, wie überhaupt alle Italiener nicht gern ins Kommissariat gehen. Vielleicht hatte diese hübsche Braunhaarige – ihr Haar war von einem sanften Kastanienbraun, das leicht ins Blonde spielte – kein Geld für das Taxi, und er müsste sich die Fahrt vom Kommissariat erstatten lassen, was hieß, dass er besser eine Limonade trinken ging. Trotzdem fuhr er sie hin, denn dieses weiche, kastanienbraune Haar, das ihr bis auf die Schultern fiel, und ihr sanftes Gesicht berührten sogar ihn, einen abgestumpften, lombardischen Taxifahrer bei der Nachtschicht. Er wollte sie sogar fragen, was sie verdammt noch mal im Kommissariat wollte, nur dass die Lombarden, allem Anschein zum Trotz, ziemlich schüchtern sind. Und so fragte er schließlich doch nicht.

Vor dem Kommissariat stieg sie aus in die helle Maiennacht, bezahlte das Taxi und verschwand in dem breiten Torweg. Dort war niemand zu sehen, und auch der Hof schien menschenleer. Doch dann bemerkte sie in dem fahlen Licht einen Schatten, der sich von der Hauswand löste, sah einen Polizeibeamten in Uniform, der einen Zigarettenstummel fortwarf, und ging auf ihn zu. Sie war nach der neuesten Mode gekleidet, mit einem Rock, der die Knie frei ließ, und trug die Haare ziemlich lang. Das einzig Ungewöhnliche an ihr, vor allem in einer milden Maiennacht wie dieser, war der schwere und etwas sperrige Mantel, den sie über dem Arm hielt.

„Was willst du?“, hatte der Polizeibeamte gefragt und sie dabei geduzt, denn es kommt durchaus vor, dass sich die eine oder andere Hure auf der Flucht ins Kommissariat rettet, um nicht von ihrem Zuhälter erwürgt zu werden.

„*Sono venuta a costituirmi*, ich bin gekommen, um mich zu stellen“, sagte sie in perfektem Italienisch, nur das t kam etwas gepresst heraus, denn für eine Frau aus Arizona ist es praktisch unmöglich, das t italienisch auszusprechen; das geht sozusagen gegen ihre Natur. „Ich habe zwei Menschen umgebracht, ich habe sie im Auto in den Alzaia Naviglio gestoßen“, sagte sie kurz und klar.

Genau deswegen begriff der Beamte sie nicht, denn je deutlicher man sich ausdrückt, desto weniger wird man in der Regel verstanden. Das Einzige, was er begriff, war, dass er dieses Mädchen wegschließen und jemand anderes suchen musste, der sich um sie kümmerte, und das tat er auch: Er schloss das Mädchen weg, und zwar in einen Raum, in dem sich bereits zwei Prostituierte und eine Angestellte von Pirelli befanden, die zwar eine ehrsame Frau, aber mit ihrem Freund bei sittenwidrigem Verhalten in ihrem Auto überrascht worden war. Leider war zu dieser Stunde fast niemand im Kommissariat, denn sämtliche Polizeibeamte waren dabei, Diebe, lose Weibsbilder, Homosexuelle und Zuhälter zu jagen. Schließlich, gegen halb zwei, kam Oberwachtmeister Morini mit einem Wagen voller langmähniger Jugendlicher an, die einen Heidenlärm veranstalteten oder es zumindest versuchten, denn immer, wenn ihr Gezeter von Neuem anhob, teilte Morini großzügig Ohrfeigen aus. Der Polizeibeamte in Uniform informierte Oberwachtmeister Morini, dass ein Mädchen gekommen sei, um sich zu stellen, er habe nicht wirklich begriffen, warum, es schien so, als habe sie zwei Personen umgebracht.

Sobald Morini sich der Langmähnigen entledigt hatte, die schworen, Sänger, ja Künstler zu sein, keine Strichjungen, ließ er sich das hübsche, sanfte Mädchen vorführen und hörte ihm zu.

„Ich bin gekommen, um mich zu stellen“, wiederholte sie in ihrem reinen Italienisch. „Ich habe zwei Menschen umgebracht, ich habe ihr Auto in den Alzaia Naviglio gestoßen.“

Morini warf ihr einen flüchtigen Blick zu. Die Sanftmut und Kindlichkeit ihres Gesichts ärgerten ihn ein wenig, es war, als sei ein sechsjähriges Mädchen zu ihm gekommen, um ihm mitzuteilen, dass es seine Großmutter umgebracht hatte. Er kam zu dem Schluss, dass das eine Angelegenheit war, um die Carrua sich kümmern musste, erfuhr aber von dem Beamten, der in Carruas Büro Wache schob, dass dieser schlief, und zwar zum ersten Mal seit Montag. Mittwochnacht um zwei kann man schlecht jemanden wecken, der seit Montag nicht mehr geschlafen hat, und deshalb wollte er das Mädchen schon wieder in seine Zelle zurückbringen, doch ihr Gesicht, die Anmut ihres kastanienbraunen Haares und die Vornehmheit ihrer ganzen Erscheinung, ja, genau, diese Vornehmheit, ließen ihn zögern. Er mochte sie nicht wieder in das Kabuff mit den Lotterweibern schließen, nicht dieses Mädchen, und über einen leeren Raum verfügte er nicht. So rang er sich dazu durch, Carrua anzurufen. Doch als er ihn am Apparat hatte, sagte er aus Versehen – vielleicht, weil er müde war, vielleicht auch wegen der unvermuteten Gegenwart dieser engelhaften jungen Frau mit dem ungewöhnlichen Geständnis: „Hier Morini, Signor Carrùa“, mit dem Akzent auf dem u und nicht auf dem a, wie der Name eigentlich ausgesprochen wurde.

„War mir sofort klar, der Holzkopf Morini“, erwiderte Carrua. Er saß auf seiner Pritsche, einer erbärmlichen Pritsche, die ihm hin und wieder, wenn auch sehr selten, als Ruhelager diente. „Was gibt’s?“

„Entschuldigen Sie, Doktor Càrrua.“ Morini errötete und sprach den Namen diesmal korrekt aus. „Hier ist eine junge Dame, die sich stellen will.“

„Hat das nicht bis morgen Zeit?“ Carrua knurrte vor Müdigkeit, war aber schon dabei, in seine Schuhe zu schlüpfen, da er wusste, dass es mit dem Schlafen vorbei war.

„Sie sagt, sie habe das Auto mit Turiddu Sompani und seiner Freundin in den Naviglio gestoßen“, erklärte Oberwachtmeister Morini, „und da Sie sich immer um diese Angelegenheit gekümmert haben, wollte ich Ihnen gleich Bescheid geben.“

Carrua beschloss, auf das Zubinden seiner Schuhe zu verzichten. Er hatte kein Wort verstanden. Entschlossen sagte er: „Bring mir das Mädchen rauf.“

„Sie ist Amerikanerin“, fügte Morini noch hinzu.

„Gut, meinetwegen ist sie Amerikanerin, aber jetzt bring sie mir rauf, ja?“

Und nun saß sie da in Carruas Büro, und Carrua saß hinter seinem Schreibtisch, auf dem ihr Mantel lag, unpraktische Bürde in dieser lauen Frühlingsnacht. Er hingegen, Duca, stand neben ihr, und nachdem er sie eine Weile betrachtet hatte, ohne wirklich zu begreifen, warum dieses sanftmütige Gesicht eine derartige Wut in ihm entfachte, sagte er zu Carrua: „Den Pass, bitte.“

5

Susanna Paany, stand in ihrem Pass, der sich mit anderen Papieren in ihrer Handtasche befunden hatte und den Carrua ihm nun hinhielt. Duca saß vor ihr. Sie war, wie aus ihrem Pass hervorging, eins sechsundsiebzig groß, eine stattliche Größe für eine Frau, und trug Schuhe mit flachen sportlichen Absätzen, was allerdings nicht aus ihrem Pass hervorging. Ihr Rock war im Sitzen hochgerutscht, ein gutes Stück über die Knie, und Mascaranti, der mit einem neuen Heftchen in der Hand auf der anderen Seite des Mädchens Platz genommen hatte, versuchte ein unbeteiligtes Gesicht zu machen, damit es so aussah, als schaue er nicht hin oder als messe er dieser Tatsache zumindest keinerlei Bedeutung bei. Im Pass stand auch, dass sie hellbraune Haare hatte, dass ihre Fingerabdrücke im Bundesarchiv in Washington unter der Nummer W-62CArizona414(°4) registriert waren und sie 1937 geboren war. Duca legte den Pass auf den Schreibtisch zurück. Sie war also neunundzwanzig Jahre alt, auch wenn sie zehn Jahre jünger aussah, Engelhaftigkeit verjüngt, nur dass Engel normalerweise keine Doppelmorde begehen.

Duca wandte sich an Susanna Paany: „Also, was ist mit Turiddu Sompani?"

Sie antwortete: „Er hat meinen Vater verhaften lassen, und seine Freundin hat ihn gefoltert und umgebracht."

Duca blickte Carrua an, vom kindlich zarten Klang dieser Stimme betört, um es etwas altmodisch auszudrücken.

„Ich habe auch kein Wort verstanden", meinte Carrua. „Allerdings habe ich auch nicht viele Fragen gestellt, denn ich bin müde." Diese samtene Maiennacht war geradezu eine Einladung zum Schlafen, nur dass man bei all den Dieben, Mördern und Dirnen, die sich in so einer großen Stadt herumtreiben, im Kommissariat einfach nicht zum Schlafen kommt.

Duca entschloss sich, einen anderen Weg einzuschlagen. Vielleicht konnte er ja im Nordwesten eine Bresche schlagen. „Warum sprechen Sie eigentlich so gut Italienisch?"

„Mein Großvater war Italiener." Stolz hob sie den Kopf. „Er stammte aus den Abruzzen. Eigentlich heißen wir Paganica, nicht Paany, aber für die Amerikaner ist es sehr schwer, ‚Paganica' zu sagen, und so haben sie meinen Vater in Paany umgetauft, als er in die Militärschule kam."

„Wurde in Ihrer Familie Italienisch gesprochen?"

„Ja", antwortete sie und reckte noch einmal sanft, aber stolz den Kopf. „Ich habe aber auch Stunden genommen, denn mein Großvater sprach ziemlich idiomatisch – oh", sie errötete, „Entschuldigung, ich meine, er sprach ziemlich stark Dialekt, und er benutzte auch viele schlimme Wörter."

Dann brachte er ihr wohl Ausdrücke wie *per la Maiella* bei, dachte Duca.

„Deshalb gab mein Vater mir Bücher, um die Sprache richtig zu lernen, und zweimal die Woche kam ein hervorragender Italienischlehrer aus San Francisco; denn in San Francisco in Arizona leben sehr viele Italiener, eine ganze Gemeinde, sagt man nicht so?" Das Thema schien sie zu beleben, ihr perlenfarbenes Kindergesicht überzog sich sogar mit einem Hauch von Röte.

„Ja, man sagt Gemeinde", bestätigte Duca.

„Wir haben hier etwas kalten Kaffee", unterbrach ihn Carrua. „Möchtest du einen Schluck?"

„Ja, danke", antwortete Duca.

Hinter Carruas Schreibtisch hantierte Mascaranti mit einer Flasche kaltem Espresso, holte ein paar Gläser aus einer Schublade und servierte ihnen schließlich den Kaffee, auch dem Mädchen, das ihn gierig trank. „In San Francisco konnte nur Mamma solchen Kaffee zubereiten."

„Ist Ihre Mutter auch Italienerin?", erkundigte sich Duca.

„Nein“, antwortete sie, „aber Papa hatte es ihr beigebracht. Meine Mutter war aus Phoenix, aber ein bisschen Italienisch konnte sie schon.“

Was für ein Familienidyll, diese amerikanische Familie aus den Abruzzen. Er nippte an seinem kalten Kaffee, angelte sich eine Zigarette und bot auch dem Mädchen eine an, die die Nazionale gerne annahm und in Seelenruhe rauchte, es war wie bei einem Kaffeekränzchen, so locker unterhielten sie sich. Haben Sie schon „Africa addio“ gesehen? Wissen Sie, dass Sophia Loren in Cannes ist? Jetzt musste er allerdings auch ein paar andere Fragen stellen, eine andere Sorte von Fragen. „Sie sagten, Turiddu Sompani habe Ihren Vater verhaften lassen. Warum? Was hatte Ihr Vater getan, um verhaftet zu werden? Und warum konnte Turiddu Sompani ihn verhaften lassen?“

Ihre Antwort kam vollkommen unvermutet: „Bis vor wenigen Monaten hatte ich keine Ahnung von alledem, auch Mamma wusste nichts und ist ohne dieses Wissen gestorben. Wir hatten eine Medaille bekommen, weil Papà an der Front gefallen war, und dachten, das müsse an der Gotischen Linie* gewesen sein, denn das war das Einzige, was auf diesem Diplom aus Washington stand. Sagt man Diplom?“ Nein, das sagte man eigentlich nicht, aber Duca nickte trotzdem. „Im Grunde wussten wir jedoch gar nichts, und glücklicherweise ist Mamma auch in diesem Unwissen gestorben.“

Aha, hier wusste also niemand von nichts. „Signorina Paany“, begann Duca noch einmal, „wovon wussten Sie nichts?“

Vielleicht war sie von dem Kaffee schon ganz beschwingt, und außerdem mussten ihr diese netten Mailänder Polizisten gefallen, bei denen man kalten Kaffee und Zigaretten angeboten bekommt und die so zuvorkommend sind. „Ich arbeite in Phoenix“, sagte sie, „im Regierungsarchiv. Meine Arbeitsfreundinnen“, das Wort „Arbeitskolleginnen“ musste sie vergessen haben, „sagen immer, die

---

* Verteidigungslinie durch ganz Mittelitalien, von Rimini nach Massa, mit der die Deutschen 1944 versuchten, den Vormarsch der Alliierten aufzuhalten.

Arbeit sei langweilig, aber mir gefällt sie. Ich bin in der Kriminalabteilung. Als ich vor sieben Jahren eingestellt wurde, war man mit der Archivierung nicht über das Jahr 1905 hinausgekommen, aber mir ist es dann gelungen, alle Verbrechen zu archivieren, die zwischen 1905 und 1934 in Arizona begangen wurden. Für manchen mag das eine ermüdende Arbeit sein, und wir waren auch nur zu dritt, aber mir hat es Spaß gemacht. Wir mussten die Verbrechen in verschiedene Kategorien einteilen, Diebstähle, Morde, Raubüberfälle, sogar Tiermisshandlungen, und für jedes Verbrechen eine Akte anlegen, in der alles aufgeführt war, was der Täter angestellt hatte. Sogar sein Foto war beigelegt."

Die drei Polizisten hörten ihr gespannt zu, ohne sie mit Fragen zu unterbrechen, sie ließen sie frei laufen wie ein Fohlen, das gebändigt werden sollte. Vielleicht würde sie ja früher oder später von selbst erklären, warum sie zu ihnen ins Kommissariat gekommen war, die Polizei hat Zeit.

„Dann habe ich mich verlobt, fuhr Susanna Paany fort, „mit einem Arbeitsfreund, der auch im Bundesarchiv beschäftigt ist, allerdings in der Kriegsabteilung." Während sie von diesem „Arbeitsfreund" sprach, wurde ihre Stimme noch engelhafter, falls das überhaupt möglich war. „Er ist Ire, aber fragen Sie mich bitte nicht nach seinem Namen. Ich möchte auf keinen Fall, dass er in diese Geschichte verwickelt wird. Eigentlich wollten wir diesen Monat heiraten, nur dass ich mich dann entschieden habe, mich zu stellen. Er war strikt dagegen, aber ich habe ihm erklärt, dass es nötig sei und dass er sicher eine andere finden werde, die besser sei als ich, und vielleicht auch jünger." Mit dem kleinen Finger wischte sie sich zwei Tränen aus den Augenwinkeln. „Bitte, fragen Sie mich nicht nach seinem Namen. Ich flehe Sie an, halten Sie ihn da heraus."

„Der Name Ihres Verlobten interessiert uns nicht", beschwichtigte Duca sie, „wir wollen bloß wissen, was passiert ist."

„Mein Arbeitsfreund – vielleicht lassen Sie am besten auch weg, dass er mein Verlobter war – arbeitet im Regierungsarchiv in Phoenix, in der Kriegsabteilung. Er archiviert alle Episoden aus dem Krieg, in die die Einwohner des Staates Arizona verwickelt waren. Für jeden Offizier, jeden Soldaten, jede Hilfskraft, egal, ob gestorben oder noch am Leben, gibt es ein Dossier, in dem alles aufgeführt ist, was er im Krieg getan hat, mit allen entsprechenden Papieren und Belegen. Die Originalakten liegen in Washington, aber an den Herkunftsort des Soldaten oder Offiziers wird immer eine Kopie geschickt: Ist er in Alabama geboren, schicken sie die Kopie nach Montgomery, ist er aus West Virginia, geht sie nach Charleston, ist er aus Arizona, geht sie nach Phoenix."

Sie war wirklich ein akribisch genauer Engel, fast schon penibel. Umso besser, so würden sie eben alles ganz genau erfahren.

„Natürlich ist das eine sehr zeitraubende Prozedur", fuhr der Engel fort. „Im Washingtoner Archiv gibt es Berge von Akten, und jedes Blatt jeder einzelnen Akte wird in wer weiß wie vielen Büros studiert und bearbeitet. Deshalb sind die Dokumente, die meinen Vater betreffen, erst dieses Jahr nach Phoenix geschickt worden, obwohl er schon 1945 gestorben ist. Charles, mein Arbeitsfreund", sie unterbrach sich abrupt, nun war ihr doch der Name herausgerutscht, „aber nennen Sie seinen Namen bitte nicht, er soll nichts mit dieser Geschichte zu tun haben!"

Sie bekräftigten alle drei, auch Mascaranti, dass ihnen der Name dieses Herrn, der ihr so am Herzen lag, nie im Leben über die Lippen kommen werde. Aber sie bekräftigten das wider besseres Wissen, denn Polizisten und Journalisten müssen immer alles wissen, vor allem Namen, und die Journalisten plaudern sie dann aus.

„Als das Dossier eintraf, sagte Charles zu mir: Das Dossier deines Vaters ist aus Washington gekommen. Ich habe es mir noch nicht angeschaut, aber sobald ich dazu komme, werde ich dir alles erzählen. Ich war sehr glücklich, denn aus dem Diplom über den Tod meines Vaters ging ja nicht viel hervor, nur dass er gefallen war und der Zivilisation durch den Einsatz seines Lebens ein großes Opfer gebracht hatte. Was sie eben so schreiben, gestorben in Italien an der Front, an der Gotischen Linie, am 6. Januar 1945. Ich war also sehr froh, denn ich wusste ja, dass in der Akte alles enthalten war, auch seine Erkennungsmarke. Es tat mir nur leid, dass meine Mutter schon gestorben war und nicht mehr erfuhr, was Papà im Krieg alles geleistet hatte.“ Sie neigte den Kopf, sodass die langen Haare wie zwei Vorhänge vor ihr Gesicht fielen und es fast ganz verdeckten. Doch dann richtete sie sich ruckartig auf. Wie es schien, hatte sie die Erinnerung an den Tod ihrer Mutter wieder verdrängt, denn ihr Gesicht war erneut von einem Lächeln überzogen. „Ich wartete fast zwei Wochen, doch eines Abends reichte es mir, und ich sagte zu Charles: Charles, hast du dir die Akte von Papà immer noch nicht angeschaut?, und er antwortete: Oh, es tut mir wirklich leid, ich habe furchtbar viel zu tun, ich habe es einfach noch nicht geschafft. Das kam mir ziemlich seltsam vor, denn er wusste doch, wie wichtig mir alles war, was mit meinem Vater zusammenhing, aber ich sagte trotzdem, kein Problem, dann werde ich eben warten. Vier Monate später, nachdem ich ihn noch mehrmals gefragt hatte, warum er mir denn nichts über diese Akte erzählte, drohte ich ihm eines Tages, wenn er mir die Dokumente nicht augenblicklich zu lesen gäbe, würde ich mich von ihm trennen und dann bei der Generaldirektion des Historischen Archivs einen offiziellen Antrag auf Einsicht in die Akte stellen, und da ich die Tochter sei, werde man mir das nicht verweigern können. Also nahm er mich eines Abends mit in sein Büro. Da sind wir dann die ganze Nacht geblieben, und ich habe sämtliche Papiere durchgelesen, Stück für Stück. Zweimal bin ich dabei ohnmächtig geworden, denn es waren auch Fotos beigelegt. Doch beide Male bin ich wieder zu mir gekommen und habe weitergelesen, bis zum allerletzten Blatt. Und da habe ich begriffen, warum der arme Charles nicht wollte, dass ich das alles lese.“ Sie senkte wieder den Kopf und versteckte das Gesicht hinter den hellbraunen Strähnen. Doch diesmal gelang es ihr nicht, die Fassung zu wahren, und sie begann zu schluchzen. Auf Englisch fügte sie hinzu: „Jetzt bin ich froh, dass Mamma gestorben ist, ohne all dieses schreckliche Zeug erfahren zu haben.“

6

Dafür, dass es nur die Akte eines einfachen Infanteriehauptmanns war, war sie sehr dick. Auf dem Deckel des Ordners stand *Anthony (Paganica) Paany, cpt. iftry (AD, GP, MFR 2961 – b. 1908 d. 1945*), und darin befand sich alles, aber auch wirklich alles über Anthony Paanys Leben als Soldat. Hätte es sich um einen normalen amerikanischen Offizier gehandelt, der zum Kämpfen nach Europa gekommen war, so hätte das Dossier nicht mehr als ein Dutzend Blätter enthalten. Anthony Paany aber hatte eine ganz besondere Eigenschaft besessen: Er konnte perfekt Italienisch.

An der Front geschah zu der Zeit nicht viel, ein Hauptmann war eigentlich zu schade für die routinemäßigen Patrouillen, und so war ein Oberst auf die Idee gekommen, dass man Hauptmann Paany doch gut hinter die Front schicken könnte, nach Bologna, wo es bereits eine kleine Spionagezelle gab. Hauptmann Paany ging also nach Bologna, und zwar zu Fuß, geführt von zwei Partisanen, die sich allerdings kurz vor dem Ziel bei dem Versuch, einen befreundeten *tabaccaio* um Zigaretten anzugehen, von den Faschisten hatten erwischen lassen. Und so war er nun plötzlich mitten im Zentrum von Bologna ganz auf sich allein gestellt, und dazu noch mit einem Funkgerät im Koffer und zwei Pistolen in der Tasche, die in ihren Ausmaßen an die Cowboyparaden von San Francisco, Arizona, erinnerten.

Trotzdem gelang es ihm zu überleben. Er hatte zwar keine Ahnung, wie man sich als Geheimagent verhält, aber in seiner Akte stand nicht umsonst: *Durch sein extrem ruhiges Temperament, seine Objektivität, seine außergewöhnliche Entschlossenheit und seine wache Intelligenz ist er für die verschiedensten Aufgaben geeignet.* Und so wandte er sich mit seiner bewunderungswürdigen Gelassenheit,

Entschlossenheit und Objektivität an eine etwa dreißigjährige Frau, die auf der Straße an ihm vorüberkam und ihm für sein Vorhaben geeignet schien, und sagte zu ihr: „Ich bin ein amerikanischer Offizier und habe ein Funkgerät und zwei Pistolen dabei. Können Sie mich verstecken? Sie dienen damit nicht nur Ihrem Vaterland, sondern ich kann Sie auch reichlich belohnen.“ Was er ihr nicht sagte, war, dass er außerdem drei Millionen Lire besaß, denn mit Frauen sprach er nicht gern über Geld.

Die Frau schaute ihn an – und Anthony Paany begriff, dass er gerettet war. „Kommen Sie“, sagte sie nur. Er folgte ihr mit ein paar Schritten Abstand, und so nahm sie ihn mit nach Hause, in ihre kleine Mietwohnung, und bereitete ihm ein Essen zu. Als er dann auf dem Bett lag, um sich auszuruhen, begann sie zu stricken und von sich zu erzählen. Sie sagte, sie heiße Adele Terrini, sei unverheiratet und gerade für ein paar Wochen in Bologna, um einer Freundin, der die Faschisten den Mann umgebracht hatten, Gesellschaft zu leisten, müsse dann aber wieder zurück nach Mailand, wo sich ein Cousin von ihr versteckt hielt, um nicht nach Deutschland deportiert zu werden.

Was sie ihm erzählte, war von vorn bis hinten erlogen, wie aus ein paar anderen Blättern des Dossiers Anthony Paany hervorging. In Wirklichkeit waren sie, Adele Terrini, und derjenige, den sie ihren Cousin nannte, nämlich Turiddu Sompani, darauf spezialisiert – wenn auch nicht darauf beschränkt –, mit Flüchtlingen zu handeln. Ob es sich bei diesen Flüchtlingen um Faschisten handelte, die von den Partisanen hingerichtet werden sollten, oder um Partisanen, die von den Faschisten gesucht wurden, oder um englische oder amerikanische Gefangene, war ihnen egal. So nahm sie etwa einen von den Faschisten verfolgten Partisanen in ihrer Wohnung auf, stärkte ihn mit einem guten Essen, kleidete ihn neu ein, ging mit ihm ins Bett und gab ihm schließlich Geld und Ratschläge, wie und wo er am besten floh. Und so floh er denn auch, nur dass er – was für ein dummer Zufall! – irgendwann von zwei überzeugten Anhängern der Republik von Salò angehalten und durchsucht wurde, die natürlich eine Waffe bei ihm fanden und ihn einlochten, folterten und am Ende umbrachten. Oder sie kümmerte sich um einen jungen Mann, der am 8. September Soldat gewesen und seitdem auf der Flucht war, um nicht nach Deutschland deportiert zu werden: Sie nahm ihn auf, versteckte ihn, badete ihn sogar, ging mit ihm ins Bett, meist waren es ja stramme Burschen, nur dass dann – was für ein dummer Zufall! – auf einmal zwei deutsche Soldaten und ein Unteroffizier auftauchten und ihn abführten.

Angeleitet von ihrem Demiurgen Turiddu Sompani, genoss Adele Terrini nicht nur das absolute Vertrauen der Wehrmacht, der Gestapo und der faschistischen Partei der Republik von Salò, sondern auch das der verschiedenen Widerstandsorganisationen, die sie mit wertvollen Hinweisen auf Gefahren versorgte: Flieht, die Deutschen kommen, hier entlang, und alle wussten, dass sie sich an sie und ihren Cousin wenden konnten, wenn Gefahr drohte. Bestimmt gibt es heute noch den einen oder anderen Partisan oder Juden, der sich mit Dankbarkeit, ja vielleicht sogar mit Rührung daran erinnert, wie sie ihn damals in ihrer Wohnung versteckt und ihm ihr weiches Fleisch dargeboten, wie sie ihm die Strümpfe gestopft und Geld für die Flucht gegeben hatte. Dass der Partisan von den Faschisten oder der Jude von der Gestapo gefasst und dann nur durch ein Wunder mit heiler Haut davongekommen war – das hatte schließlich nichts mit ihr, Adele, zu tun, oder? Da gab es doch keinerlei Verknüpfung.

In der Tat lag der Erfolg ihres Handels mit den Flüchtigen einzig und allein daran, dass der Kopf, der dahinterstand, nämlich Advokat Sompani, alles so geschickt organisierte, dass keinerlei Verbindung zu erkennen war zwischen der Bekanntschaft mit Adele Terrini und der Tatsache, dass der Flüchtige früher oder später brutal abgeschlachtet wurde oder zumindest die schlimmsten Stunden seines Erdendaseins erleben musste. Damals gab es natürlich jede Menge Dummköpfe, die denselben Handel betrieben und die Flüchtigen an ihre Feinde verrieten, nur dass sich stets schon nach wenigen Monaten ein erschöpfter Priester an irgendeinem Straßenrand über den plumpen Verräter beugte, der mit Kugeln gespickt war wie ein Panettone mit Rosinen, um ihm post mortem die Absolution von allen seinen Sünden zu erteilen. Nicht jedoch Adele Terrini und der kluge Kopf. Sie waren keine plumpen Verräter, nein, sie waren zum Verrat geradezu geboren, Verrat war ihre Berufung, ihre Leidenschaft – und sie wussten, wie sie es anstellen mussten.

Und so hielt sich Adele Terrini jetzt keineswegs in Bologna auf, um eine arme Freundin zu trösten, der die Faschisten den Mann getötet hatten, denn ein so menschliches Handeln war ihrem Charakter völlig fremd; sie befand sich dort, weil ein ehemaliger Schulkamerad, mit dem sie selbstverständlich auch geschlafen hatte und der ein wichtiges Amt in der faschistischen Partei bekleidete, sie gebeten hatte, ihm in die Schweiz fliehen zu helfen, denn in seiner Uniform fühlte er sich auf den Straßen von Bologna nicht mehr recht wohl, bei all den Kugeln, die dort herumflogen, und so war sie herbeigeeilt, schwesterlich, oder vielleicht eher mütterlich, hatte eine vertrauliche Unterredung mit dem Parteibonzen und ehemaligen Schulkameraden gehabt und ihm versichert, sie werde ihn persönlich in die Schweiz bringen. In Wirklichkeit hegte sie natürlich ganz andere Absichten, und der vertrauensvolle Bonze würde kurz vor der Schweizer Grenze von einem Grüppchen Faschisten gefasst werden. Vielleicht verkauften sie sie ja nach Gewicht.

All das wusste Tony Paany an jenem Tag natürlich nicht. Auf dem Bett ausgestreckt, wähnte er sich sicher und geborgen und wohnte einer Szene bei, wie er sie in den Vereinigten Staaten mit all ihrer Entwicklung und Industrialisierung noch nie erlebt hatte: eine Frau, die still und sanft am Fenster saß und strickte. Sie strömte eine wohlige Wärme aus und weckte in ihm unwillkürlich ein dunkles Urgefühl von Heim, Herd und Familie, ein Gefühl, das ihn an die Abruzzen erinnerte und in seine Heimat zurückversetzte, in die Heimat seines Vaters dort oben in den Bergen, am Fuß des Paganica, nach dem auch sein Dorf und seine Familie benannt waren. Diese Frau verkörperte für ihn aber auch, vielleicht bereits an jenem ersten Tag, die Hoffnung, dass es schon bald möglich sein werde, diese düstere Welt hinter sich zu lassen und in eine helle, heitere Welt zu treten, in der es noch Frauen gab wie sie, die mit den Stricknadeln klapperten und bald wieder wirkliche Wolle benutzen würden, nicht mehr die aufgeribbelte der letzten Zeit. Das Gesicht dieser Frau und das Klappern ihrer Stricknadeln gaben ihm den Beinamen ein, mit dem er Adele von nun bezeichnete: Adele meine Hoffnung. All das ging klar und deutlich aus einem Blatt des Dossiers hervor, um genau zu sein, aus Blatt AD, GP, MFR 2999, bestehend aus einem Brief, den Anthony Paany an seine Frau Monica geschrieben, aus organisatorischen Gründen aber nie abgeschickt hatte.

An jenem grauen Oktobertag 1944 dachte Adele Terrini – die er Adele meine Hoffnung nannte, während sie in Ca' Tarino und Romano Banco aus guten Gründen Adele die Hure genannt wurde – an viel konkretere Dinge als er, während sie so dasaß und strickte und dem Amerikaner, diesem Trottel, der dort auf dem Bett lag, mit blühender Fantasie von sich erzählte. Auf diesen amerikanischen Offizier gestoßen zu sein, ohne überhaupt danach gesucht zu haben, auf einen waschechten Offizier inklusive Funkgerät, Pistolen und sicher viel, viel Geld, das in irgendeinen Gürtel eingenäht war – die Amerikaner, die mit dem Fallschirm absprangen, waren immer Millionäre, das wusste sie genau –, das war eine ganz große Sache, die man nicht unterschätzen durfte, sondern richtig gut verkaufen musste. Wenn sie ihn einfach der Gestapo zuspielte, bekäme sie dafür nicht viel mehr als einen kleinen Block Benzingutscheine, denn die Deutschen waren leider ziemlich geizig. Die Faschisten würden ihr vermutlich gar nichts geben, da sie nichts besaßen und außerdem gar nicht wissen würden, was sie mit einer so unbequemen Person überhaupt anfangen sollten, das heißt, sie hätten ihn früher oder später an die Deutschen weiterverkauft, oder sie hätten sich mit ihm angefreundet, um am Ende des Krieges mit ihm die Gotische Linie zu überschreiten und so der Vergeltung der Siegermächte zu entgehen. Nein, es gab eine bessere Möglichkeit: ihn arbeiten zu lassen. Der Infanteriehauptmann Anthony (Paganica) Paany war eine regelrechte Goldgrube, sowohl unter materiellen als auch unter moralischen Gesichtspunkten. Sie musste ihn nur nach Mailand bringen, dann konnte Turiddu sich um alles kümmern.

Mit sanfter Entschlossenheit legte sie ihr Strickzeug beiseite und setzte sich voller Zärtlichkeit auf das Bett, auf dem Anthony komplett bekleidet ausgestreckt lag. Sie hatte allerdings zweierlei nicht bedacht: erstens, dass dieser Mann ein Romantiker war, und zweitens, dass er seit seiner Geburt in einer angelsächsischen, sprich äußerst puritanischen Umgebung gelebt hatte. Dieser Mann kannte das Sprichwort „Gelegenheit macht Diebe“ mit dem typisch südländischen Hintergedanken nicht. Er liebte seine Frau, und obwohl er schon ganz kribbelig war vor lauter Enthaltsamkeit, hätte er nie mit einer anderen Frau als ihr geschlafen. So war Anthony Paany denn der einzige Mann der Welt, der sich Adele Terrini auf weniger als zehn Meter genähert hatte, aber nicht mit ihr im Bett gelandet war. In der Akte befand sich dazu ein aufschlussreicher Brief von Adele an Turiddu, ein Zettelchen, das eine Untersuchungskommission der Alliierten, der auch einige Historiker angehörten, gefunden, registriert und nach Washington geschickt hatte, und auf dem stand, denn es war nur ein Fragment: *… das kannst du vergessen, denn Tony ist ein Trottel, er quatscht ständig von seiner Frau und seinem Töchterlein, o Susanna, o Susanna, und wir schlafen zwar nachts im selben Raum, aber trotzdem habe ich es noch nicht geschafft, ihn zu …*, und dann folgte ein ziemlich vulgäres Wort für den Geschlechtsakt.

7

Adele meine Hoffnung war Infanteriehauptmann Anthony (Paganica) Paany sehr hilfreich gewesen, wie aus Blatt AD, GP, MFR 3002 des Dossiers hervorging: In Bologna hatte sie ihn eine Woche lang versteckt und ihm die Möglichkeit verschafft, sich per Radio mit Rom in Verbindung zu setzen. Dann hatte sie ihn mit nach Mailand genommen, in eine Villa in der Via Monte Rosa, wo ihr Cousin Turiddu Sompani wohnte. Auch Advokat Sompani hatte sich, wie auf demselben Blatt hervorgehoben wurde, sehr konstruktiv für Hauptmann Paany eingesetzt: Er brachte ihn mit dem harten Kern des Mailänder Widerstandes in Verbindung und lieferte ihm regelmäßig Informationen, die sich, wie auf Blatt 3002 betont wurde, stets als exakt erwiesen hatten; denn wahre Verräter zeichnen sich dadurch aus, dass sie immer echte Ware anbieten, um das Opfer davon zu überzeugen, dass sie wahre Freunde sind. Der erste unmittelbare Vorteil dieser Politik der Wahrhaftigkeit war, dass Adele und Turiddu sich noch nicht einmal den Kopf darüber zu zerbrechen brauchten, wie sie Anthony Paany das Geld stehlen konnten, das er bei sich trug, denn das hatten sie zunächst vorgehabt. Bis Weihnachten 1944 lebten sie bestens durch die Weitergabe von Informationen: Sie verrieten den Amerikanern alle Positionen der Deutschen und Faschisten, die sie in Erfahrung bringen konnten; sie übernahmen Botendienste für die antifaschistischen Stoßtrupps, wobei sie, davon war Hauptmann Paany überzeugt, jedes Mal ihr Leben riskierten, während sie in Wirklichkeit, mit authentischen deutschen und faschistischen Passierscheinen ausgestattet, Mailand und Umgebung in aller Seelenruhe durchqueren konnten; sie unterhielten im zweiten Stock ihrer Villa einige Räume, die je nach Bedarf den Partisanen als Unterschlupf für eine Nacht dienten oder den deutschen Offizieren als Liebesnest, wobei sie die knackigen Kollaborateurinnen von zwanzig Jahren abwärts dort bereits vorfanden. Aufgrund dieses regen Durcheinanders konnte niemand Verdacht schöpfen, weder die Deutschen noch die Patrioten. Jede Information wurde reichlich belohnt, denn Hauptmann Paany war klar, dass es überaus mühevoll sein musste, sich all diese Informationen zu verschaffen – doch hier irrte er sich gründlich – und, wie ein amerikanisches Sprichwort sagt, große Mühe, großer Lohn.

Kurz vor Weihnachten waren die drei Millionen, die Hauptmann Paany bei sich gehabt hatte, aufgebraucht. Turiddu Sompanis Rat folgend hatte Adele meine Hoffnung Anthony vorgeschlagen, sich doch um neues Geld zu bemühen, und ein paar Tage lang sah es so aus, als würde Rom sich tatsächlich darauf einlassen, sodass ein antifaschistischer Stoßtrupp drei Nächte lang auf einem Feld in der Nähe von Grema auf das Flugzeug wartete, das die Behälter mit den Waffen und dem Geld abwerfen sollte, um eine neue Guerillazelle aufzubauen – denn Turiddu hatte sich dazu bereit und fähig erklärt – und sich dann gemeinsam mit den anderen, bereits bestehenden Grüppchen die Kontrolle über die ganze Lombardei zu verschaffen.

Nach drei Nächten kam statt des Materials folgende Nachricht, Blatt 3042: *Vernichten Sie Radio, retten Sie sich, Bh und Bk falsches Spiel, fliehen Sie in Zone 4 Ihres Sektors.* Wer der rettende Engel gewesen war, der dem Alliierten Kommando in Rom gesteckt hatte, dass Adele und Turiddu, also Bh und Bk, zwei schändliche Verräter waren, das wusste jedoch nicht einmal das Historische Kriegsarchiv in Washington.

Bei Empfang der Nachricht lief Hauptmann Paany die Galle über. Adele eine Verräterin – das war für ihn absolut undenkbar. Er trug sogar einen schönen Pullover, den sie ihm gestrickt hatte, Tag für Tag hatte er ihn unter ihren Händen wachsen sehen. Unten am Bündchen war eine kleine Öse für die beiden Kapseln Zyankali eingearbeitet, damit er sich, wenn sie ihn schnappten, binnen weniger Sekunden umbringen konnte, um der Folter zu entgehen. Es konnte einfach nicht sein, dass diese Frau, die in den letzten Monaten Stunden um Stunden in der Villa Monte Rosa gesessen und gestrickt hatte, eine Verräterin war, eine Spionin der Deutschen! Doch genau das war sie, und sie spionierte nicht nur für die Deutschen, sondern für alle. Er hatte vermutlich noch nie etwas über Psychoanalyse gelesen, denn sonst hätte er gewusst, dass dieses entspannte, weibliche Stricken für eine Kanaille wie sie eine manische Beschäftigung war, eine Art Tick, und nicht etwa der Beweis einer Unschuld, die sie nie besessen hatte.

Zitternd vor Empörung funkte er Rom an und bestand darauf, dass Bh und Bk absolut vertrauenswürdige Personen seien und das seit Monaten immer wieder bewiesen hätten. Die Antwort war: *Brechen jeden Kontakt zu Ihnen ab, zu gefährlich für Sie. Hoffen, dass Sie Zone 4 erreichen.* Und sie hatten ihr Wort gehalten, denn sooft er es auch versuchte, es gelang ihm nicht mehr, Verbindung mit Rom aufzunehmen.

Nachdem Hauptmann Paany zunächst die Galle übergelaufen war, wurde ihm jetzt kalt, allerdings nicht vor Angst – denn nie und nimmer würde er glauben, dass Adele und Turiddu Verräter waren –, sondern vor Wut. Das war also der Grund, dachte er, warum die Amerikaner nie echte, aufrichtige Freunde besaßen: Immer wenn sie Menschen wie Adele und Turiddu begegneten, misstrauten sie ihnen und behandelten sie wie Verräter. Natürlich war er nicht so dumm, Adele und Turiddu davon zu erzählen. Doch die beiden ahnten etwas, und um zu erfahren, was eigentlich genau vorgefallen war, unternahm Adele einen letzten Versuch, mit ihm ins Bett zu gehen, und zwar in der Weihnachtsnacht, denn sie dachte, sie könne die Emotionen ausnutzen, die dieser Abend wecken musste. Und so ließ sie ihn lange erzählen, von seiner Frau und der kleinen Susanna, die an jenem Weihnachten sieben Jahre alt war, und gab ihm zu trinken und tat sogar so, als sei sie ausgerutscht, damit er ihr aufhalf und sie dabei in die Arme nahm. Aber es half alles nichts. Wenig, sehr wenig hatte Hauptmann Paany

Adele verschwiegen: Er hatte ihr die vier Geheimcodes nicht verraten, die immer abwechselnd für die Übertragung benutzt wurden, und auch nicht das anfängliche Funksignal, ohne das Rom keine Nachrichten absandte. Und dass er noch fast eine halbe Million besaß, die er sorgfältig versteckt hielt.

Da begriff Turiddu Sompani, dass etwas geschehen war: Tony funkte nicht mehr, wirkte müde und sprach kaum noch. Er saß zwar immer noch gern bei Adele auf dem Sofa und sah ihr beim Stricken zu, aber irgendetwas hatte sich geändert, und Turiddu Sompani, der Kopf ihres gemeinsamen Unternehmens, ahnte, warum: Rom musste irgendwie sein Misstrauen geweckt haben.

Wenn das aber so war, dann hatte sich die Goldgrube Anthony Paany für sie endgültig erschöpft. Jedenfalls von dieser Seite aus. Nun kam die andere Seite dran.

Und so begab sich Turiddu Sompani am 30. Dezember 1944 in ein Hotel in der Via Santa Margherita – der Akte war ein Foto des Gebäudes beigelegt –, in dem einige wichtige Größen des deutschen Militärs und der Gestapo Quartier bezogen hatten.

8

Am Nachmittag des 30. Dezember hielt ein deutscher Lieferwagen vor der kleinen Villa in der Via Monte Rosa, die, obwohl sich in den beiden Stockwerken insgesamt nur acht Zimmer befanden, offenbar unbedingt dem Castello Miramare in Triest gleichen sollte, wie aus einem Foto hervorging, das sich unter den anderen Dokumenten in dem Ordner befand. Es war ein ausnehmend milder Winter – nur was die Temperatur angeht, versteht sich –, sogar die Sonne schien, die Bäume hatten noch nicht einmal all ihre Blätter abgeworfen, und so schien es eher ein Oktober- denn ein Dezembertag zu sein.

Zwei Soldaten, zwei Männer in Zivil und ein Offizier sprangen von dem Kleinlaster, drangen im Handumdrehen in die Villa ein – das Gartentor war, wie merkwürdig!, nur angelehnt, und die Haustür auch, obwohl in jener Zeit sogar die Hunde ihre Hütten verriegelten – und verhafteten Adele Terrini, Turiddu Sompani und, natürlich, auch Hauptmann Paany.

Da selbst die intelligentesten Verräter Schwachköpfe sind, eben weil sie Verräter sind, geschah bei dieser Verhaftung etwas, das den rosafarbenen Schleier von Hauptmann Paanys Illusionen jäh zerriss: Kaum waren die Eindringlinge in den Raum getreten, in dem er und Adele sich aufhielten, stürzte einer der beiden Deutschen in Zivil auf ihn zu, befühlte hektisch das Bündchen seines Pullovers – den Adele meine Hoffnung mit grenzenloser weiblicher Hingabe für ihn gestrickt hatte –, fand in der Öse die beiden Kapseln Zyankali und nahm sie an sich.

Dass in dem Bündchen des Pullovers die beiden Kapseln versteckt waren, wussten nur drei Menschen: er, Adele und Turiddu. Der magere junge Mann der Gestapo hatte zwar so getan, als durchsuche er ihn und als sei es reiner Zufall, dass er dabei die Kapseln fand, doch obgleich der Amerikaner ein Trottel war, hatte er sich von diesem plumpen Schauspiel nicht hinters Licht führen lassen.

Dann ging die Komödie weiter: Die drei wurden, den Regieanweisungen von Turiddu, dem Kopf, folgend, in das Hotel in der Via Santa Margherita gebracht und dort getrennt. Das Verhör von Hauptmann Paany verlief relativ unspektakulär. Die beiden Herren in Zivil, die ihn befragten, waren intelligent und wirkten müde, wahrscheinlich glaubten sie längst nicht mehr an die Wunderwaffe und beschäftigten sich in Gedanken mehr mit der Frage, wie sie in einen ruhigeren Kontinent, zum Beispiel nach Südamerika, auswandern könnten, als dass sie darüber nachsannen, wie sie aus diesem bescheidenen, etwas voreilig und provisorisch zu einem Geheimagenten umfunktionierten Infanteriehauptmann am besten Informationen herauspressen konnten, die sowieso zu nichts mehr nütze waren.

Hauptmann Paany, den seine abgrundtiefe Enttäuschung weit mehr quälte als sein unsicheres Schicksal, tat zunächst so, als würde er sich von diesen beiden Herren in keiner Weise beeindrucken lassen, nicht durch ihre anfänglichen Schmeicheleien, nicht durch ihre Fausthiebe und nicht durch ihre Tritte gegen sein Knie. Doch dann, als ihm klar wurde, dass diese beiden Idioten ihm glauben würden, gestand er die Wahrheit, die ganze Wahrheit, nichts als die Wahrheit: Er verriet die vier Geheimcodes, die er abwechselnd für die Übertragung seiner Nachrichten benutzt hatte, das anfängliche Erkennungssignal und schließlich die Position der anderen Spionagezellen und Einsatzkommandos der Partisanen. Hätte er diese Informationen sofort preisgegeben, hätte man ihm nicht geglaubt, und außerdem hatte er ohne Gewissensbisse reden können, denn er schadete schließlich niemandem mehr damit: Rom hatte sicher nicht nur ihn vor den Verrätern gewarnt, sondern auch die Leute, mit denen er in Verbindung stand, und so würden die Deutschen auf leere Nester stoßen und mit seinen Geheimcodes auch keine falschen Nachrichten mehr senden können, denn Rom hatte ja bereits jeglichen Kontakt zu Hauptmann Paany abgebrochen.

Hauptmann Paany wurde nun in einen Keller des Hotels gesperrt, wo er die Silvesternacht des Jahres 1944 und den Neujahrstag 1945 verbrachte und im Geist auf Glück und Gesundheit seiner Frau Monica und seiner Tochter Susanna anstieß, denen er hin und wieder Briefe geschrieben hatte, die er aber versteckt hielt, da Spione es normalerweise vermeiden, für ihre persönliche Korrespondenz die Dienste der Post in Anspruch zu nehmen. Susanna und Monica waren in Sicherheit, es ging ihnen gut, und das war die Hauptsache.

Am 2. Januar 1945 war er von zwei deutschen Soldaten abgeholt und in einen kleinen, geschlossenen Lkw geladen worden, in dem bereits Adele und Turiddu saßen, deren Gesichter auch etwas mitgenommen aussahen, ein wenig, ein ganz klein wenig, bloß dass einige ihrer blauen Flecke wahrscheinlich nur angemalt waren, er hätte das gern gewusst. Nach etwa zwanzig Minuten hielt der Lkw, Turiddu zwinkerte Hauptmann Paany zu, und einer der beiden deutschen Soldaten, von denen sie bewacht wurden, streckte den Arm aus und bedeutete ihnen abzusteigen. Adele griff nach Hauptmann Paanys Hand und sprang mit ihm auf die Straße. Sie standen auf der Piazza Buonarotti, am Anfang der Via Monte Rosa, fünf Minuten entfernt von der Villa, die aussah wie das Castello Miramare. Der Lkw fuhr weiter. Turiddu sagte, dass man im Leben alles erreichen kann, wenn man nur ein gutes Trinkgeld parat hat, und war wohl überzeugt, Hauptmann Paany würde ihm abnehmen, dass er die Deutschen bestochen hatte. Und vielleicht hatte Hauptmann Paany sogar geantwortet: *Ja, natürlich*, aber das stand nicht in dem Dossier, auch wenn man es sich gut vorstellen konnte.

Das Paar hatte ihn also in die Villa zurückgebracht, und die beiden erzählten ihm, wie sie von den Deutschen grün und blau geschlagen worden waren, dass es ihnen dann jedoch gelungen sei, den Ober-Sowieso zu bestechen und freizukommen. Hauptmann

Paany hatte womöglich ab und zu *Ja, natürlich* gesagt. Er beobachtete sie, aber ohne große Neugier. Er ahnte wohl, warum sie ihn „gerettet" hatten, und wirklich erklärte Turiddu ihm am Morgen des 3. Januar seinen Plan: Sie würden zusammen nach Rom fahren, die Reise würde er, Turiddu, organisieren, und so würde der Hauptmann bald in Sicherheit sein, und sie selbst könnten sich den Alliierten nützlich machen, wenn diese das wünschten. Sie legten ihm unterwürfig ihren Plan dar, wie gute, treu ergebene Diener, die ihrem alten, an Bronchialkatarrh leidenden Herrn täglich sein Süppchen kochen und alles, aber auch alles für ihn tun würden. Was die eigennützige Verwertung von Personen anging, die aus irgendeinem Grund untergetaucht waren, war Turiddu Sompani wirklich von außerordentlicher Findigkeit, er quetschte sie aus wie Zitronen, erst von einer Seite, dann von der anderen. Aus Anthony Paany hatte er zunächst all sein Geld herausgequetscht und sowohl die Deutschen als auch die Faschisten verraten, um ihm dienlich zu sein; dann hatte er ihn den Deutschen ausgeliefert, und nun wollte er ihn – das war mit den Deutschen so verabredet – über die Gotische Linie nach Rom bringen, wo er gleichzeitig die Deutschen und die Amerikaner verraten würde. In Rom mit einem „geretteten" amerikanischen Offizier anzukommen, das war zweifelsohne eine hervorragende Empfehlung. Die Amerikaner würden ihn dankbar umarmen, und er, Turiddu, würde zahlreiche Dinge von ihnen erfahren, die er dann an die Deutschen weitergeben konnte; gleichzeitig würde er den Amerikanern alles erzählen, was er über die Deutschen wusste, denn die Deutschen hatten den Krieg verloren, und Turiddu und Adele stellten sich nie auf die Seite der Verlierer.

Es stand zwar auf keinem Blatt des Ordners, aber als Turiddu ihm seinen Plan darlegte, musste Hauptmann Paany leise in sich hineingelacht und geantwortet haben: „Oh, sehr gut." Sollten sie ihn doch nach Rom bringen, sollten sie ihn doch „retten" – die beiden wussten ja nicht, dass Rom bereits bestens über sie informiert war, und außerdem würde er sie, sobald sie die Gotische Linie überschritten hätten, an zwei dieser Hünen von der Militärpolizei übergeben, die ihrer Tätigkeit endlich ein Ende setzen würden. In der Hülle seiner bitteren Enttäuschung schmorend, musste die Aussicht, dass die beiden ihn in Rom „in Sicherheit" bringen wollten, ihm eigentlich eine gewisse Genugtuung verschaffen: Bitte schön, bringt mich ruhig hin.

„Je eher wir fahren, desto besser", sagte Hauptmann Paany, „dieses Haus scheint mir nicht mehr besonders sicher zu sein." Warum waren die beiden bloß so dumm gewesen, ihm auch noch weismachen zu wollen, dass sie sich auf der Flucht vor der Gestapo in ihrer Villa in der Via Monte Rosa verstecken konnten, in der man sie vor einigen Tagen verhaftet hatte? Hatten sie denn nicht den geringsten Respekt vor der Intelligenz der Amerikaner? Nein, anscheinend nicht.

„Morgen Abend", antwortete Turiddu, „dann sind wir zum Dreikönigstag in Rom."

Im Lauf dieses Tages bemerkte Hauptmann Paany drei Dinge. Erstens, dass Adele – einstmals meine Hoffnung – hässlich war, von einer abstoßenden Hässlichkeit, mit ihrem unnatürlich geschwollenen Gesicht von der Farbe einer Leberleidenden und dem Augenweiß, das nicht mehr weiß war, sondern schmutziggrau, sodass sie aussah, als sei sie nicht dreißig, sondern habe mindestens zehn Jahre mehr auf dem Buckel. Zweitens wurde ihm klar, dass ihre ewige Strickerei, die Tatsache, dass sie sich zu Hause nie von ihren Stricknadeln und ihrer aufgeribbelten Wolle trennte, kein Ausdruck weiblicher Leidenschaft für häusliche Beschäftigungen war, sondern eine Form von nervösem Tick, wie wenn jemand ständig mit dem Fuß wippt oder mit den Fingern auf die Tischplatte trommelt. Deshalb rührte es ihn an jenem 3. Januar keineswegs, sie im Gegenlicht vor dem Fenster sitzen zu sehen, wie sie an dem Pullover strickte, den sie bis morgen fertig haben wollte, damit er ihn bei seiner Ankunft in Rom tragen konnte; er ekelte sich nur noch vor ihr. Und das Dritte, was er begriff, war, dass Adele und Turiddu Drogen nahmen. Auch vorher hatte er schon manchmal etwas Unklares in ihrem Verhalten bemerkt, hatte aber gedacht, dass sie vielleicht etwas zu viel tranken. Nun begriff er, dass es Drogen waren. Und er ekelte sich noch mehr.

Obwohl es Hauptmann Paany überhaupt nicht lag, sich zu verstellen, tat er so, als glaube er alles, was sie ihm erzählten, als habe er ihre Lügen geschluckt, und betrug sich ihnen gegenüber wie ein vertrauensvoller Freund, genau wie immer. Um elf Uhr abends ging er in sein Zimmer hinauf, wo er einen Brief an seine Frau Monica schrieb: *3. Januar, nachts. Ich weiß nicht, wann es mir möglich sein wird, dir diese Briefe zu schicken, aber ich hoffe, bald*, und andere, sehr zarte, liebevolle Worte, denn er war ein Romantiker. Und so schrieb er ihr, wie sehr sie, Monica, ihm fehle, und auch seine kleine Susanna. Als er fertig war, steckte er den Brief zu den anderen, die er in den letzten drei Monaten immer mal wieder geschrieben hatte. Dazu drehte er einen Stuhl um, unter dessen Sitz er mit ein paar kleinen Nägeln ein Stück Stoff befestigt hatte, das an einer Seite offen war und so eine kleine, flache Tasche bildete, in die er all seine Briefe und fünfhunderttausend Lire in den damals üblichen großen Scheinen gesteckt hatte. Trotz der liebevollen Zuneigung, die er für Adele meine Hoffnung empfunden hatte, und trotz seiner Freundschaft zu Turiddu hatte er sich, wie ein guter Infanteriehauptmann das eben so tut, eine Reserve zurückgehalten; denn etwas Geld zu haben kann nie schaden, im Krieg wie im Frieden. Er kontrollierte, ob noch alles da war, und es war alles da, drehte den Stuhl wieder um und stellte ihn auf seine Beine, zog sich aus und ging ins Bett. Es war kurz nach Mitternacht, als er das Licht löschte, und nachdem er noch eine ganze Weile wach gelegen hatte, schlief er endlich ein.

Ganz unvermittelt wurde er von zwei Dingen geweckt: von dem Licht, das plötzlich anging, und einem gewaltigen Faustschlag ins Gesicht.

9

Es waren Adele und Turiddu, die offensichtlich stark unter Drogen standen: Ihre Augen waren so glasig und starr wie die von Stofftieren. Sie waren vollkommen nackt und in einem Zustand extremer sadistischer Erregung. Anthony Paany begriff sofort, dass dies schlimmer war, als mit zwei unbezähmbaren Tigern in einem Käfig eingeschlossen zu sein: Dies waren zwei mit Drogen vollgepumpte Irre, dies war entfesselter Wahnsinn.

„Du wolltest uns hintergehen, Verräter!" Turiddu schlug noch einmal zu, aber diesmal weniger heftig. „Wir bringen dich nach Rom, und kaum sind wir da, lässt du uns verhaften. Das ist es doch, was du vorhast, oder?"

„Aber ihr seid doch meine Freunde, warum sollte ich euch denn verhaften lassen?", fragte der Hauptmann mit der Ruhe und Entschlossenheit, für die er ja bekannt war, und das trotz der beiden Faustschläge und in dem Bewusstsein, dass ihm Schlimmstes bevorstand.

„Du dachtest wohl, wir hätten das nicht begriffen, aber wir haben es begriffen!", schrie Turiddu, schlug aber nicht noch einmal zu.

„Ich habe dich heute Abend genau beobachtet und gemerkt, dass du unser Feind bist und uns auf der anderen Seite der Front sofort erschießen lassen würdest." Er lachte, aber es klang eher wie ein keuchendes Husten. Sie waren anscheinend doch nicht so dumm, sie hatten durchschaut, dass er sie durchschaut hatte. Aber was wollten sie jetzt von ihm?

„Mir ist kalt", sagte Adele, „lass uns nach unten gehen vor den Kamin." In dem kleinen Castello Miramare gab es ein Wohnzimmer mit einem lächerlichen Kamin, und er begriff sofort, was sie vorhatten.

„Steh auf und komm mit nach unten", herrschte Turiddu ihn an.

Mit blutverschmiertem Mund stand Hauptmann Paany auf, denn einem Verrückten gehorcht man am besten ohne zu zögern.

„Zieh dich aus", schrie sie ihn jetzt an, „unten ist es heiß!" Sie war noch hässlicher als ihre schamlose Nacktheit, ihre Gesten und ihre Stimme waren durch die Drogen vollkommen verändert. Hauptmann Paany war nur mit einem Wollhemd und einer altmodischen langen Unterhose bekleidet. Er zog sich aus.

Sie brachten ihn nach unten ins Erdgeschoss. Der kümmerliche Kamin war mit Holz vollgestopft, es war wirklich sehr heiß, wenn sie nicht aufpassten, würde das ganze Haus Feuer fangen.

„Setz dich hin und trink."

Er setzte sich und nippte an dem halben Glas Kirsch, das sie ihm, die Lippen in einer nervösen Grimasse verzogen, eingegossen hatte.

„Austrinken!"

Er trank es aus, während sie in ihrer abstoßenden Nacktheit vor ihm standen. Die Nacktheit der beiden ekelte Hauptmann Paany vielleicht am meisten, sie war schlimmer als alles, was man sich vorstellen konnte, vor allem die Nacktheit dieser Frau mit der fleckigen Haut – ob es wohl Schmutz war? –, den schlaffen, faltigen Brüsten, als sei sie schon ein altes Weib, und den rotschwarzen Haaren, die sie immer wieder auf anstößige Weise zurückwarf, sodass sie ganz wirr um ihren Kopf standen.

„Noch mal!"

Er trank noch ein bisschen. Es war ein hervorragender, deutscher Kirsch, den sie vermutlich von der Gestapo bekommen hatten, und er war ein standfester Trinker. Und wo er nun schon sterben musste, war es ihm nicht unrecht, dabei guten Kirsch zu trinken.

„Und jetzt sagst du uns, wo das Geld ist. Wenn du uns sagst, wo du es hast, lassen wir dich gehen", bestimmte Turiddu Sompani beziehungsweise der Bretone Jean Saintpouan, der in den Wirren des Krieges in Italien aufgetaucht war. „Du hättest dich nach Rom bringen lassen und uns dann verraten. Wir haben dich durchschaut, aber wir vergeben dir. Dann fahren wir eben nicht nach Rom. Aber du sagst uns jetzt sofort, wo du das Geld versteckt hast, denn wir haben eine ganze Nacht lang gesucht, ohne es zu finden. Wenn du uns sagst, wo das Geld ist, lassen wir dich laufen, wenn nicht, wird es dir dreckig ergehen."

„Ja, wir lassen ihn so laufen, wie er ist", sagte sie, und jede Faser ihres Körpers verriet, dass sie unter Drogen stand, „ohne Kleider."

„Also, wo ist das Geld?", wiederholte der Bretone.

„Ich habe keins mehr, es ist längst aufgebraucht", antwortete Hauptmann Paany.

Der große und bereits fette Mann schlug ihm die Flasche Kirsch so kräftig an den Hals, dass sie krachend zerbarst. Hauptmann Paany zog instinktiv den Kopf ein. Da trat sie ihn mit ihrem nackten Fuß ins Gesicht. Ein Tritt mit einem nackten Fuß hat eine ganz eigene Wirkung und kann mehr Schaden anrichten als ein Tritt mit einem Schuh. Hauptmann Paanys Gesicht bedeckte sich mit Blut, denn Adele meine Hoffnung war mit ihrem großen Zeh in sein rechtes Auge geraten, ganz hinein, und dazu ein Spritzer Kirsch.

„So eine Verschwendung, der gute Kirsch!", schrie sie. „Und hör auf, ihn zu schlagen, sonst wird er noch ohnmächtig, und das soll er nicht!"

Leider war Hauptmann Paany ein sehr kräftiger Mann (außergewöhnlich robuste Statur, extreme Ausdauer und Beweglichkeit, wie der Militärarzt ihm bescheinigt hatte), sodass er das Bewusstsein nicht verlor. Er war zwar benommen, aber nicht ohnmächtig, und so konnte er beobachten, was Adele tat.

Sie war aufs Sofa gesprungen, ja, regelrecht gesprungen, und stand jetzt vor ihrem Beutel mit dem Strickzeug. Wie ein großer, widerlicher Affe hüpfte sie vor Freude auf dem Sofa auf und ab, immer um den Beutel herum, das wabbelnde Fleisch von dem lodernden Kaminfeuer angeleuchtet. Schließlich bückte sie sich, noch immer wie ein Affe, zu ihrem Beutel hinunter, wühlte darin herum und zog schließlich eine Handvoll Stricknadeln heraus. Dem Hauptmann begann zu dämmern, was sie vorhatte.

Der scheußliche Affe sprang vom Sofa herab, lief zu dem Tischchen vor dem Kamin, auf dem mehrere Scheiben Kastenbrot ohne

Kruste lagen, nahm den weichen Brotteig, knetete ihn zu einem Klumpen und steckte ihn auf den oberen Teil einer Stricknadel, der Spitze gegenüber, sodass eine Art Griff entstand, streckte dann den Arm aus, hielt die Stricknadel in die Flammen des Kaminfeuers und sagte, als sie anfing zu glühen: „Und jetzt sagst du uns, wo das Geld ist."

Der Bretone schaute sie bewundernd an. „Wo steckst du sie ihm rein? Ins Auge?" Er lachte wieder auf diese hysterische Weise, die an ein Husten erinnerte.

„Nein, denn dann wird er ohnmächtig oder stirbt."

„In den ...?" Jean Saintpouan, alias Turiddu Sompani, hustete noch einmal.

„Nein", hustete jetzt auch sie in ihrem bestialischen Wahnsinn und zeigte dem Hauptmann die rot glühende Stricknadel, „in die Leber, wenn du uns nicht sagst, wo du das Geld hast."

„Warum denn in die Leber?", fragte der Bretone, der womöglich nicht einmal ein Bretone war.

„Weil er dann leidet, aber nicht ohnmächtig wird. In Jugoslawien haben sie das mit den deutschen Offizieren gemacht. Halt ihn fest." Und während er ihn festhielt, kam sie mit der rot glühenden Stricknadel auf ihn zu: „Wo ist das Geld?"

Natürlich hätte er es ihnen sagen können, wenn das etwas geändert hätte. Aber selbst wenn er es ihnen verraten hätte, hätten sie ihn trotzdem umgebracht und außerdem auf die Briefe für seine Lieben gespuckt. Das Einzige, was er machen konnte, war, sie zu verachten und daran zu denken, wie wütend sie werden mussten, weil sie keine einzige Lira mehr aus ihm herauspressen konnten. „Ich habe kein Geld mehr", antwortete er lakonisch. Er beobachtete die Stricknadel, die allmählich dunkler wurde, und sah, wie sie allmählich in seiner rechten Seite verschwand. Er hatte nicht einmal mehr die Kraft zu schreien oder sich aufzubäumen, er röchelte nur: „Susanna."

„Susanna, o Susanna", sang sie und bewegte sich dabei seltsam ruckartig, wie eine verklemmte Maschine. „Bei der nächsten Stricknadel wirst du uns schon sagen, wo das Geld ist."

„Fantastisch!", bemerkte der Bretone anerkennend und hielt weiterhin den Hauptmann fest, der sich gar nicht mehr widersetzen konnte und es auch nicht mehr wollte. Jean Saintpouans Bewunderung für Adele nahm weiter zu.

„Wo ist das Geld?", fragte sie erneut, während sie ein Stück Brot nahm, einen Griff daraus formte und dann die zweite Stricknadel ins Feuer hielt. Hauptmann Paany antwortete nicht. Er hatte noch immer nicht die Besinnung verloren, konnte aber nichts mehr machen, außer zuzusehen, mit dem einen Auge, das ihm verblieben war, und zu leiden.

„Er stirbt doch hoffentlich nicht, oder?", fragte Turiddu, denn dann wäre das Vergnügen ja vorüber.

„Nein", antwortete sie, „und er wird auch nicht ohnmächtig. Hauptsache, die Nadel verletzt keine Vene, denn dann gibt es eine innere Blutung. Aber wenn das nicht passiert, kann er durchaus noch zwei, drei Tage leben."

Sie hielt die Spitze der glühenden Stricknadel an die rechte Seite des Hauptmanns: „Wo ist das Geld?"

„Ich habe keins." Der brennende Schmerz wurde immer unerträglicher und machte ihn merkwürdig wach.

Sie stach die Stricknadel ganz in ihn hinein und hustete. Heftig zuckte er zusammen, doch der Bretone hielt ihn fest.

„Wo ist das Geld?"

Durch den Schmerz wurde sein Verstand immer klarer, er fühlte sich jetzt seltsam stark. „Ich habe keins", wiederholte er und beobachtete den obszönen Affen, der sich daranmachte, einen Griff für die dritte Stricknadel zu fabrizieren. Und damit sie ihn bald töteten, drohte er: „Wenn ihr euch nicht beeilt, dieses Haus zu verlassen, ist es aus, ihr werdet sehen, meine Freunde sind schon auf dem Weg und könnten jeden Moment eintreffen."

Eine leere Drohung war das nicht, denn Rom hatte die anderen Spionagezellen und Einsatzkommandos sicher schon in Bewegung gesetzt, damit sie versuchten, ihn zu retten, und seine Freunde konnten tatsächlich jeden Moment auftauchen.

Sie kamen auch wirklich, aber erst am nächsten Tag. Noch immer saß er nackt auf dem Sessel vor dem inzwischen erkalteten Kamin und dem Tischchen, auf dem noch die Teller mit dem Schwarzmarktbrot standen und ein Rest deutscher Kaviar, eine ausgequetschte halbe Zitrone, eine noch volle Flasche Kirsch, eine leere Spritze, die in einem Zweihundertgrammstück Parmesan steckte, und ein Tellerchen mit einem Fläschchen Alkohol zum Desinfizieren und etwas Watte.

Das Grüppchen traf den Hauptmann noch lebend an, denn Signorina Adele Terrini aus Ca' Tarino hatte ihrem Kumpan gesagt, er solle ihn so liegen lassen und ja nicht umbringen, denn sonst würden seine Leiden gar zu schnell vorüber sein.

Man brachte ihn in die Wohnung von Freunden, wo es einen Arzt gab, der ihm die drei Stricknadeln herauszog und dabei inständig hoffte, dass es nicht zu einer inneren Blutung kam, was auch tatsächlich nicht geschah, und der ihm dann eine Spritze Morphium verabreichte und einen Tropf mit Glukoselösung anlegte, sodass Hauptmann Paany noch bis zum Dreikönigstag durchhielt, an dem er, während die braven Kinder der befreiten Gebiete kleine Geschenke erhielten, in Gedanken an seine Frau Monica und seine Tochter Susanna starb.

Bevor er starb, erzählte er jedoch alles über seine Freunde Adele Terrini und Turiddu Sompani, bei klarstem Verstand und ohne etwas auszulassen, und ein Journalist, der zu dem Grüppchen gehörte, nahm zahlreiche Fotos auf, von ihm, lebendig und tot, von den Stricknadeln mit dem Griff aus Brotteig und von allen Einzelheiten, die vielleicht von historischem Interesse waren, denn es gibt immer jemanden, der an das historische Interesse glaubt. Die Briefe aber, die Hauptmann Paany an seine Frau geschrieben hatte, durchliefen alle Büros der OSS in ganz Europa, bis sie 1947 schließlich nach Washington gelangten, wo sie über ein Jahrzehnt in irgendwelchen Aktenschränken schlummerten, bevor sie zusammen mit anderen Dokumenten wieder hervorgeholt und studiert wurden.

10

Beim Lesen der Akte war Susanna Paany zweimal ohnmächtig geworden: Das erste Mal, während sie die Briefe ihres Vaters an die Mutter las – sie war allerdings bald wieder zu sich gekommen und hatte lange in den Armen ihres „Arbeitsfreundes“ geweint, was ihr neue Kraft verliehen hatte –, das zweite Mal, als sie sich die Fotos ansah. Der unbekannte italienische Journalist, der sie aufgenommen hatte, war vielleicht kein genialer Fotograf gewesen, und die Bilder waren alles andere als perfekt, aber sie zeigten mehr als genug, zum Beispiel die Stricknadeln, die in der rechten Seite des nackten, röchelnden Mannes, Susanna Paanys Vaters, steckten; oder Hauptmann Paany, wie er auf einem Bett in der Wohnung von Freunden lag, das Gesicht fast völlig von Binden bedeckt, aus denen nur ein Auge hervorlugte; oder die drei Stricknadeln auf einem Teller, fotografiert für das Historische Archiv.

Die zweite Ohnmacht hingegen währte länger, und als Susanna wieder zu sich kam, zog sich ihr Magen dermaßen zusammen, dass sie zu zittern begann und ganz grün wurde. Weinend bat sie ihren „Arbeitsfreund“ um Verzeihung und fragte ihn, welches Gericht die beiden denn verurteilt habe, worauf Charles ihr eines der letzten Blätter des Ordners zeigte, das sie noch nicht gelesen hatte, und ihr erklärte, dass sie überhaupt nicht verurteilt worden waren, denn aufgrund der Kriegswirren hatte niemand die beiden Mörder rechtzeitig angezeigt. Da das Opfer ein amerikanischer Hauptmann war, hatte die Geschichte den Weg der amerikanischen Truppen genommen, und als Washington die italienische Regierung endlich aufgefordert hatte, Gerechtigkeit walten zu lassen, war politische Säuberung schon nicht mehr aktuell gewesen, und die, die der Säuberung zum Opfer gefallen waren, waren sogar schon wieder aus den Gefängnissen entlassen. In dem Ordner fand sich zwar eine überaus freundliche Antwort des italienischen Justizministeriums mit der Bemerkung, man habe von der Anzeige Kenntnis genommen und werde einen Prozess einleiten, doch geschehen war nichts. Das hieß, dass die beiden gar nicht angeklagt und somit auch nicht verurteilt worden waren.

„Und wo sind sie jetzt?“, fragte sie Charles. Lebten sie noch?

Was taten sie? Charles zeigte ihr einen Brief vom Juli 1963, in dem das Historische Kriegsarchiv in Washington darüber informiert wurde, dass Adele Terrini und Jean Saintpouan alias Turiddu Sonipani weiterhin in Mailand lebten – warum hätten sie auch umziehen sollen? –, in der Via Borgospesso 18, wo Jean Saintpouan seine Rechtsanwaltskanzlei betrieb.

Lange dauerte es nicht, noch nicht einmal vier Tage, bis Susanna Paanys Beschluss feststand: Sie würde ihren Vater rächen. Sie bat um die Erlaubnis, ihre Sommerferien vorziehen zu dürfen, ging zur Bank, hob all ihre Ersparnisse ab und war am sechsten Tag bereits in Mailand, im Hotel Palace, von wo aus sie bei Advokat Sompani anrief. Seine Nummer fand sie im Telefonbuch, denn jeder rechtschaffene Bürger darf ja wohl ein Telefon haben, nicht wahr? Und so erzählte sie ihm, sie sei die Tochter von Hauptmann Anthony (Paganica) Paany. Ein befreundeter Soldat, der mit ihrem Vater im Krieg gewesen sei, habe ihr von all den Wohltaten erzählt, die Sompani ihm hatte angedeihen lassen, wie sehr er ihm geholfen und wie er ihn in Bologna gerettet habe, und dass sie ihn, Advokat Sompani, und auch Signora Adele Terrini unbedingt kennenlernen wolle. Sie sei in Italien, um ihre Ferien zu verbringen und die Mailänder Messe zu besuchen, und vielleicht könne sie sich ja so glücklich schätzen, ihn zu treffen, und auch Signora Adele Terrini, wer weiß, was sie ihm alles über ihren Papa zu erzählen wussten.

Der Bretone hatte nicht den geringsten Verdacht geschöpft. Wenn die Tochter von Anthony Paany sich so leidenschaftlich für sie interessierte, konnte sie nichts von der faulen Seite ihrer Beziehung zu dem Hauptmann wissen, sondern war offensichtlich nur über die gute Seite informiert. Er empfing sie, freundlich wie ein alter Onkel, er umarmte sie sogar, und auch Adele umarmte sie. Die beiden sahen alt und noch abstoßender aus als zuvor. Adele war inzwischen fast fünfundfünfzig, nur dass Frauen durch Drogenmissbrauch und andere Exzesse nicht gerade jünger werden; er war sogar schon über sechzig, und alles in ihm, von seiner Bosheit einmal abgesehen, war dabei zu verlöschen.

Sie nahmen Susanna mit auf die Messe, wo sie sich besonders für den Ausschank von typisch italienischem Wein interessierte – die beiden Alten übrigens auch –, und so saßen sie dort zusammen, und sie ließ sie reden. Und während sie redeten und redeten, überlegte er, der Kopf, auf welche Weise er diese unerwartete Orange aus Amerika auspressen konnte, eine Beziehung nach Amerika kann sehr nützlich sein. Und so nahmen sie sie auch ein paarmal mit ins Kino oder gingen mittags oder abends mit ihr in die Binaschina essen. Das Lokal gefiel Susanna Paany nicht, diese gewollte Kulisse, halb Stall, halb Edellokal, widerte sie regelrecht an. Trotzdem sagte sie, sie finde es sehr schön, verriet aber nicht, warum: Sie hatte nämlich den Kanal bemerkt, den Alzaia Naviglio Pavese, und der gab ihr zu denken.

Nicht umsonst hatte sie sieben Jahre lang im Kriminalarchiv von Phoenix gearbeitet und alle Verbrechen katalogisiert, die zwischen 1905 und 1934 in Arizona begangen worden waren, vom Diebstahl einiger Milchflaschen bis hin zum Muttermord. In der Theorie war sie eine Expertin und wusste hundertmal mehr als so mancher Kriminelle, und so war ihr auch klar, dass es äußerst schwer ist, zwei Personen gleichzeitig umzubringen. 1929, daran erinnerte sie sich ganz genau, hatte eine Frau ihren Mann und dessen Geliebte auf eine Weise ins Jenseits befördert, die ihr auf einmal wieder glasklar vor Augen stand: Der Mann hatte die Angewohnheit gehabt, mit seiner Geliebten in die Nähe von Globe zu fahren, an das romantische Ufer des Salt River, wo sie in seinem Auto, umgeben von der aufregenden Wildnis, wiederholt Ehebruch begingen. Nachdem die Frau diese Informationen von einer

Detektei erhalten hatte, lieh sie sich das Auto eines Nachbarn und fuhr damit erst nach Globe und von dort aus an den Salt River. Nachdem sie das Auto ihres Ehemannes an der einsamsten und romantischsten Stelle direkt am Flussufer ausgemacht hatte, tat sie nichts weiter, als dem Wagen einen kleinen Schubs zu versetzen und ihn so sanft, dass die Stoßstange nicht einmal einen winzigen Kratzer abbekam, in das eisige, blaue Wasser zu stoßen. Erst drei Jahre später war sie gefasst worden, und auch nur, weil sie sich einem Mann anvertraut hatte, der sie zu erpressen begann und ihr drohte, sie anzuzeigen, wenn sie ihm kein Geld gab, und dies, als sie kein Geld mehr besaß, auch tatsächlich tat.

Diese Geschichte erschien ihr nun sehr lehrreich. Der Alzaia Naviglio Pavese war nicht der Salt River, führte aber genug Wasser, um die erwünschte Wirkung zu erzielen. Hinzu kam der günstige Umstand, dass Advokat Sompani ein Auto besaß, beim Fahren aber leicht nervös wurde und ihr deswegen liebend gern das Steuer überließ. In der dritten Woche ihres Mailandaufenthalts studierte Susanna Paany sorgfältig alle Einzelheiten, fuhr einmal sogar allein an der Binaschina vorbei den Alzaia Naviglio Pavese entlang und beschloss, dass der Unfall in der Nähe dieser merkwürdigen Eisenbrücke stattfinden sollte, dieser kuriosen Mischung aus venezianischer Brücke und Eiffelturm, denn so konnte sie sofort auf die andere Seite gelangen, auf die große Straße, die Nationalstraße 35 dei Giovi, wo sie dank des dichten Verkehrs sicher bald jemand mitnehmen würde.

Ein einziges Mal nur zögerte sie, ihr Projekt durchzuführen, und das war, als Advokat Sompani und Signorina Adele Terrini – sie war nicht verheiratet, sondern immer noch eine Signorina – mit ihr die Kartause von Pavia besuchten, wo sie die Grabmäler von Beatrice d'Este und Lodovico il Moro besichtigten. Nie zuvor hatte sie von diesen Werken gehört, auch wenn sie ein bisschen italienische Kunstgeschichte studiert hatte, und nun stand sie plötzlich vor diesen Skulpturen in ihrer unvergleichlichen Schönheit und feierlichen Erhabenheit. Wie gern hätte sie sich vor dem Künstler dieser Werke auf die Knie geworfen, Cristoforo Solari hieß er, wie sie später herausfand, und alle Kritik der Kunsthistoriker, die von Kalligrafismus und Unbeholfenheit sprachen, schien ihr unwesentlich, sie hätte sich einfach nur vor ihm hinknien und seine Hände küssen mögen, so bewegte der Anblick dieser Skulpturen ihr Herz. Ja, so sollte das Leben sein: Schönheit, Gebet, Erhabenheit, nicht Hass und Verbrechen. Sie überlegte schon, ob es nicht besser sei, umgehend nach Phoenix zurückzukehren, ohne noch etwas zu unternehmen, zurück zu ihrem „Arbeitsfreund", und sich jede Menge Bücher über italienische Kunstgeschichte zu besorgen und zu vergessen, vergessen, vergessen, vergessen. Doch als es ihr endlich gelang, sich mit vor Bewegung feuchten Augen von Beatrice d'Este und Lodovico il Moro zu lösen, und sie in die abscheulichen Gesichter von Adele Terrini und Turiddu Sompani blickte und ihre großen, schwarzen Sonnenbrillen sah, die sie wegen ihrer durch die Drogen hervorgerufenen Lichtempfindlichkeit immer trugen, und die fahle, graue Gesichtshaut, und die kaum wahrnehmbaren Gesten, die sie als zwei alte Sadisten auswiesen, da begriff sie, dass es ihr nie gelingen würde zu vergessen. Nie.

Zwei Tage später gingen sie zum Abendessen in die Binaschina. Es war die Stunde X. Im Grunde war ihr Vorhaben sehr einfach. Sie hatte alles genauestens kalkuliert, man arbeitet schließlich nicht umsonst in einem Kriminalarchiv. Nach dem Essen, als die beiden ganz benommen waren von dem Huhn mit Pilzen, dem Gorgonzola, den gebackenen Äpfeln mit Zabaione, und versuchten, ihre Verdauung mit einem Schluck Sambuca anzuregen, stand sie auf, zog sich den Mantel über und sagte: „Ich gehe nach draußen, eine Zigarette rauchen." Die beiden kannten diese Gewohnheit von ihr bereits. In geschlossenen Räumen rauchte sie nie. Sie rauchte zwar sehr gern, aber nur im Freien, zumindest auf einem Balkon. „Ich warte beim Auto." Schon andere Male hatte sie sich so verhalten: Nach dem Essen, während die beiden Alten noch ein bisschen sitzen blieben, ging sie hinaus, um zu rauchen. Für die anderen Gäste musste es so aussehen, als sei sie allein nach Hause gegangen, nicht zusammen mit den beiden anderen.

Nachdem sie zwei Zigaretten geraucht hatte, kamen die beiden auf den stillen, einsamen Parkplatz vor der Binaschina, der ganz von schlanken, hohen Bäumen gesäumt war. Wie müde sie waren! Kaum hatten sie auf der Rückbank Platz genommen, da schliefen sie schon fast. Sie aber setzte sich ans Steuer. Von der Binaschina bis zu der Stelle, die sie ausgesucht hatte, waren es nicht einmal fünfhundert Meter, und als sie dort ankam, sagte sie: „Ich steige aus, um noch eine Zigarette zu rauchen, ich rauche nicht gern im Auto." Und dann hatte ein kleiner Schubs genügt, und das Auto war im Wasser versunken, im Alzaia Naviglio Pavese.

11

Kann ich ans Fenster gehen?", fragte sie. Der Morgen begann zu dämmern, allmählich wurde es hell, und es schien ihr, als habe sie ein paar Vögel zwitschern hören. Sie zwitscherten wirklich, gut verborgen in den Bäumen der Via dei Giardini.

„Nein", sagte Mascaranti. Sie befanden sich zwar nur im zweiten Stock, aber wenn sie in ihrer Verzweiflung hinaussprang, konnte sie sich trotzdem den Hals brechen. Es kommt immer darauf an, wie man fällt, sogar ein halber Meter kann ausreichen.

„Ja", sagte Duca, denn eine Moralistin von ihrem Kaliber begeht keinen Selbstmord.

Sie schaute unsicher in die Runde.

„Ja", sagte auch Carrua in väterlichem Ton, und mit väterlicher Geste bedeutete er ihr, sie könne ruhig ans Fenster gehen. Und so ging sie ans Fenster, das in der Morgendämmerung perlweiß schimmerte. „Ich will gar nicht fliehen." Sie lächelte schüchtern und streckte den Kopf ein wenig aus dem Fenster. Ja, jetzt hörte sie wirklich das Vogelgezwitscher. Sie konnte es wahrnehmen, da sonst absolute Stille herrschte. Die Straßen waren gähnend leer, die vier Ampeln an der Ecke der Via dei Giardini blinkten gelb ins Nichts hinein, es war, als gebe es in Mailand kein einziges Lebewesen mit Ausnahme von ein paar vereinzelten Vögeln, die dort in den von Blütenstaub schweren Bäumen der Via dei Giardini saßen und zwitscherten.

Duca ließ sie ein bisschen horchen und sagte dann: „Sie erklären also, Turiddu Sonipani und Adele Terrini ermordet zu haben?"

„Ja, mir gegenüber hat sie das auch erklärt", bemerkte Carrua und bettete vor Müdigkeit das Gesicht in die Hände.

Sie nickte und verließ melancholisch das Fenster und diese unglaubliche Mailänder Morgendämmerung im Frühling, um sich wieder zu setzen.

„Und Sie sind aus Arizona hierher nach Mailand gekommen, um sich zu stellen?"

Einer Signorina gegenüber, noch dazu einer ausländischen Signorina – die Ausländer lassen uns nicht aus den Augen –, konnte er schlecht wütend werden.

Sie nahm den Anflug von Heftigkeit in seiner Stimme wahr und blickte auf. „Ja", antwortete sie.

Er beherrschte sich und fragte ganz objektiv: „Warum?", einfach warum, obwohl er genau wusste, warum, nur dass der Grund so schwachsinnig war, dass er ihn offiziell bestätigt haben wollte.

„Weil mir klar geworden ist, dass ich mich falsch verhalten habe", antwortete sie schlicht. Es war ganz deutlich zu vernehmen, obwohl sie immer leiser sprach. „Ich hätte sie nicht umbringen dürfen."

Da er leider nicht schreien oder schießen oder sie ohrfeigen konnte, fragte er nur sadistisch: „Warum denn nicht?"

Sie schlug die Augen nieder. Dies war ein ungewöhnliches Verhör. „Weil man nicht töten darf. Niemand darf sich selbst zu seinem Recht verhelfen."

Ah, das war genau, was er hören wollte: Niemand darf sich selbst zu seinem Recht verhelfen, sonst würden wir uns am Ende alle gegenseitig umbringen. Das wäre doch eine Idee, dachte er. Gnadenlos bohrte er nach: „Und das wussten Sie nicht, bevor Sie sie umgebracht haben?"

Sie antwortete, ohne zu zögern, wenn auch etwas verwirrt: „Doch, aber ein Impuls von Rache hat mich übermannt."

Duca stand auf und blieb an der Tür des Büros stehen. Den Rücken dem Mädchen, Carrua und Mascaranti zugewandt, zündete er sich eine Zigarette an und zog den Rauch tief ein. Vielleicht würde es ihm ja gelingen, die Kontrolle nicht zu verlieren, schließlich befand er sich in einem wichtigen Büro des Mailänder Kommissariats, zusammen mit einem so wichtigen Beamten wie Carrua, da durfte er sich einfach nicht gehen lassen. Doch es gelang ihm nicht, sich gänzlich zu beherrschen. „Sie konnten wohl nicht mehr schlafen, was?“, fragte er freundlich, noch immer mit dem Rücken zu ihr. Die Heftigkeit lag nur in der Frage selbst.

Sie schien richtig beglückt, fühlte sich verstanden, und als er sich umwandte, um ihre Antwort abzuwarten, sah er ein heiteres, freudiges Lächeln auf ihrem Gesicht. „Genau. Wenn man einen Fehler begeht, findet man keine Ruhe, bis man ihn wiedergutgemacht hat.“ Duca setzte sich und musterte sie: Ja, sie hatte genau das an sich, was man von einer durch und durch ehrlichen Frau erwartet, und sogar noch mehr, sie war ein regelrechtes Konzentrat an Klarheit und hatte auf seine Fragen mit so unbedingter Moral geantwortet, wie man es nicht einmal von einer Novizin erwartet hätte.

Er wollte ihr gerade eine weitere Frage stellen, als ein Polizeibeamter mit dem „Corriere della Sera“ hereinkam, der nach frischer Druckerschwärze roch.

„Die Amerikaner haben es geschafft“, bemerkte Carrua, „weiche Landung auf dem Mond.“

Im Lokalteil berichtete der „Corriere“ außerdem über den Prozess der Gangster aus der Via Monte Napoleone: Die Brüder Bergamelli, die den Raubüberfall durchgeführt haben sollen, und ihre Kumpane, die mit ihnen auf der Anklagebank fotografiert worden waren, behaupteten samt und sonders, unschuldig zu sein. Sie hatten ein großartiges Schauspiel abgegeben, die Fäuste gegen den Staatsanwalt gereckt und „Was erlauben Sie sich eigentlich?“ geschrien, dumme Witze gerissen und dem Richter unverschämte Antworten gegeben, und vielleicht würden sie am Ende aus Mangel an Beweisen alle freigesprochen werden, dachte Duca.

Die Frau, die hier vor ihm saß, würde hingegen nicht aus Mangel an Beweisen freigesprochen werden, sie mussten ihr mindestens zehn Jahre aufbrummen, wegen Doppelmord. Ihr Vorsatz war so stark gewesen, dass sie sogar aus Phoenix angereist war, um zu töten. Sie würde in ihrem Prozess nicht drohend die Fäuste gegen den Staatsanwalt erheben, nein, sie würde sagen: „Ja, ich habe sie vorsätzlich umgebracht und jedes einzelne Detail genau durchdacht." Wenn man solch einen Angeklagten hat, können die Geschworenen während des Prozesses ruhig Kreuzworträtsel lösen.

Jetzt stellte Duca ihr die Frage, die er vorhin hatte stellen wollen: „Welche Beweise haben wir dafür, dass Sie die beiden umgebracht haben?" Es gibt ja jede Menge Spinner, die in die Via Fatebenefratelli kommen und einfach behaupten: Ich habe Carducci umgebracht. Beweise braucht man schon.

Es sah so aus, als habe sie – nach sieben Jahren Arbeit im Kriminalarchiv – diese Frage bereits erwartet. „Sie sind in meiner Manteltasche.

Carruas Augen wurden ein kleines bisschen wacher. „Ach ja", erklärte er Duca, „sie hat es mir gleich gesagt, als sie gekommen ist." Aus dem sperrigen Mantel, der auf seinem Schreibtisch lag, zog er zwei ziemlich große und ziemlich dicke, weiße Briefumschläge. „Das Meskalin 6." Er hielt ihm die Umschläge hin und bat Mascaranti mit einer Geste um eine Zigarette.

Duca öffnete einen der beiden Briefumschläge. In dem Papierumschlag befand sich eine undurchsichtige Plastiktüte. Eine Ecke war offen, und so konnte Duca sehen, dass die Plastiktüte zahlreiche briefmarkengroße Tütchen enthielt, auf denen klar und deutlich „Mexcalina 6" stand. Was zählt, ist Klarheit, dachte er. Es war das Meskalin, nach dem Claudino so krampfhaft gesucht hatte. „Woher haben Sie das Zeug?", fragte er Susanna (Paganica) Paany, die Tochter von Tony, Hauptmann Anthony (Paganica) Paany. Er war jetzt wirklich neugierig.

Es war ganz einfach, erklärte sie, das war ihr vorher schon mal passiert: Wenn sie mit Adele und Turiddu in die Binaschina essen ging, war manchmal ein Herr gekommen, der Turiddu Sompani zwei solcher Tüten aushändigte.

„Wie sah dieser Herr denn aus?", fragte Duca.

„Nicht sehr groß, aber kräftig, sehr kräftig", antwortete Susanna.

Das konnte nur Ulrico gewesen sein, Ulrico Brambilla. „Und dann?"

„Advokat Sompani nahm die Umschläge an sich und steckte sie in die Tasche", sagte Susanna. „Aber nach einer Weile gab er sie mir. ‚Könnten Sie sie nicht in Ihre Manteltaschen stecken? Die sind so schön groß, und meine Jackentaschen beulen immer so aus.'"

„An jenem Abend ist also dieser kräftige Herr gekommen", fasste Duca zusammen, „hat Sompani die beiden Umschläge übergeben und ist wieder gegangen. Dann hat Sompani Ihnen die Umschläge weitergereicht mit der Bitte, sie für ihn mit nach Hause zu nehmen, denn sonst würden seine Jackentaschen so stark ausbeulen. Ist das richtig?"

„Ja, genau."

Natürlich hatte Sompani ihr die Umschläge keineswegs gegeben, damit seine Jacke nicht ausbeulte, sondern weil das zu den Spielregeln gehörte. Gerade im Auto kann ja alles Mögliche geschehen, ein kleiner Unfall, ein Streit mit einem anderen Verkehrsteilnehmer, und dann kommt womöglich die Straßenpolizei und entdeckt das Zeug in deiner Tasche. Nein, da ist es doch besser, sie finden es in der Tasche von jemand anderem, und du kannst sagen: Ich weiß von nichts, ich hab so was noch nie gesehen. Aus dem gleichen Grund hatte Giovanna an dem Abend, als sie zu ihm gekommen war, um sich zusammenflicken zu lassen, den Koffer mit dem Maschinengewehr in seiner Praxis gelassen: Wenn etwas schiefging, war es doch besser, sie fanden den Koffer in der Wohnung von Doktor Duca Lamberti als im Auto von Giovanna oder in der Wohnung von Silvano Solvere.

„Sie meinen, als Sie das Auto in den Naviglio gestoßen haben, waren die Umschläge in Ihrem Mantel, und Sie haben sie vergessen?"

„Ja."

„Und wann haben Sie gemerkt, dass Sie sie noch hatten?"

„In Phoenix."

„Und wie haben Sie sie jetzt von Phoenix wieder zurückgebracht nach Mailand?"

„Ich habe sie einfach im Mantel gelassen."

„Aber wenn man Sie angehalten und das Meskalin entdeckt hätte, was hätten Sie dann gesagt?"

„Ich bin ja hergekommen, um mich zu stellen. Ich hätte die Wahrheit gesagt. Mir ist es egal, wer mich verhaftet. Was zählt, ist die Wahrheit."

Mit todernstem Gesicht begann Duca innerlich zu lachen. Das war wirklich die Höhe! Die Leute der internationalen Drogenbekämpfung, der INO, würden sich sicher freuen zu hören, dass man mit ein paar Hundert Gramm Meskalin 6 zweimal vollkommen unbehelligt den Atlantik überqueren kann, hin und zurück, Hauptsache, man ist schlau genug, es nicht zu verstecken, sondern es einfach in die Manteltasche zu stecken und den Mantel ganz offen über dem Arm zu tragen.

Und dann lachte er noch mehr, doch weiter mit undurchdringlichem Gesicht, als er daran dachte, was wegen dieses Meskalins alles passiert war: Die Rachegöttin war aus Phoenix, Arizona, eingeflogen, hatte das alte Paar ermordet und war, ohne es zu wissen, mit dem Meskalin nach Amerika zurückgekehrt. Wegen dieser beiden Umschläge hatte Claudio Valtraga zunächst Silvano umgebracht, weil er glaubte, er habe die Drogen für sich behalten, und dann Ulrico Brambilla, weil er überzeugt war, dieser müsse sie haben. Und am Ende hatte er sich verhaften lassen und ausgepackt, sodass ihnen außerdem noch ein paar ganz große Fische ins Netz gegangen waren. Wie würden die Sportler sagen? Im Spiel gegen Susanna Paany hatte der Teufel eine klare Niederlage erlitten.

„Gut, ich bin fertig, sagte Duca. Nun trat er ans Fenster. Unten fuhr eine Straßenbahn vorbei.

Carrua wies Mascaranti an: „Bring die Signorina weg."

„Arrivederci", sagte Susanna Paany zu Carrua. „Arrivederci", sagte sie auch zu Duca mit etwas erhobener Stimme.

„Arrivederci", antwortete Duca und deutete eine Verbeugung an. Arrivederci, du Göttin der Rache, du Göttin der Reinheit des Herzens oder des Gewissens, Göttin, die gekommen war, um ihre

Schuld zu bekennen und – sagt man nicht so? – ihre gerechte Strafe zu erhalten.

„Sie können ihr ohne Weiteres fünfzehn Jahre dafür geben", meinte Carrua, nachdem sie mit Mascaranti den Raum verlassen hatte.

Duca starrte weiter aus dem Fenster. Der erste Lkw kam vorüber.

„Denn beim Prozess", fuhr Carrua fort, „wird sie darauf bestehen, dass sie vorsätzlich gehandelt hat. Niemand, kein Rechtsanwalt der Welt wird sie dazu bewegen können zu lügen oder etwas zu verschweigen. Nein, sie wird alles sagen und nichts auslassen, denn sie ist einfach vollkommen schwachsinnig."

Duca drehte sich um und ging zum Schreibtisch. „Bitte, sag so etwas nicht, sag nicht, dass sie schwachsinnig ist, sie ist es nicht, nicht mal ein kleines bisschen." Er redete leise.

„Und warum sollte ich das nicht sagen?" Carrua begann sich zu ereifern. „Sie saß gemütlich zu Hause, fünftausend Kilometer weit von hier entfernt, niemand wusste etwas, sie hatte nicht das Geringste mit diesem Pack zu tun, sie hatte einfach zwei Individuen umgebracht, die umzubringen eine geradezu heilige Handlung war. Und dann kommt sie her, um sich zehn oder fünfzehn Jahre aufbrummen zu lassen? Wozu soll das bitte gut sein? Wenn sie wieder rauskommt, ist sie über vierzig, und ihr Leben ist gelaufen. Warum soll ich da nicht sagen, dass sie schwachsinnig ist? Sie ist es einfach!"

„Nein, bitte, sag das nicht." Duca setzte sich neben ihn und fügte extrem geduldig und mit ganz ruhiger Stimme hinzu: „Bist du nicht froh, dass es Menschen gibt wie sie? Fändest du es besser, wenn alle wären wie Sompani oder Claudio Valtraga?"

„Doch, ich bin froh. Aber sie verliert im Gefängnis die besten Jahre ihres Lebens, für nichts und wieder nichts. Und das ist einfach schwachsinnig."

„Ja, sie wird die besten Jahre ihres Lebens im Gefängnis verbringen", stimmte Duca zu, „und genau deswegen kannst du sie achten. Wen ziehst du vor: Susanna Paany, die du achten kannst, oder die Schwarze Witwe von Melegnano, die ihre neugeborenen Kinder erwürgt hat?"

Nach einer Weile antwortete Carrua leise: „Ich ziehe Susanna Paany vor – aber beiß mich nicht!"

„Entschuldige." Duca war müde und sank auf dem ungemütlichen Stuhl ein wenig zusammen.

Dann fragte Carrua: „Und was soll das hier?" Er schaute gereizt zu Mascaranti, der gerade wieder hereingekommen war. „Was soll dieser Brief hier, den du mir geschickt hast, mit Galileos Abiura? Weißt du, ich bin kein besonders heller Kopf, ich kapier einfach nicht, was das heißen soll."

Duca wandte sich ihm zu. „Das heißt, dass ich einen Vorschuss von fünfzigtausend Lire auf mein Gehalt brauche", auf sein erstes Monatsgehalt als Jäger von Dieben und Dirnen, denn um elf Uhr kamen seine Schwester, seine Nichte und Livia aus Inverigo zurück, und er wollte sie gern zum Essen einladen und ein paar kleine Geschenke besorgen.

„Du bist doch noch gar nicht eingestellt", bellte Carrua, stand auf, öffnete den kleinen Wandsafe und kramte darin herum. „Eine Unterschrift", knurrte er dann, nachdem er ein Formular ausgefüllt hatte.

Duca nahm das Geld. Am besten, er kaufte sich gleich ein Hemd, sobald die Geschäfte öffneten, denn wenn Lorenza ihn mit diesen ausgefransten Manschetten sah, wurde sie sicher traurig.

Mit einem Anflug von Hass blickte Carrua ihn an. „Dann bist du jetzt also ein Kollege."

Duca steckte das Geld in die Tasche. „Vielen Dank. Meinst du, dass Mascaranti mich bringen könnte?"

„Ja, mein Herr." Und dann spöttisch zu Mascaranti: „Bring unseren neuen Kollegen doch bitte nach Hause."

Mascaranti erhob sich. In der Tür blieb Duca stehen. „Kannst du nicht irgendetwas für sie tun? Irgendetwas?" Er wirkte fast schüchtern.

„Was?", brüllte Carrua.

„Ich dachte, na ja, vielleicht könntest du sie ja in Einzelhaft nehmen, damit sie nicht mit den Prostituierten zusammen zu sein braucht“, schlug er zaghaft vor.

„Und wo soll ich eine Einzelzelle hernehmen?“, fragte Carrua giftig. „Unsere Kundschaft wird immer zahlreicher, bald werden wir sie im Hof einquartieren müssen.“

„Ich dachte eigentlich an den Untersuchungsrichter. Vielleicht könntest du ja mal mit ihm reden und ihm alles erklären“, meinte Duca. „Und wenn du dich darum kümmerst, kommt außerdem der beste Rechtsanwalt und wird noch nicht mal etwas dafür haben wollen.“

Carrua stand auf und knurrte gefährlich, gefährlich und spöttisch: „Duca, ich bin der Arm des Gesetzes und des Rechts, und als solcher darf ich keine Unterschiede machen. Habe ich vielleicht irgendetwas für dich tun können? Hast du etwa nicht drei Jahre gesessen, obwohl du mein Augapfel bist? Und deshalb kann ich auch für sie nichts tun, absolut nichts.“ Es klang bitter und zynisch.

Es stimmte. Sie konnten nichts für sie tun. Außer sie zu achten. Er ging.

Tobias Gohlis

MIT DEM SKALPELL

Giorgio Scerbanenco. Vergessen? Bevor ich die vier Romane um Duca Lamberti wieder und neu las, löste der Name des vor fast fünfzig Jahren verstorbenen Autors Assoziationen bei mir aus, die eher ins Museale wiesen. Da gab es doch diesen Premio Scerbanenco für Kriminalliteratur, Reminszenz an einen italienischen Gründervater. So wie der deutsche Glauserpreis an einen Gründervater gemahnt, den kaum ein lebender Autor gelesen hat. Aber wie bei Friedrich Glauser ging es mir auch mit Scerbanenco: Nix Museum, da ist Power drin.

Als Erstes, noch vor den ersten Leichen, nimmt man den knochentrockenen, in Ironien verschiedener Art eingelegten Ton Scerbanencos wahr. „Es ist schwer, zwei Menschen gleichzeitig umzubringen." Achtung, hier spricht ein Skeptiker. Und statt dem aufgeweckten Leser zu erklären, wie die Täterin, den Schwierigkeiten zum Trotz, ihren Doppelmordplan realisiert, macht sich der Erzähler, ihre Perspektive ein wenig teilend, lustig über die Opfer. Erzähler und Täterin beobachten sie, wie sie fett und müde auf dem Rücksitz abhängen. Das Gesicht der Frau „erinnerte an einen großen Frosch, obwohl sie doch einst, vor Millionen von Jahren, der Krieg, der Zweite Weltkrieg, war noch nicht vorüber, sehr schön gewesen war, wie sie selbst behauptete".

Zwei Menschen gleichzeitig umbringen? Nichts leichter als das! Im „vor Millionen von Jahren" beendeten Zweiten Weltkrieg war das tagtäglich bewiesen worden. Und in gewisser Weise ist er jetzt, im Jahr 1965, immer noch nicht vorüber. Ganz praktisch: Der Mord an Adele Terrini, der Hure, von einem Trottel auch „die Hoffnung" genannt, und ihrem Freund, die unter Hinterlassung einiger Luftblasen im Naviglio Pavese verschwinden, ist in gewisser Weise einer der letzten Akte dieses Krieges. Doch das wissen wir Leser noch nicht, können es aber ahnen. Denn die Amerikanerin, die den Mord begeht, wird uns, die wir diesen Roman mehr als fünfzig Jahre nach seinem Erscheinen lesen, als jemand vorgestellt, der mit allen Todesarten vertraut ist, die die Menschheit sich ausgedacht hat.

Als Giorgio Scerbanenco mit dem Satz über die Schwierigkeit, zwei Menschen gleichzeitig umzubringen, den zweiten Duca-Lamberti-Roman begann, machte er nicht nur einen kleinen sarkastischen Witz. Indem er anklingen ließ und lässt, dass für ihn Mord kein Rätselspiel ist, bei dem es um die Auswahl der besten Curare-Sorte geht, sondern um Totschlag im Wortsinn, um richtiges und nicht um Theaterblut, bezog er Stellung in einer poetologischen Debatte. Für Chandlers Realismus, gegen Christies Rätselspielchen.

Als Giorgio Scerbanenco im Alter von 54 Jahren die Tetralogie um den Arzt, Detektiv und Polizisten Duca Lamberti begann, war er bereits ein äußerst erfahrener Schriftsteller. Der Literaturwissenschaftler Roberto Pirani kam 2011 zu der „unvollständigen" Liste von 92 Romanen, 1380 Kurzgeschichten, 17 Sammelbänden mit Erzählungen, 3 Essays, 2143 kleinere Prosastücke und Reflexionen, 296 Artikel in Zeitschriften und Zeitungen, 40 Foto-Love-Stories, 7 Radiodramen und 2 Gedichten, die Scerbanenco zwischen 1932 und 1969 veröffentlicht hat.

Neben vielen, vielen Kriminalgeschichten und -erzählungen hat sich Scerbanenco in seinem Schriftstellerleben zweimal auf den „Giallo", den Kriminalroman, eingelassen. In beiden Fällen suchte er nach neuen Wegen. In der 1940 bis 1942 erschienenen 5-teiligen Serie um den Bostoner Polizeiarchivar Arthur Jelling wählt er keine klassische Ermittlerfigur, sondern einen an psychologischen Motivlagen interessierten Außenseiter der Polizeipraxis, der zudem auf fremdem amerikanischem Terrain ermitteln muss, weil Mussolinis Zensur fast keine Kriminalromane zuließ, die in Italien spielten.

In den vier vollendeten Romanen um Duca Lamberti schuf Scerbanenco, der das amerikanische Hard-boiled-Modell gut kannte, 1966 bis 1969 einen originär italienischen Detektiv. Der zunächst einmal das war, wie sich Scerbanenco zeitlebens fühlte: ein Außenseiter.

Scerbanenco wurde 1911 als Vladimir Šerbanenko in Kiew geboren. Seine Mutter war Italienerin, sein Vater Ukrainer. Als er sechs Monate alt war, floh seine Mutter nach Rom. Als sie 1920 auf der Suche nach dem Vater nach Kiew zurückkehrten, entdeckten sie, dass der Vater von Rotgardisten ermordet worden war. 1927 übersiedelten Mutter und Sohn von Rom nach Mailand, wo er – schon des muttersprachlichen römischen Dialekts wegen – als Außenseiter galt. Da Scerbanenco keinen Schulabschluss hatte, schlug er sich unter anderem als Rettungsfahrer und Buchhalter beim Roten Kreuz durch, das sind Quellen der medizinischen Kenntnisse Duca Lambertis. Neben seiner Tätigkeit als Romancier, darunter finden sich eine Menge Liebes- und Frauenromane, aber auch Science-Fiction und Western, war er sehr erfolgreich als Gründer und Leiter von Frauenzeitschriften. Berühmt war er als Briefkastenonkel „Adrian". Er kannte das Leben der Frauen in seinen sozialen und intimsten Einzelheiten. Und damit das verborgene Innenleben der italienischen Gesellschaft.

Das kennt Duca Lamberti auch. In der Auswahl des Vornamens seines Protagonisten zeigt sich Scerbanencos ganzer Sarkasmus. Er funktioniert wie ein Skalpell. Duca bedeutet Herzog und ist Ausdruck all der Hoffnungen, die Lambertis Vater in seinen Sohn setzte. Er finanzierte ihm das Medizinstudium und anschließend die feine Praxis, obwohl er nur ein kleiner Polizeibeamter war. Umso furchtbarer war dann Lambertis Untergang: Weil er einer sterbenskranken Frau das Leiden verkürzt hatte, wurde ihm die Approbation entzogen, der Vater starb nach einem Besuch des Sohnes im Knast an gebrochenem Herzen. Duca, der eingebildete Wunsch-Herzog, ist nicht nur mittellos, sondern überdies verpflichtet, nach seinem Gefängnisaufenthalt irgendwie für seine Schwester und deren uneheliches Kind zu sorgen, weil diese sonst auf „Almosen angewiesen" wären. Der schöne Traum einer bürgerlichen Existenz (für deren Erhalt sein Schöpfer Scerbanenco schuftete bis zum frühen Zusammenbruch mit 58 Jahren) war in einem Akt gesetzwidriger Nächstenliebe zerstoben. Und, was die Schwester betrifft: Ihre Liebe fand auch keinen Hafen in der bürgerlichen Ehe. „Alles von vorn bis hinten falsch."

In allen vier Lamberti-Romanen wird offenkundig, dass nichts mehr zusammenpasst. Alles ist im Fluss, in Zersetzung, als Erstes die Moral. Dieser Lamberti ist eine faszinierende Figur, weil er selbst den Boden unter den Füßen verloren hat. Im Unterschied zum räsonierenden Papiermenschen Jelling steht er mitten im Leben. Lamberti muss handeln, das heißt, sich ständig zu entscheiden zwischen Moral und Gesetz, auf dem schmalen Grat zwischen Überleben und Anstand.

Und das ist, gelinde gesagt, nicht einfach. Mit großartigem Gespür für tragische Zuspitzung hat Scerbanenco seinen Protagonisten nicht wegen eines alltäglichen ärztlichen Vergehens, einer unerlaubten Abtreibung etwa, aus dem bürgerlichen Orbit gestoßen. Sondern weil er in einem moralischen Jahrhundert-Dilemma eine Entscheidung getroffen hat. Die Italiener nennen es *eutanasia*, Sterbehilfe. Ein Begriff, der durch die Massenmorde der Nazis an als „unwürdig" deklariertem Leben im Deutschen unbrauchbar geworden ist. Brennend ist der Fall immer noch: Fast zehn Jahre wurde Piergiorgio Welby gegen seinen Willen künstlich am Leben erhalten, gerichtlich wurde passive Sterbehilfe untersagt, und als er 2006 nach Abschaltung seines Beatmungsgeräts starb, verweigerte ihm die Katholische Kirche die Bestattung unter ihrem Zeichen. Lamberti handelte nach einer anderen Moral als der der bedingungslosen Lebenserhaltung, als er Signora Maldrigati mit einer Spritze von der Todesangst erlöste, die sie jedes Mal befiel, wenn jener Arzt das Zimmer betrat, der ihren bevorstehenden Tod prophezeit hatte. Seine „Beweggründe waren humanitärer Art", heißt es in dem Schreiben, das ihm sein Polizei-Über-Ich und Mentor Carrua vorlegt, um seine Rehabilitierung zu befördern. Lamberti konnte schlicht die Angst der alten Frau nicht mehr ertragen. Es sind pure menschliche Instinkte, die ihn leiten: Mitleid mit der armen Frau, blinde Aggression gegen Asoziale und Kriminelle. Rechtfertigungen, Erklärungen sind, so legt es Scerbanenco nahe, nachgeschobene Rationalisierungen.

An die Vernunft glaubt Lamberti genau so lange, wie sie ihm in Gestalt einer vernünftigen Person begegnet. Zum Beispiel in Gestalt seiner rationalistischen Freundin Livia Ussaro, die die Konsequenzen ihres bedingungslosen Vernunftglaubens als zahllose Messerspuren im Gesicht trägt. In „Das Mädchen aus Mailand", dem ersten Band der Serie, fiel sie beim Versuch, einen von der Mafia organisierten Prostitutions- und Pornoring aufzudecken, in die Hände eines Sadisten, der ihr Gesicht mit 77 Schnitten zerstört hatte. Während sie unter dieser Mafia-Folter schwieg, brach der Mafioso unter Lambertis Tritten und Fausthieben zusammen und verriet seine Organisation.

Der Duca prügelt gerne. Vor allem dumme, primitive Verbrecher wie diesen Sadisten (der wie andere üble Kerle vom Autor nicht einmal das Recht erhalten hat, einen Namen zu haben) oder den wahren Schlachter in „Verräter und Verratene", den „Bison" Claudino Valtraga. Von seinem Vater, dem Polizisten, den seine Unbedingtheit im Kampf gegen die Mafia zum Krüppel hat werden lassen, hat Lamberti gelernt, dass Verbrecher nur eine Sprache verstehen: Gewalt. „Du musst ihre Sprache sprechen. Du kannst schließlich nicht Französisch sprechen, wenn Dein Gegenüber nur Deutsch versteht." Das ist die Binse, mit der die Apologeten von Law and Order ihr primitives Vorgehen zur Notwendigkeit verklären.

Unzweifelhaft trägt Lamberti äußerst unangenehme Züge: Er ist durchtränkt von Verachtung gegenüber den Primitivlingen der Verbrecherwelt, seine Rhetorik trägt faschistoide Züge. Das hat Scerbanenco den Vorwurf eingebracht, er rede dem Faschismus und einem reaktionären Herrenmenschentum das Wort. Carlo Lucarelli, einer seiner Bewunderer unter den heutigen Kriminalschriftstellern, antwortet darauf 1999 in seinem berühmten Brief an das Vorbild Scerbanenco: „Ich glaube nicht. Ich glaube vielmehr, das ist die Wut und die Verzweiflung eines Menschen, der ‚zu viel Elend' gesehen hat, wie Sie schreiben."

Und eine Art von Weltekel. Jedenfalls wäre Weltekel eine Erklärung dafür, warum Scerbanenco die schon genug Schrecken erregende Szene, in der der Mafioso Valtraga den Metzger, Drogenkurier und Waffenschmuggler Ulrico Brambilla in seinem Kühlhaus foltert, durch einen Einschub über die Foltermedizin der Nazis verdoppelt. Scerbanenco war offensichtlich mit den Ergebnissen der Nürnberger Ärzteprozesse und den „Forschungen" zu Überdruck und Unterkühlung vertraut, die im KZ Dachau durchgeführt und deren Ergebnisse schon kurz nach 1946 von der US-Militärmedizin weiter genutzt worden waren. Auch wenn die kolportierte Idee, unterkühlte Männer durch Sex aufzutauen, wohl schwarzer Humor zu sein scheint – mit dieser Groteske unterstreicht Scerbanenco die Zeitdiagnose, die „Verräter und Verratene" durchzieht. Moralische Erneuerung? Irgendwelche Lehren aus dem Faschismus? Pustekuchen.

Das Italien der 1960er-Jahre war fasziniert von einem Wirtschaftswunder, das das deutsche in seinen sozialen Auswirkungen übertraf. Die Deutschen staunten, dass es ihnen als Kriegsverlierern so gut ging und knüpften nach der kurzen Zäsur der Nürnberger Prozesse verhältnismäßig reibungslos an die alten Herrschaftsstrukturen an, allerdings im Gewand demokratischer Läuterung. Italien verwandelte sich aus einem landwirtschaftlich dominierten Staat in ein Industrieland, und Mailand stand im Zentrum dieser Entwicklung. Valeria Gandus und Pier Mario Fasanotti resümieren in ihrer Geschichte der Verbrechen in Italien zwischen 1960 und 1970, „Kriminal Tango": „Mailand, Italiens Hauptstadt der Effizienz und des Unternehmertums, war gleichfalls die Hauptstadt der illegalen Bordelle für die Mailänder Elite, des Gelegenheitssex und der schäbigen Nachtclubs, wo sich äußerlich respektable Personen treffen und ihre sexuellen Leidenschaften im Austausch gegen Geld und andere Güter befriedigen konnten." Und der Literaturwissenschaftler Marco Paoli konstatiert, dass „Drogen- und Waffenhandel nicht zufällig im Fokus von ‚Verräter und Verratene' stehen".

In einem historischen Umfeld, in dem sich Italien öffentlich und nichtöffentlich (es war die Zeit des Aufbaus geheimer, teils faschistischer Militärorganisationen unter dem Schild der NATO) zum antikommunistischen Frontstaat mauserte, wurde einerseits die *Resistenza* bis zur Harmlosigkeit heroisiert und andererseits die Vergangenheit, sei es der Faschismus, sei es die Kooperation mit Nazideutschland, verharmlost.

Auf diese Entwicklung zum seichten Vergessen im Konsum reagierte Fellini mit seiner Gesellschaftssatire „La dolce vita“. Im Schlussbild des Films stolpert eine verkaterte Gesellschaft von Neureichen am Strand über den gestrandeten Leichnam eines monsterhaften Fisches und wendet sich irritiert ab. Zeitgenossen haben Scerbanencos Lamberti-Tetralogie als Auserzählung dieser Szene verstanden. Fellinis Fischleichnam war ein damals gemeinverständliches Symbol für den „Fall Montesi“, bei dem es um die Verquickung von Orgien der höchsten Kreise, Rauschgift, Vertuschung und Korruption ging. Das Opfer, eine junge Gelegenheitsprostituierte, wurde am Strand abgelegt. In „Das Mädchen aus Mailand“, dem ersten Roman der Serie, spielt Scerbanenco darauf an. Darüber hinaus können alle vier Lamberti-Romane als Auserzählung des von Fellini nur angedeuteten Syndroms gelesen werden. Besonders in „Verräter und Verratene“ macht Scerbanenco die historische Dimension dieser moralischen Korruptheit deutlich.

Der Roman heißt im Original „Traditori di tutti“ – „Verräter von allen“. Gemeint sind damit zunächst der Anwalt Turridu Samponi und seine Komplizin Adele Terrini. Aber auch ihre Komplizen im Waffengeschäft und Drogenhandel. Als die „Löwin“ auspackt, von der man auch nicht weiß, ob sie zur „Gattung Mensch“ gehört, obwohl – oder weil – sie empfänglich für Lambertis Geld ist, bricht es aus dem Erzähler heraus: „Sie verrieten tatsächlich alle um sich herum, sie machten vor nichts und niemandem Halt: Sie waren imstande, ihre eigene Mutter noch auf dem Totenbett zu verraten und ihre Tochter in den Wehen, sie verschacherten ihren Mann oder ihre Frau, ihren Freund oder ihre Geliebte, ihre Schwester und ihren Bruder. Für tausend Lire waren sie bereit zu morden; um zu verraten, reichte schon ein Eis. Es war nicht einmal nötig, sie zu schlagen, nein, es genügte, im Bodensatz ihrer trüben Persönlichkeit zu rühren, und was herauskam, war Niedertracht, Schurkerei, Verrat.“

Die 1960er-Jahre, in denen das geschrieben wurde, liegen so weit zurück, dass ohne tiefer gehende Analyse nicht erschlossen werden kann, ob Verrat zur Superkategorie und zum Zentralausdruck seines Weltekels geworden ist, oder ob Scerbanenco meint, dass sich die Niedertracht aus der Kriegszeit fortgesetzt hat, dass also diejenigen, die um des Gewinns willen (den sie übrigens nirgendwo ausstellen, er manifestiert sich nur in der feisten Erschöpfung der beiden Todgeweihten auf dem Rücksitz) Freiheitskämpfer an die Nazis, Nazis an die Amerikaner, Amerikaner an die Nazis usw. verraten und verkauft haben, jetzt immer noch da sind, mächtig sind und ihre Spielchen treiben.

Nehmen wir an, dem wäre so, dass der Weltekel historisch begründet ist und keine misanthropische Haltung eines Erschöpften, dann enthielten „Verräter und Verratene" eine wirklich groteske Pointe. Dass nämlich die Nation der Befreier, personifiziert durch den gutgläubigen Trottel von Vater Paany und seine Tochter, das Heft der Befreiung aus der Hand gegeben hat. Die Tochter, die alles Recht der Welt auf Rache hatte, als sie es ausübte, begibt sich aus engelhafter Anständigkeit und törichtem Moralismus zurück in die Hände einer Justiz, die die Mörder ihres Vaters aus Legalismus schützt und sie verurteilt – und die damit selbst unwillentlich zu den Verrätern von allen wird.

Aber dies ist eine Spekulation. Das ist das Großartige an den Lamberti-Romanen, dass sie zu diesen Spekulationen anregen, alle Diskurse offen halten. In ihrer Mischung von Skepsis, Groteske und nicht zugelassenem Mitleid sind sie einzigartig. Zudem voller Witz. Welches Bild würde die Heuchelei jener Zeit (in Italien und anderswo) drastischer und eindringlicher fassen als das des Zuhälters, der eine jungfräuliche Hure heiraten will, weil er der Einzige ist, der noch an den vergangenen Werten festhält wie an einer Millionen Lire teuren Vacheron-Armbanduhr? Und wer könnte ein zeitgemäßerer Held sein als Duca Lamberti, der am Ende des letzten Romans Livia, seiner Husarin, auf die Frage, warum er ein (so miesepetriges) Gesicht macht, antwortet: „Weil ich weder ein guter Arzt bin noch ein guter Polizist. Als Arzt habe ich es fertig gebracht, mich aus der Ärztekammer ausschließen zu lassen. Meine wichtigste Operation war die Durchführung einer Hymenalplastik bei einer Prostituierten! Als Polizist habe ich es geschafft, dir dein Gesicht durch zig Schnitte verunstalten zu lassen."

Tobias Gohlis, geboren 1950 in Leipzig, Krimikolumnist der Wochenzeitung DIE ZEIT, Begründer und Jurysprecher der Krimibestenliste.

Die Drucklegung erfolgte mit freundlicher Unterstützung durch die Abteilung für deutsche Kultur in der Südtiroler Landesregierung.

AUTONOME PROVINZ BOZEN SÜDTIROL
PROVINCIA AUTONOMA DI BOLZANO ALTO ADIGE
Deutsche Kultur

Die Originalausgabe ist 1966 unter dem Titel *Traditori di tutti* erschienen.

Das Nachwort hat Tobias Gohlis für diese Ausgabe verfasst.

Die Übersetzung wurde neu durchgesehen und der aktuellen neuen Rechtschreibung angepasst.

Die erste Auflage erschien 2018 unter dem Titel „Die Verratenen“.
Diese Ausgabe ist aus Titelschutzgründen nicht mehr lieferbar.

2. Auflage von „Verräter und Verratene“ 2020

Grafische Gestaltung: Dall'O & Freunde
Druckvorbereitung: Typoplus, Frangart
Printed in Europe

ISBN 978-3-85256-786-0
E-Book ISBN 978-3-99037-084-1

www.folioverlag.com